अमरकान्त

अमरकान्त का जन्म 1 जुलाई, 1925 को ग्राम–भगमलपुर, जिला–बलिया, उत्तर प्रदेश में हुआ था।

उनकी प्रकाशित कृतियाँ हैं—'सूखा पत्ता', 'काले-उजले दिन', 'कटीली राह के फूल', 'ग्रामसेविका', 'सुखजीवी', 'बीच की दीवार', 'सुन्नर पांडे की पतोहू', 'आकाशपक्षी', 'इन्हीं हथियारों से' (उपन्यास); 'जिन्दगी और जोंक', 'देश के लोग', 'मौत का नगर', 'मित्र-मिलन तथा अन्य कहानियाँ', 'कुहासा', 'तूफान', 'कलाप्रेमी', 'एक धनी व्यक्ति का बयान', 'सुख और दुःख का साथ', 'प्रतिनिधि कहानियाँ', 'दस प्रतिनिधि कहानियाँ', 'अमरकान्त की सम्पूर्ण कहानियाँ' (दो खंडों में) (कहानी-संग्रह); 'कुछ यादें, कुछ बातें' (संस्मरण); 'नेऊर भाई', 'वानर सेना', 'खूँटा में दाल है', 'सुग्गी चाची का गाँव', 'झगरू लाल का फैसला', 'एक स्त्री का सफर', 'मँगरी', 'बाबू का फैसला', 'दो हिम्मती बच्चे' (बाल-साहित्य)।

उनकी कहानियों पर बनी फिल्में दूरदर्शन पर प्रदर्शित हुई हैं और कहानियों के नाट्य-रूपान्तरों का मंचन भी हुआ है।

उन्हें 'सोवियत लैंड नेहरू पुरस्कार', 'मैथिलीशरण गुप्त पुरस्कार', 'उत्तर प्रदेश हिन्दी संस्थान पुरस्कार', 'यशपाल पुरस्कार', 'जन-संस्कृति सम्मान', मध्य प्रदेश के 'अमरकान्त कीर्ति सम्मान', 'इन्हीं हथियारों से' उपन्यास के लिए 'साहित्य अकादेमी पुरस्कार' से पुरस्कृत किया गया।

निधन : 17 फरवरी, 2014

काले-उजले दिन

अमरकान्त

राजकमल पेपरबैक्स

पहला पुस्तकालय संस्करण
राजकमल प्रकाशन प्राइवेट लिमिटेड द्वारा
2003 में प्रकाशित

राजकमल पेपरबैक्स में
पहला संस्करण : 2023

राजकमल पेपरबैक्स : उत्कृष्ट साहित्य के जनसुलभ संस्करण

राजकमल प्रकाशन प्रा. लि.
1-बी, नेताजी सुभाष मार्ग, दरियागंज
नई दिल्ली-110 002
द्वारा प्रकाशित

शाखाएँ : अशोक राजपथ, साइंस कॉलेज के सामने, पटना-800 006
पहली मंजिल, दरबारी बिल्डिंग, महात्मा गांधी मार्ग, प्रयागराज-211 001

वेबसाइट : www.rajkamalprakashan.com
ई-मेल : info@rajkamalprakashan.com

बी.के. ऑफसेट
नवीन शाहदरा, दिल्ली-110 032
द्वारा मुद्रित

मूल्य : ₹199

KALE-UJALE DIN
by Amarkant

ISBN : 978-81-19159-81-9

प्राक्कथन

हमारा आज का जीवन कई खंडों में बिखरा हुआ-सा नजर आता है। सामाजिक ढ़ाँचे में असंगतियाँ और विषमताएँ हैं, जिनकी काली छाया समाज के प्रत्येक सदस्य के व्यक्तिगत जीवन पर पड़े बिना नहीं रहती इसीलिए एक बेपनाह उद्देश्यहीनता और निराशा आज हरेक पर छायी हुई है। स्वस्थ, स्वाभाविक और सच्चे जीवन की कल्पना भी मानो आज दुरूह हो उठी है।

इस कथानक के सभी पात्र ऐसे ही अभिशापों से ग्रस्त हैं। मूल नायक तो बचपन से ही अपने सही रास्ते से भटककर गलत रास्तों पर चला जाता है। उसके माता-पिता और परिजन भी तो भटके हुए थे। लेकिन वह अपने भटकाव में ही अपनी मंजिल को पा लेता है।

आज की समाज-व्यवस्था के परिवर्तन के साथ नारी की स्वतंत्रता का प्रश्न भी जुड़ा हुआ है।

इस उपन्यास के लेखक श्री अमरकान्त की सदा से यह विशेषता रही है कि वे हमारे समाज की गहराई में जड़-जमायी समस्याओं को अपने कथानक का विषय बनाते हैं और उनको दूर करने का उपाय भी बताते हैं। इसीलिए उनका उपन्यास मर्मस्पर्शी होता है और सभी श्रेणियों के पाठक उसे पसंद करते हैं। उनमें कल्पना की बहुलता नहीं, भावावेग की तीव्रता नहीं, बल्कि आँखों-देखें जीवन के संवेदनशील चित्रण की कुशलता है। इस उपन्यास में उनकी वही कुशलता और भी निखर उठी है। आशा है, पाठकों को ऐसा उपन्यास अवश्य पसंद आएगा।

—प्रकाशक

काले-उजले दिन

वे दिन कितने काले थे? आज भी जब उन दिनों की याद आती है तो कलेजा मुँह को आता है। मेरी आँखों के सामने वह मकान उभर आता है, जिसकी छत के किसी एकान्त कोने में बैठकर मैं चुपचाप आँसू बहाया करता था। मेरे पिता जी शहर के मशहूर वकील थे। वह बहुत ही शान-शौकत से रहते थे। गाँव में जगह-जमींदारी अच्छी थी। जिन्दगी सुख से बीतती थी। माँ की मूर्ति मेरे सामने नाचने लगती है। वह भी बहुत खूबसूरत थीं। लम्बी पतली और गोरा-दमकता चेहरा। मैं एकलौता बेटा था, इसलिए मेरा लालन-पालन बड़े लाड़-प्यार से हुआ। माँ-बाप के प्यार के कारण मैं अत्यधिक मनशोख हो गया था। सचमुच मैं बहुत नटखट था। इससे सब खुश ही होते थे। धनी माँ-बाप का लड़का होने तथा स्वयं सुन्दर होने के कारण दूसरे लोग भी मुझे पसन्द करते थे।

पर जब मैं पाँच या छः वर्ष का था तो मेरी माँ की मृत्यु हो गयी थी। सबने मुझसे यही कहा कि वह दवाई कराने दूसरे शहर गयी हैं और जल्दी ही वापस आ जाएँगी। परन्तु उनकी जगह पर आयीं एक दूसरी माँ। पिता जी ने कहा कि यह भी तुम्हारी माँ हैं और यह भी तुमको उतना ही प्यार करेंगी। वह भी गोरी और खूबसूरत थीं, पर उतनी नहीं जितनी मेरी माँ थीं। निश्चय ही नयी माँ ने मुझे उसी तरह प्यार करना आरम्भ किया। वह मेरा बहुत ही खयाल करतीं और मैं जल्दी ही सब कुछ भूल गया और धीरे-धीरे उन्हीं को माँ समझने लगा।

किन्तु यह एक लम्बे सपने की तरह ही था, जो दो-तीन वर्ष बाद सहसा भंग हो गया। जब मेरा नया भाई पैदा हुआ तो नयी माँ के व्यवहार में अचानक बड़ा अन्तर आ गया। वह मेरे साथ उपेक्षा का व्यवहार करने लगीं। मैं तब कुछ बड़ा

हो गया था और स्कूल में पढ़ने के लिए जाने लगा था। उनका सारा प्यार, जो कृत्रिम रूप से मुझ पर उँड़ेला जा रहा था, अपने खून से उत्पन्न लड़के पर केन्द्रित होता गया और वह धीरे-धीरे मुझसे घृणा करने लगीं। वह मेरे छोटे भाई अशोक को एक-से-एक कपड़े पहनातीं, उसको खूब ढंग से खाना देतीं, उसको चार टाइम दूध पिलातीं, जबकि मैं भर पेट खाने के लिए तरसकर रह जाता। दूध तो मुझे मिलता ही न था, जबकि मुझे दूध बहुत पसन्द था। जब मैं उसके लिए काफी जिद करता तो वह एक बहुत ही छोटी कटोरी में जिसमें चटनी के अलावा कुछ नहीं रखा जा सकता था, थोड़ा-सा दूध रखकर मेरी ओर उपेक्षा से खिसका देतीं। मैं रोकर रह जाता था। खाना भी वह मेरे सामने प्रेम से नहीं रखती थीं। वह थाली को दूर से सरका देती थीं, थाली मेरे सामने रखकर मुँह दूसरी ओर फेर लेतीं।

मेरी इच्छा होती कि मैं पिता जी से कहूँ, पर हम लोगों के घर में पिता-पुत्र का सम्बन्ध एक स्वप्न ही था। पिता जी भले ही मुझे प्यार करते, पर वह उसका प्रदर्शन नहीं करते थे। उनको एक तो फुरसत ही नहीं थी, फिर संयुक्त परिवार में और पर्दे के वातावरण में एक ऐसी लिहाज की भावना पैदा हो जाती थी जिस पर हैरत होती थी। घर में चाचा-चाची थे, उनके बच्चे थे, इसलिए अपने प्यार का प्रदर्शन एक अनुचित बात समझी जाती थी। अपनी पत्नी से दूसरे के सामने बात करना तथा अपने बच्चों को दूसरे के सामने प्यार करना एक निन्दनीय कृत्य समझा जाता था। परन्तु पिता जी ने तो अकेले में भी मुझको प्यार नहीं किया होगा।

स्कूल से आने पर जब मैं खाने के लिए जिद करता या पैसे के लिए हठ करता तो माँ मुझे डाँटती थीं, गालियाँ देती थीं और मुझ पर हाथ छोड़ती थीं। शाम को पिता जी आते थे तो उनसे शिकायत करती थीं। पिता जी पहले उनकी शिकायतों पर ध्यान नहीं देते तो माता जी मुँह फुला लेतीं। इसके बाद धीरे-धीरे पिता जी ने मेरे प्रति कड़ाई का रुख अख्तियार करना शुरू कर दिया। वह मुझको डाँट देते। कभी कान गरम कर देते। उनका डाँटना या कान गरम करना ही बहुत था, क्योंकि पहले उन्होंने कभी भी मेरे साथ ऐसा व्यवहार नहीं किया था। मैं देर तक सिसकता रहता था लेकिन मुझे मनानेवाला कोई नहीं था। पिता जी बाहर चले जाते थे और माता जी अशोक को अपनी गोद में लेकर कमरे के अन्दर।

कभी-कभी माता जी कहती थीं, 'नखरा फैलाते हो? पर मैं किसी का नखरा बरदाश्त नहीं कर सकती। अभी रहो, मैं तुमको वह मार खिलवाऊँगी कि

तुम्हें जनम भर याद रहेगा।'

ऐसी घटनाएँ लगभग रोज ही होने लगीं। माता जी का दुर्व्यवहार बढ़ने लगा और पिता जी भी मुझपर हाथ छोड़ने लगें। धीरे-धीरे मेरी आत्मा मरती गयी और मेरे अन्दर एक हीनता भरती गयी। रोज-रोज की डाँट और मार का नतीजा हो भी क्या सकता क्या? मैंने जिद करना छोड़ दिया। पैसा-वैसा माँगना भी बन्द कर दिया। मैं मामूली गन्दे कपड़े पहनकर स्कूल जाया करता था। अशोक कितने ठाट-बाट से रहता था! घर पर आने के बाद मुझे अब काम भी करना पड़ता। बाजार जाना पड़ता। और भी घर के अटरम-सटरम काम करने पड़ते। अशोक के ठाट को देखकर अनजान लोग मुझे घर का नौकर ही समझते। मैं चुपचाप काम करता और किसी से शिकायत न करता। शिकायत करता भी किससे?

पता नहीं पिता जी को क्या हो गया था। वह शहर के अत्यधिक प्रतिष्ठित व्यक्तियों में से थे। वह नगर की सामाजिक एवं राजनीतिक हलचलों में भी शामिल होते थे। दान-पुण्य के मामले में वह सबसे आगे रहते थे। दूसरों को उपदेश कितना वह देते थे। परन्तु मेरे लिए इनमें से कुछ भी नहीं था। मुझे तो देखते ही उनके तेवर चढ़ जाते। वह मुझसे सीधे मुँह बात ही नहीं करते और जब करते तो कटाह कुत्ते की तरह। मेरे लिए 'बेटा' शब्द तो उनके शब्दकोश में था ही नहीं। पर जब वह माँ या अशोक के सामने जाते तो उनकी बाछें खिल जातीं—एक लम्बी-सी गद्गद मुस्कुराहट उनके मुँह पर फैल जाती।

मैं हमेशा डरा रहता था और अधिक-से-अधिक काम करके माता जी को प्रसन्न करने की कोशिश करता, लेकिन माता जी की असन्तुष्टि दिन-पर-दिन बढ़ती जा रही थी। फिर मेरा आत्मविश्वास एकदम समाप्त हो गया और मुझसे गलतियाँ होने लगीं। कोई काम मुझसे ठीक ढंग से होता ही नहीं। इस पर मुझको काफी डाँट-मार पड़ती। मुझे बड़ा आश्चर्य होता था कि पिता जी क्या एक बार नहीं सोचते थे कि मैं उनका बड़ा बेटा होकर भी, नौकर की तरह रहता हूँ, जबकि अशोक राजसी ठाट-बाट से? लोग देखकर क्या कहते होंगे? परन्तु पिता जी को इसकी चिन्ता नहीं थी। कोई शर्म-लिहाज नहीं। यदि दुनिया कुछ कहती है तो कहती रहे, समझती है तो समझती रहे। क्या हो जाएगा?

कभी-कभी घर से सामान गायब हो जाता तो माता जी नौकर-चाकर रहने पर भी मुझी पर सन्देह करतीं। जब तक माता जी कुछ नहीं कहती थीं, पिता जी चुप रहते थे, लेकिन जब माता जी के मुँह से कुछ भी मेरे खिलाफ निकल जाता था तो पिता जी गरजने-तड़पने लगते थे।

‘बोल, तूने सामान कहाँ रखा?’ वह चिल्लाकर पूछते थे।

‘मैंने नहीं रखा।’

‘सच बता! सच बताने पर तुझे कुछ नहीं बोलूँगा।’

उनके सच का मतलब मैं समझता था। उनका मतलब था कि मैं उनके झूठे आरोपों को स्वीकार कर लूँ, पर मैं झूठ कैसे स्वीकार कर लेता? मैं खूब अच्छी तरह जानता था कि यदि मैंने चोरी की होती और उसके बाद अपराध स्वीकार कर लिया होता तो भी वह मुझे उतना ही मारते। शायद उससे भी अधिक, यद्यपि मैं यह नहीं कह सकता कि उससे भी अधिक कोई किसी को मार सकता है।

जब मारकर पिता जी चले जाते थे और मैं चिल्लाना बन्द कर देता था तो माता जी एक कटोरे या तश्तरी में कोई खाने की चीज नौकर के हाथ मेरे पास भिजवा देतीं।

वह कहती थीं, ‘ले जाओ...दे आओ खाने को। मैं तो अपनी जान भी निकालकर रख दूँ पर दुनिया यही कहेगी कि यह विमाता है। मेरा दिल तो दूसरों के लिए तड़पता रहता है।’

वह इस वक्त अपने को दयावान सिद्ध करना चाहती थीं, पर मैं जानता था कि यह दया नहीं बल्कि उनकी खुशी थी जो दयालुता के रूप में प्रकट हो रही थी; या सम्भव है कि अपने अपराध को छिपाने के लिए वह ऐसा कर रही हों। उस समय तो मैं नहीं खाता था, लेकिन जब सभी चले जाते थे तो मैं बर्तन खींचकर खाने लगता था।

कभी-कभी माता जी खुश भी नजर आतीं, यद्यपि ऐसा असल में दो-तीन बार ही होता। ऐसा उस समय होता जब उनके मैके में कोई खुशी की बात होती या अशोक के लिए की गयी किसी मनौती को मनातीं। ऐसे समय वह मुझसे हँसकर बोलती थीं। पर मैं जानता था कि यह हँसी कितनी भयानक थी।

जब माता जी खुश होतीं तो पिता जी भी उसी तरह और उनता ही खुश हो जाते। वह उसी लहजे में मुझसे बोलते, जैसे माता जी बोलती थीं। इन लोगों की यह खुशी कितनी अस्वाभाविक लगती थी? मैं प्रसन्न होने की कोशिश करता, लेकिन मेरे दिल पर जैसे बर्फ की सिल्ली रख दी गयी हो। मेरे मुँह पर जरा भी हँसी नहीं उभरती थी।

इसी तरह न मालूम कितने वर्ष बीत गए, एक-एक दिन नीरस और भय तथा आतंक से भरा...

2

मई के महीने में लू की लपटें उठने लगी थीं। दिन भर गरम-गरम अन्धड़ चला करता। पिता जी ने उस दिन मुझे बहुत मारा। मैं नौवीं में फेल हो गया था। उन्होंने कहा कि वह मुझे अब आगे नहीं पढ़ा सकते, क्योंकि मुझ पर रुपया व्यर्थ बर्बाद करना था। मेरे जैसा आवारा और फिसड्डी लड़का शहर-भर में कोई होगा?

मैं अब बड़ा हो रहा था और सभी बातें समझने लगा था। जवानी ने मुझमें क्रोध और विद्रोह की भावना भर दी थी। मैंने पिता जी की बात का कोई जवाब नहीं दिया, पर गुस्से में वहाँ से हट गया था। मुझे अपने फेल होने का कोई अफसोस नहीं था, बल्कि एक प्रकार की अजीब खुशी मुझे हुई थी, जैसे मैंने किसी से बदला ले लिया हो। मैं और फेल होऊँगा, देखें ये लोग क्या करते हैं। अगर नहीं पढ़ा सकते तो न पढ़ाएँ। अगर मुझे घर से निकालना चाहते हैं तो निकाल दें। मैं अब किसी की परवाह नहीं करता।

खैर, गनीमत यही थी कि मेरी पढ़ाई नहीं छुड़ाई गयी। पर मैं अब सदा उखड़ा रहता। माता जी अगर कुछ बोलतीं तो मैं उनको घूरता रहता और तब वह मुँह फुला लेतीं। माता जी ऐसा व्यवहार करतीं तो पिता जी भी ठीक वैसा ही करते थे।

उसी समय एक अजीब घटना घटी। मेरे कुछ दोस्त हो गए थे, जिनके यहाँ एक नाटे-नाटे से व्यक्ति आते थे, जिनका नाम वासुदेव सिंह था और जो एक क्रांतिकारी कहे जाते थे। वह अँग्रेजी राज्य को खत्म करने की बात करते। उनकी बातों से ऐसा लगता कि उनके पास बम-पिस्तौल भी हैं। वह कहते थे कि देश के लिए नौजवानों को घर-द्वार भी छोड़ने को तैयार रहना चाहिए। मुझे इस प्रकार की बातें बहुत प्रभावित करती थीं। यदि मेरे पास बम-पिस्तौल हो तो कितना मजा आए! तब मैं अपना घर-द्वार छोड़ दूँगा और देश की आजादी की लड़ाई में भाग लूँगा। इस क्रांतिकारी दल में शामिल होने पर मुझे अपने घर और परिवार से मुक्ति मिल जाएगी। पढ़ाई से छुट्टी मिलेगी। डाँट-फटकार नहीं सुननी पड़ेगी। मैं और क्या चाहता था?

वासुदेव सिंह से मेरी घनिष्ठता बढ़ने लगी और ज्यों-ज्यों मैं उनके निकट आता गया, मुझे उनका जीवन और भी आकर्षक लगने लगा। मैं जल्दी-से-जल्दी अपने पास एक बम और एक पिस्तौल चाहता था। जब मुझे ये चीजें प्राप्त हो जाएँगी और मैं क्रांतिकारी दल में शामिल हो जाऊँगा तो मुझे इसकी जरा भी

परवाह नहीं रहेगी कि मेरे माँ-बाप ने मुझे प्यार किया है या नहीं। पिस्तौल के बारे में मैंने वासुदेव सिंह से बात की थी तो उन्होंने कहा भी कि पचपन रुपए लाओ तो पिस्तौल मिल जाएगी।

पर मैं पचपन रुपए कहाँ से लाता? मैं अत्यधिक व्याकुल हो उठा। मैं किससे माँगू? मेरा कोई मित्र इतना धनी भी नहीं था कि उसके सामने प्रस्ताव रखता। मैं दिन-रात जैसे इसी उधेड़-बुन में पड़ा रहता। इस बेचैनी में मैं जो कुछ पढ़ता था, वह भी मैंने छोड़ दिया।

नौवीं में मैं फिर फेल हो गया। अब यही उपयुक्त समय था। यह निश्चित ही था कि इस बार पिता जी या तो मुझे घर से निकाल देंगे या पढ़ाई बन्द कर देंगे। परीक्षाफल सुनकर मैं घर आया। पिता जी कचहरी गए थे। माता जी ने मुझसे कुछ भी न पूछा। ऐसी बातें वे मुझसे नहीं पूछती थीं या मेरे सम्बन्ध में कोई भी बात बहुत ही उपेक्षा से सुनती थीं। उन दिनों सुविधाजनक बात यह थी कि घर में माता जी को छोड़कर कोई नहीं था। चाचा जी और चाची जी अपने परिवार सहित किसी शादी में गए थे। फिर माता जी खाने के बाद आसपास मोहल्ले में किसी के यहाँ गप-शप करने अवश्य जातीं। मैं ताक में था। जब वह चली गयीं तो मैं घर में अकेला रह गया। कुछ देर बाद मैं चुपके से उठा और एक हथौड़े से माता जी के कमरे का ताला तोड़ डाला। इसी तरह मैंने माता जी के ट्रंक का ताला भी तोड़ा। मैं जानता था कि माता जी इसमें अपने गहने रखती हैं।

पर गहने लेने की नौबत नहीं आयी, क्योंकि ट्रंक के एक कोने में दो सौ रुपए रखे थे, जिनमें से सौ रुपए मैंने निकाल लिये। फिर ट्रंक को उसी तरह बन्द कर दिया। ट्रंक का ताला तो दबाने से बंद हो गया था, पर कमरे का ताला बन्द न हुआ, क्योंकि वह पूरी तरह टूट गया था। मैंने उसका साँकल बन्द किया और ताले को उसमें लटकाकर दबे पाँव बाहर निकल आया। घर के बाहर का दरवाजा भी मैंने इसी तरह बन्द किया और चुपचाप बाहर आ गया।

मैंने घर छोड़ दिया। मैं अब क्रांतिकारी बन गया था। देश में क्रांति करने के लिए जा रहा था और आजादी के लिए अपने जीवन को कुर्बान कर सकता था। मैं बड़े ही उत्साह में था पर सबसे अधिक खुशी मुझे इस बात की थी कि मुझे अपने घर से छुटकारा मिल गया था, जिसके लिए मैं सदा व्याकुल रहता था। घर पर रहना मेरे लिए कितना अपमानजनक था। मैं वहाँ एक नाली के कीड़े की तरह बिलबिलाया करता था, जिससे मुझे मुक्ति मिल गयी थी और अब किसी की परवाह नहीं करता था।

रास्ते में कुछ दूर जाकर मैं कल्पना करने लगा कि माता जी अब आ गयी

होंगी और उन्होंने ट्रंक खोलकर अपने रुपए की चोरी के तथ्य का पता लगा लिया होगा। रुपए तो खैर उनको और भी काफी मिल जाते, पर शायद उनको इस बात से खुशी अवश्य हुई होगी कि उनको मुझसे सदा के लिए मुक्ति मिल गयी। उनको अपने व्यवहार के पक्ष में एक बड़ी दलील मिल गयी थी अर्थात् मैं ही बुरा था, इसलिए वह मेरे साथ ऐसा व्यवहार करती थीं। यदि मैं अच्छा रहता तो उनकी जैसी सीधी-सादी महिला ऐसा व्यवहार करतीं?

वासुदेव सिंह अपने घर पर ही मिल गए। अनजान स्थिति की आशंका मेरे चेहरे पर अवश्य अंकित होगी, क्योंकि उन्होंने मुझे देखते ही चौंककर पूछा–

'कहो भाई, क्या बात है?'

'मैं अब आ गया हूँ।' मैंने धीरे से कहा।

'कहाँ से आ गए हो?' वह मेरी बात समझ नहीं पाये थे।

'मैं क्रांतिकारी बनना चाहता हूँ।'

'क्रांतिकारी तो तुम हो ही।' उन्होंने हँसकर आश्वासन दिया था।

'नहीं, मैं क्रांतिकारी दल में शामिल होना चाहता हूँ।'

'ठीक है, समय आने पर मैं तुमको अपने दल में शामिल कर लूँगा।'

'नहीं, मैं घर छोड़कर आ गया हूँ और अभी शामिल होना चाहता हूँ।' और इसकी सच्चाई को सिद्ध करने के लिए मैंने आगे कुछ नहीं कहा, बल्कि सौ रुपए निकालकर उनके सामने रख दिये।

'यह भारी जिम्मेवारी का काम है। तुमको ठीक से सोच-समझ लेना चाहिए।' वासुदेव सिंह उन रुपयों को अपनी जेब के हवाले करके कहा।

'मैंने सोच-समझ लिया है।'

'अब घर-परिवार का मोह त्यागना होगा।'

'मुझे दुनिया में किसी का मोह नहीं है।'

'तुमसे जो त्याग करने को कहा जाएगा, वह करोगे?'

'जी हाँ, मैं अभी तैयार हूँ। मेरी परीक्षा आप ले लीजिए और पिस्तौल मुझे अभी दे दीजिए।'

'पिस्तौल!' वह चौंके। फिर हँसकर बोले, 'हाँ, पिस्तौल भी मिल जाएगी। ये रुपए हम इसलिए लेते हैं कि हथियारों को खरीदने में पैसा लगता है। कुछ पैसे तो हम डकैतियों या धनी लोगों की मदद से इकट्ठा कर लेते हैं। फिर भी कमी रह ही जाती है। अब तुम हम लोगों के साथ रहोगे तो खर्चा पड़ेगा या नहीं? वह कहाँ से आएगा, इस सबका इन्तजाम करना पड़ता है। जब तुम काम करोगे तो तुमको भी पैसे की फिराक में रहना पड़ेगा। कभी-कभी भूखों मरने की हालत

आ सकती है। कभी जेल में जाना हो सकता है। जेल में लोग तरह-तरह के अत्याचार करते हैं। पर प्राण ही क्यों न निकल जाय, पर तुम तो राज की एक बात भी नहीं बता सकते। अगर बताओगे तो हम तुमको गोली से अवश्य उड़ा देंगे। इसी तरह फाँसी पर झूलना पड़ सकता है। क्रांतिकारी लोग खुशी-खुशी फाँसी पर चढ़ते हैं। वे किसी चीज की परवाह नहीं करते। फाँसी पर चढ़ने से उनको खुशी होती है और उनका वजन बढ़ जाता है।'

इसी तरह वह मुझे देर तक समझाते रहे। मैं हुंकारी भरता जा रहा था। मुझे किसी प्रकार के त्याग से एतराज नहीं था, बशर्ते कि उससे मुझे घर एवं परिवार से मुक्ति मिल जाती हो। मैं जल्दी-से-जल्दी महानतम त्याग करके बड़े-से-बड़ा क्रांतिकारी हो जाना चाहता था। मेरे जवाब से वासुदेव सिंह बहुत खुश हुए और उन्होंने कहा, 'तुम मेरे साथ कुछ दिनों तक रहो, फिर तुमको एक जगह ले चलेंगे।'

मैं दिनभर और रातभर उनके कमरे में बन्द रहता। सभी रुपए उन्होंने ले लिये थे। मैंने कभी रुपए नहीं माँगे, बल्कि इससे खुश ही हुआ कि वे वासुदेव सिंह जैसे क्रांतिकारी के पास सुरक्षित हैं। हाँ, मैं रोज ही पिस्तौल की आशा करता था। जब कभी वे बाहर से आते तो मैं सोचता कि वे पिस्तौल निकालकर मुझे देने ही वाले हैं। पर जल्दी ही मेरी आशा निराशा में परिवर्तित हो जाती। वह उसकी चर्चा ही न करते।

वह एक छोटा-सा मकान लेकर रहते थे। उनके साथ उनका परिवार नहीं था। खाना वह स्वयं पकाते थे पर अब खाना मुझे ही पकाना पड़ रहा था। खाना पकाने का कुछ-कुछ ढंग मुझे मालूम था, क्योंकि माता जी मुझसे कोई-न-कोई काम लेती ही रहती थीं। कभी दाल बैठाने को कहतीं और कभी तरकारी चलाने को। कभी-कभी रोटियाँ भी मुझसे ही बनवाती थीं। इसलिए इस कार्य में मुझे कोई खास कठिनाई नहीं हुई। परन्तु रात को वह अपने शरीर से मुझसे देर तक कड़वे तेल की मालिश कराते थे। सिर पर तेल चढ़वाते थे। हाथ-पैर में मुक्की लगवाते थे। यह काम मैंने कभी नहीं किया था, जिससे मुझे बहुत ही तकलीफ होती थी, पर मैं यह सोचकर बर्दाश्त करता था कि यह भारत की आजादी का ही तो काम है। खैर जो हो, यहाँ अपमान तो नहीं था, डाँट-फटकार तो नहीं थी। फिर अभी घबराने की जरूरत क्या थी? अभी दिन ही कितने बीते थे? वह मुझे यहाँ से दूसरी जगह ले जाएँगे, तभी शायद वह मुझे पिस्तौल देंगे।

लेकिन एक दिन मैंने उनसे साहसपूर्वक पूछ ही डाला, 'वह पिस्तौल?'

उनका मुँह छोटा पड़ गया। फिर हँसने लगे, 'तुम घबड़ा गए?'

'नहीं, घबड़ाने की क्या बात है? यूँ ही पूछ लिया।'

'अरे यह काम ऐसा है कि घबड़ाने से कुछ नहीं होता। अब यह बात तुम्हारे सोचने की नहीं है। तुम हमारे साथी हो, हमारा यह फर्ज है कि हम तुमको ट्रेनिंग दें, तुमसे काम लें, तुमको हथियार दें। यह सब हमें जल्दी करना है। पर यह बहुत-सी बातों पर निर्भर करता है। पहले हम यह देखना चाहते हैं कि तुम इस काम के योग्य हो कि नहीं। यह कोई बच्चों का खेल तो है नहीं। खैर, खुशी की बात है कि तुम धैर्य के साथ इस महान उद्देश्य में लग गए हो। फिर हमारे पास पिस्तौल का कारखाना नहीं है कि तुमको फौरन मँगाकर दे देंगे। पिस्तौल बाहर से चोरी-छिपे मँगवाई जाती है। आती रहती है और इधर-उधर बाँट दी जाती है। जब कमी होती है तो फिर आ जाती है। इस समय उसका टोटा है, पर जल्दी ही आनेवाली है। आते ही तुमको दे दी जाएगी। तब तक तुम्हारी परीक्षा भी हो जाएगी, जो हम लोगों की दृष्टि से बहुत जरूरी है।'

'मुझे क्षमा कीजिए।' मैंने संकोचपूर्वक कहा।

'अरे कुछ नहीं। मैंने सारी स्थिति समझा दी। तुमको धैर्यपूर्वक प्रतीक्षा करनी चाहिए। समय आने पर सब कुछ हो जाएगा।'

उनकी बातें सुनकर मुझे बहुत शर्म मालूम हुई। जैसे मैं क्रांतिकारी होने के योग्य नहीं इसलिए दूसरे दिन से मैं उनकी और भी सेवा करने लगा। मैंने निश्चय कर लिया कि भविष्य में उनसे कुछ भी न कहूँगा चाहे वह मुझे पिस्तौल दें या न दें। वह मेरी सेवा से मन-ही-मन प्रसन्न तो होते थे, पर ऊपर से उसको प्रकट नहीं करते थे। मैं उनका विचार जानने पर व्याकुल रहता था। सवेरे मैं उनको पाव भर हलुआ का नाश्ता कराता। उनको दोनों जून अच्छे-से-अच्छा भोजन बनाकर खिलाता। रात उनके शरीर की डेढ़-दो घंटे मालिश करता। मालिश के बीच ही वह खर्राटे मारने लगते थे। उनका मुँह खुल जाता था और उससे एक विचित्र स्वर निकलने लगता था।

एक दिन वह बहुत गम्भीर थे। उन्होंने बाहर से आते ही मुझसे कहा, 'पिस्तौल तो अभी नहीं आयी। पर मैं तुमको एक नकली पिस्तौल देता हूँ। फिलहाल उसको अपने पास रखे रहो, जिससे मौका पड़ने पर निकालकर दुश्मन को डरा सको। नकली पिस्तौल भी कभी-कभी बहुत काम करती है। अगर कोई पीछा करे या कोई घेर ले तो इसको दिखाकर डराया जा सकता है। मैं ऐसा कई बार कर चुका हूँ। तुम चिन्ता न करो, जर्मनी से पिस्तौलें मँगाई गयी हैं। जहाज आने पर उनको चोरी-चुपके लाना पड़ता है, इसलिए आने में देर हो जाती है। आते ही तुमको दूँगा।'

उन्होंने पटाखे रखकर नकली पिस्तौल बजाने का ढंग बताया। इतना भी मैं

नहीं जानता था, इसलिए वह नकली पिस्तौल भी असली पिस्तौल की तरह लगी। जब वह नकली दे सकते हैं तो क्या असली नहीं दे सकते? वह भी समय आने पर देंगे। मुझे तो ऐसा लगा कि वह असली पिस्तौल जान-बूझकर मुझसे छिपाये रहेंगे और जब मैं परीक्षा में पूर्णरूप से सफल हो जाऊँगा तब वह मुझे लाकर देंगे। यह सोचकर मैं बहुत प्रसन्न हुआ।

दो दिन बाद मुझे एक देहात में पहुँचा दिया गया, जहाँ मुझे एक काश्तकार के घर में ठहराया गया। उसका नाम था राजदेव। वह मुझे कसरत, दौड़ना तथा छुरा चलाना सिखाने लगा। मेरा शरीर पहले ही से तगड़ा था। मैं खूबसूरती और मजबूती में अपने पिता जी पर ही गया था, यद्यपि मुझे अपने बचपन में वैसी खुराक नहीं मिली थी, जैसी मेरे पिता जी को मिली होगी!

एक दिन वासुदेव सिंह सवेरे ही आए। वह बहुत गम्भीर थे। उन्होंने मुझसे पूछा, 'आप तैयार हैं?'

'जी हाँ।'

'आप चाहें तो अभी लौट सकते हैं, क्योंकि देश की आजादी का काम बहुत ही जोखिम का होता है। उस कार्य में अपनी जान देने को भी तैयार रहना चाहिए। आप खूब सोच-समझ लीजिए।'

'मैंने खूब सोच-समझ लिया है। मुझे किसी बात का डर नहीं है। मैं देश के लिए हर कुर्बानी देने को तैयार हूँ।'

'तो कल चलना होगा।'

'कहाँ?' मेरा कलेजा अनजान आशंकाओं से तेजी से धड़कने लगा।

'जहाँ मैं ले चलूँ। अब भी आप सोच लीजिए।'

'ठीक है। मैंने सोच लिया है।'

'अच्छी बात है। मैं जानता हूँ कि आप एक बहादुर नौजवान हैं। संकट झेलना और कुर्बानी देना ही नौजवानों का काम होता है। आपको यह भी समझ लेना चाहिए कि यह राज किसी को भी न मालूम होने पाए।'

3

उन्होंने बताया कि मुझको एक राजनीतिक डकैती में भाग लेना है। उन्होंने यह भी कहा कि इस समय पैसों का बहुत अभाव है और बिना पैसों के हथियार नहीं

खरीदे जा सकते और बिना हथियारों के सशस्त्र क्रांति की लड़ाई नहीं लड़ी जा सकती। शहर में अंग्रेजों का एक पिट्ठू है, उसके यहाँ डाका डालने से उद्देश्य की सिद्धि हो जाएगी।

डकैती का नाम सुनकर मैं कुछ डरा। अभी तक मैं क्रांति की काल्पनिक दुनिया में रहता था, लेकिन अब मुझे यथार्थ धरती पर उतरना था। क्या मैं इसमें सफल होऊँगा? मेरे मन में शंकाएँ उठने लगीं। लेकिन मैंने इन शंकाओं को दबाने की कोशिश की। अब मेरे पास रास्ता भी क्या है? इतनी दूर आकर पीछे नहीं लौटा जा सकता। घर पर अब मैं नहीं जा सकता। वहाँ तो अब मेरा पहले से अधिक अपमान होगा। फिर इतना डरने की क्या बात है? वासुदेव सिंह वगैरह भी तो इन्सान ही हैं। वह भी देश की आजादी के लिए मरने और मारने की जिन्दगी अपनाये हुए हैं। क्या मैं ऐसा नहीं कर सकता? अगर मैं यह जिन्दगी अपनाऊँ तो कितना ऊँचा उठ सकता हूँ। तब मेरा पुराना अपमान समाप्त हो जाएगा और उसकी एक ऐसी क्षतिपूर्ति हो जाएगी, जो मुझे निरन्तर ऊँचा उठाती जाएगी।

दूसरे दिन हम रात के अँधेरे में शहर पहुँचे। दो या तीन दिन तक हम शहर में छिपकर रहे। मुझे खून से लिखकर आस्था और विश्वास की शपथ दिलाई गयी। मैंने एक ब्लड से अपना हाथ काट डाला और उसमें से जो रक्त निकला, उससे प्रतिज्ञा लिख दी।

एक दिन रात के लगभग दो बजे हम डकैती के लिए चले। पूरे दस आदमी थे, पर वासुदेव सिंह के अलावा मैं और किसी को नहीं पहचानता था। सभी मेरी तरह तगड़े भी नहीं थे।

सेठ का नाम था सूरजमल। उसका मकान कुछ एकान्त में भी पड़ता था और उसके सामने एक बड़ी-सी बगिया थी। किसी को कुछ करना नहीं था, बस चुपचाप खड़े रहना था। बस, वासुदेव सिंह तथा एक और क्रांतिकारी को, जिसको मैं नहीं जानता था, आगे बढ़कर कार्रवाई करनी थी। उन दोनों के पास पिस्तौल थी और हमारे पास छुरे थे। मेरे पास नकली पिस्तौल भी थी।

गर्मी की रात थी। सूरजमल बाहर बरामदे में सोये थे। बगिया के चारों ओर ईंट की एक छोटी-सी दीवार थी, जिसको पार करना बहुत आसान था। हम धीरे से उस पार उतर गए। सेठ के पास ही एक चौकीदार बैठा ऊँघ रहा था। हम लोग ज्योंही उसके पास पहुँचे कि आहट पाकर उसकी नींद खुल गयी। वह लाठी लेकर खड़ा हो गया लेकिन वह कुछ बोले, इसके पहले ही वासुदेव सिंह तथा उसके साथी ने लपककर उसकी लाठी छीन ली और उसको नीचे गिराकर उसके

मुँह में कपड़ा ठूँस दिया, अन्त में उसके हाथ-पैर बाँध दिये।

हमने अपने चेहरे के चारों ओर अँगोछे लपेट लिये थे। केवल हमारी आँखें दिखाई देती थीं। सेठ की नींद अभी खुली नहीं थी। वासुदेव सिंह ने आगे बढ़कर उसकी तोंद को पिस्तौल की नोक से खोदा। सेठ की नींद खुल गयी और उसने हड़बड़ाकर हमारी ओर देखा।

'अरे राम...ना...थ...!' पर उसके मुँह से पूरी आवाज नहीं निकल सकी, क्योंकि वासुदेव सिंह तथा उनके साथी ने आगे बढ़कर उसकी छाती पर पिस्तौल की नोक जमा दी थी।

'खबरदार कि मुँह से आवाज निकाली।' वासुदेव सिंह ने धीरे से गुर्राकर कहा, 'नहीं तो यहीं पर ठंडे कर दिये जाओगे। तुम चुपचाप अपनी तिजौरी की चाभी दे दो।'

'हे भगवान!' सेठ बुरी तरह काँप रहा था।

'देर न करो। हमने तुम्हारे पहरेदार को बुरी तरह बाँध दिया है। वह तुम्हारी मदद नहीं कर सकता। पुलिस यहाँ से बहुत दूर है। हम तुम्हारे दुश्मन नहीं हैं, हम केवल अँग्रेजों के शत्रु हैं, पर हमको इस समय बीस हजार रुपयों की जरूरत है। इतने रुपए तुम आसानी से दे सकते हो। हम स्त्री-बच्चों पर हाथ नहीं उठाएँगे और न कोई और नुकसान तुम्हारा करेंगे। हाँ, अगर तुम हमारा नुकसान करने की कोशिश करोगे तो हम किसी भी हालत में तुमको छोड़ेंगे नहीं।'

'भैया जी, हमारे पास कुछ भी नहीं है।'

'यह सब पट्टी मुझे न पढ़ाओ। अगर तुम रुपए न दोगे तो यहीं तुमको ठंडा कर दिया जाएगा। बताओ जल्दी...!' वासुदेव सिंह ने उसके सीने पर पिस्तौल गड़ाई।

'अच्छा...भाई जी...।' वह हकलाती-सी आवाज में बोला।

'हाँ...जल्दी!'

तिजौरी की चाभी उसी के पास थी। उसने अपनी गद्दी का दरवाजा खोला। एक बड़ा-सा कमरा दिखाई पड़ा। उस कमरे के भीतर भी एक छोटी-सी कोठरी थी। उसमें तिजौरी रखी थी। वासुदेव सिंह ने तिजौरी खोली। रुपए उसमें केवल बारह हजार ही थे।

'आठ हजार कम हैं।' वासुदेव सिंह ने गुर्राकर कहा।

'अब नहीं हैं भैया जी।'

'चुपके से लाकर रख दो। जान प्यारी है कि नहीं?'

'भगवान कसम खाकर कहता हूँ...।'

'अच्छा, छोड़ देता हूँ,' वासुदेव सिंह ने कहा, 'पर याद रखना, अगर हल्ला-गुल्ला किया तो ठीक न होगा। जिन्दा चबा जाएँगे। किसी को कुछ न बताना। इसी में तुम्हारा भला है। अरे, बड़े-बड़े सेठ देश की आजादी के लिए मदद देते हैं। तुम किस खेत की मूली हो? हम तुमको चेतावनी दिये जाते हैं कि अँग्रेजों की चापलूसी छोड़ दो, बहुत दिनों से नजर पर चढ़े हो।'

इतनी नसीहत देकर हम बाहर चले आए। वासुदेव सिंह ने सेठ से कहा, 'चुपचाप सो जाओ बिस्तर पर।'

पिस्तौल की डर से वह जल्दी ही बिस्तरे पर सो गया। उसके बाद वासुदेव सिंह ने उसकी एक रस्सी से, जो हम अपने साथ ले आए थे, उसको कस-कसकर चारपाई में बाँध दिया। फिर मुँह में कपड़े ठूँसकर मुँह को भी बाँध दिया गया एक अँगोछे से। इसके बाद हम नौ-दो ग्यारह हो गए।

हम अँधेरे में गायब होकर पहले की योजना के अनुसार तितर-बितर हो गए। मैं राजदेव के गाँव चला गया। मैं अब अपने को महान क्रांतिकारी समझने लगा था, क्योंकि मैंने पहली ही परीक्षा में भारी सफलता प्राप्त कर ली थी। अपनी अपमानपूर्ण जिन्दगी के कारण मैं जिस हीनता का अनुभव करता था, वह समाप्त हो गयी थी। अब मुझे जरा भी परवाह नहीं थी कि मेरे माँ-बाप ने मेरे साथ दुर्व्यवहार किया था और मेरा बचपन अब तक बड़े संकट में बीता था। मैं अब उनको एक ऊँचाई से देखता था और इससे मुझे काफी सन्तोष हो रहा था।

दस-पन्द्रह दिनों तक कोई धड़-पकड़ नहीं हुई। पर एक दिन जब मैं पास की नदी से नहाकर गाँव लौट रहा था कि बगीचे में ही पता लगा कि राजदेव के घर को पुलिस ने घेर लिया है।

पुलिस की बात सुनकर मेरे होश फाख्ता हो गए। भगवान, अब क्या किया जाय? राजदेव के यहाँ पुलिस कैसे पहुँची, किसी ने बताया क्या? राजदेव तो डकैती में थे भी नहीं। या वे मेरी गिरफ्तारी के लिए आए हैं? हाँ, यही बात है। मैं बेहद डर गया। क्या मुझमें इतनी हिम्मत है कि पुलिस का जुल्म बरदाश्त कर सकूँ? यह सोचते ही मेरे पाँव पीछे की ओर सरकने लगे। गनीमत यही थी कि मेरा कोई खास सामान वहाँ नहीं था, केवल कुछ कपड़े ही थे। वहाँ मुझे मेरे असली नाम से कोई नहीं जानता था। हाँ, यदि राजदेव दुर्बल सिद्ध हुए तो वह मेरा नाम अवश्य बता सकते थे।

मेरी इच्छा हुई कि भाँगू, लेकिन भागना खतरनाक था, इसलिए मैं काफी इत्मीनान से चलने की कोशिश कर रहा था, यद्यपि मेरे पाँव बुरी तरह काँप रहे थे। मैं कहाँ जा रहा हूँ, यह मुझे खुद नहीं मालूम था। किसी भी क्रांतिकारी साथी

से इस समय मिलना एकदम बेकार था। मैं इस समय अपने दल और क्रांति की बात सोच भी नहीं रहा था। मेरे दिमाग में तो केवल यही था कि मैं किसी तरह ऐसी जगह पहुँच जाऊँ कि पुलिस मुझको पकड़ न सके।

मेरे अन्दर तेजी से तर्क-वितर्क चल रहे थे, लेकिन मेरे पाँव तेजी से उठते हुए गाँव से दूर होते जा रहे थे। वहाँ से स्टेशन थोड़ी दूर पर था जहाँ मैं जल्दी ही पहुँच गया। मेरी जेब में कुछ रुपए पड़े थे जिसको वासुदेव सिंह ने मुझे संकट-काल से निबटने के लिए दिये थे। मैंने वहाँ से छतरपुर का टिकट खरीदा। छतरपुर में मेरे एक दूर के बाबा जाकर बस गए थे। उन्होंने वहाँ काफी जमीन ले ली थी और वहाँ आनन्द से रहते थे। कई मामलों में उनकी पिता जी से नहीं पटती थी, इसलिए तीन-चार साल पूर्व जब वह पिता जी तथा गाँववालों से मिलने आए थे तो मुझको देखकर ही ताड़ गए थे कि मेरे साथ दुर्व्यवहार हो रहा है। उन्होंने जाते हुए मेरे हाथ पर दस रुपए रख दिये थे और कहा था, 'जब इच्छा हो तो छतरपुर आना।'

मैं अब उन्हीं के पास जा रहा था। यह एक विचित्र बात थी। बाबा के पास जाने की मेरी कभी भी हिम्मत नहीं हुई। वहाँ जाने पर पिता जी को मेरी खबर मिल जाती और वह मुझे मँगवा भेजते। लेकिन अब उस जगह के अलावा कहीं शरण नहीं थी। इधर-उधर भाग-दौड़ करना मेरे लिए सम्भव नहीं था। पर पता नहीं छतरपुर में भी पुलिस से मुक्ति मिले या नहीं!

4

बाबा के यहाँ मैं दो वर्ष तक रहा। उन्होंने मुझे अच्छी तरह छिपाये रखा और मेरे साथ ऐसा व्यवहार किया जैसे मैं उनका अपना लड़का होऊँ। वह मुझे पता नहीं क्यों बहुत प्यार करते थे और कभी क्रोध में आकर पिता जी और माता जी को भला-बुरा कहते थे। इसी बीच देश को आजादी मिल गयी। इससे मुझे खुशी हुई और विशेष रूप से इसलिए कि पुलिस मुझे अब परेशान करने नहीं आएगी।

बाबा के यहाँ खाने-पीने का बहुत आराम था। मैं खूब डंड-बैठक करता, खाता-पीता और सैर-सपाटे करता। इससे अधिक मुझे कुछ भी नहीं करना था। पर अन्त में पिता जी को सब कुछ मालूम हो गया। जैसे उनका अपमान हुआ हो, उनकी बेइज्जती हो गयी हो, उन्होंने एक कड़ा पत्र बाबा को लिखा। अलग से

मुझको भी एक सख्त पत्र भेजा। मैं पिता जी के पास जाने को तैयार नहीं था, पर पिता जी ने पत्र में न मालूम कौन-सी बात लिखी थी कि बाबा मुझको अब अपने पास रखने को तैयार नहीं थे। उन्होंने समझा-बुझाकर मुझे भेजा। उन्होंने कहा कि अगर कोई बात हो तो मैं फिर उनके पास आ सकता हूँ, उनका दरवाजा मेरे लिए खुला है। पर माता-पिता की भी बातें सुननी चाहिए। सम्भव है कि मेरे पिता जी का मन बदल गया हो। आखिर है तो उनका बाप का ही दिल। बाप अपने पुत्र को डाँटता-डपटता है, लेकिन जब पुत्र आँखों से दूर चला जाता है तो उसके लिए आँसू बहाता है इसलिए मुझे जाकर वहाँ देखना चाहिए, भगवान जरूर ही कल्याण करेंगे।

एक क्षण के लिए मुझे भी विश्वास हो गया कि पिता जी का मन बदल गया होगा। इस बार वह मेरे साथ पहले की तरह दुर्व्यवहार नहीं करेंगे। वह माता जी को भी समझा-बुझाकर मेरे प्रति सदय होने के लिए बाध्य करेंगे। ऐसी ही कल्पनाएँ करते हुए मैं पिता जी के पास पहुँच गया।

पिता जी मुझे देखकर उस दिन कुछ तो नहीं बोले; परन्तु दूसरे दिन मुझे खूब डाँटा। मुझे गन्दी-गन्दी गालियाँ दीं। माता जी का मुँह तो पहले से ही फूला था। वह बोलीं, 'बाप रे बाप, लोग कहते हैं कि विमाता है विमाता, पर मेरा कलेजा फट गया। रोज रोती थी। मेरा इतना रुपया बरबाद हुआ, पर मैंने उसका खयाल तक नहीं किया। मेरा भाग्य ही ऐसा है...मैं भले ही अपनी जान निकालकर दे दूँ लेकिन लोग मुझे जान-बूझकर बदनाम ही करते हैं। मैं जहर की घूँट पीकर रह जाती हूँ।'

वह मुझे सुना-सुनाकर ऐसी बातें कह रही थीं। मैं कुछ भी नहीं बोला। अब मेरे सामने फिर वही नरक की जिन्दगी थी, जिसमें मैं घुटने लगा। मेरे क्रांतिकारी साथियों का कहीं पता नहीं था। वे निश्चय ही जेल से छूट गए होंगे और मुक्ति का जीवन व्यतीत कर रहे होंगे। पर मेरे लिए मुक्ति कहाँ है?

मेरी हीनता फिर लौट आयी थी, क्योंकि मेरे पिता जी और माता जी में जरा भी परिवर्तन नहीं हुआ था। वे मेरे लिए वैसे ही थे। वे मुझे बड़ा होने के कारण मारपीट तो नहीं सकते थे, पर जबान से, व्यंग्य-तानों से, डाँट-फटकार से मुझे इस तरह घायल कर देते थे कि उससे उनकी मारपीट ही अच्छी होती। मारपीट को आदमी तो बरदाश्त कर लेता है लेकिन व्यंग्य-बाण की मार बरदाश्त करना कितना कठिन है, यह मुझे उन्हीं दिनों मालूम हुआ।

मैं रात-दिन इसी उधेड़बुन में लगा रहता कि किस तरह इस घुटनपूर्ण वातावरण से छुटकारा मिले। मैं अब क्रांति के रास्ते पर नहीं जाना चाहता था,

क्योंकि अब मुझे पूर्ण विश्वास हो गया था कि क्रांतिकारी कामों में मुझे उतनी दिलचस्पी नहीं है, जितनी अपने वर्तमान वातावरण से मुक्त होने की इच्छा। बाबा के पास भी मैं अब नहीं जाना चाहता था। एक तो इससे उनमें और मेरे पिता जी में और बिगाड़ होता। फिर बाबा ने भी जान-बूझकर मुझे अपने पास से हटाया था, ऐसा मुझे अब प्रतीत होने लगा था। नहीं तो क्या वह पिता जी के पास लिख नहीं सकते थे कि वह मुझको किसी भी हालत में उनके पास नहीं भेजेंगे? पर कौन किसका इस दुनिया में होता है? मैं अब किसी के पास नहीं जाऊँगा और अपने पैरों पर खड़ा होऊँगा। लेकिन मैं कौन-सा काम कर सकता हूँ? मुझमें तो योग्यता भी नहीं है। मैं पढ़ा-लिखा भी नहीं हूँ। पढ़ने-लिखने से मेरी तबीयत अब भी भागती थी। पर पिता जी तो मुझे किसी काम-धाम पर लगा सकते हैं? मैं छोटे-से-छोटा काम करने को तैयार हूँ। इसमें बुराई क्या है? लेकिन पिता जी से यह सब कैसे कहूँ? वह तो माता जी की तरह ही मुझसे मुँह फुलाये हुए हैं। मुझे देखकर झट से दूसरी ओर मुँह फेर लेते हैं।

पर कुछ ही दिन बीते होंगे कि मेरी शादी की चर्चा होने लगी। और आश्चर्य है कि उन चर्चाओं के साथ बाबू जी और माता जी, दोनों ही मेरे साथ कोमलता का व्यवहार करने लगे। माता जी मेरे साथ जैसा व्यवहार करती थीं, ठीक वैसा ही व्यवहार पिता जी भी करते थे। पिता जी का कहना था कि शादी हो जाने के बाद, मैं एक बन्धन में बँध जाऊँगा और बाल-बच्चों के चक्कर में आकर सारी खुराफात छोड़ दूँगा तथा सही रास्ते पर लग जाऊँगा।

शादी के खयाल से मुझे एक तरह की खुशी ही हुई। मुझे ऐसा लगा कि शादी होने से मेरी जिन्दगी बदल जाएगी और मेरे जीवन में सुख और प्यार का बाहुल्य आ जाएगा, जिसके लिए मन सदा छटपटाता रहता था। आश्चर्य यही है कि मैंने यह नहीं सोचा कि इस नयी जिम्मेदारी का निर्वाह कैसे करूँगा, अपने परिवार का भरण-पोषण कैसे करूँगा। उन दिनों यह कोई समस्या नहीं थी। शादी-ब्याह माँ-बाप का कर्त्तव्य था जिसके प्रति वे बहुत पहले ही सचेत हो जाते थे। उनके इस कर्त्तव्य-पालन में किसी प्रकार की दखलन्दाजी नहीं हो सकती थी और न लड़का ही उसमें किसी प्रकार का हस्तक्षेप करने की कल्पना कर पाता था।

मेरे दिमाग में अनोखी किस्म की कोमल कल्पनाएँ तैरने लगीं। मैं बहुत ही भावुक प्रकृति का युवक था। या दुःख ने मुझमें अतिशय भावुकता भर दी थी? मैं एक खूबसूरत और पढ़ी-लिखी पत्नी चाहता था, जो मेरे जीवन को प्यार से भर देगी। वह मेरा सम्पूर्ण दायित्व अपने ऊपर ले लेगी और मुझे एक ऐसे मार्ग से

ले चलेगी, जिसमें किसी प्रकार का अभाव न होगा। यह कैसी कल्पना थी? पर उस समय तर्क-वितर्क का समय ही नहीं मिलता था। मेरा मन उन घुटन-भरी परिस्थितियों से भागना चाहता था और इसके लिए शादी एक आदर्श स्थिति थी।

लेकिन पिता जी और माता जी के मन में दूसरी ही बात थी। उनके लिए शादी का मतलब था आर्थिक लाभ। शायद इसीलिए वे मेरे प्रति कोमलता का व्यवहार करने लगे थे। उनके मन में शायद यह सन्देह रहा था कि उनके प्रस्ताव का मैं विरोध करूँगा, इसीलिए पिता जी ने कई बार सुना-सुनाकर मुझसे कहा था:

'किसी प्रकार की चिन्ता करने की जरूरत नहीं है। मैं सब कुछ ठीक कर लूँगा। इस जीवन में जो आता है, उसको शादी करनी ही पड़ती है। शादी रामचन्द्र जी ने की थी...शादी श्रीकृष्ण जी ने की थी। इससे कौन वंचित रह पाता है? यह एक धार्मिक कर्तव्य है। फिर तो सब कुछ अपने ढंग से चलने लगता है। मैं तो यह शादी ऐसी धूमधाम से करूँगा कि सब लोग देखते ही रह जाएँगे। एक खूबसूरत बहू को घर में उतारूँगा...इसके बारे में किसी प्रकार की चिन्ता करने की जरूरत नहीं है। अगर कोई यह सोचे कि शादी करके बीवी को क्या खिलाऊँगा तो ऐसी चिन्ता करना एकदम बेकार है। मैं किस दिन के लिए जिन्दा हूँ? यह सब तो माँ-बाप के सोचने की बातें हैं। खाने-पीने का तो भगवान प्रबन्ध करता है।'

माता जी ने भी कई बार इसी प्रकार की बातें सुनाई थीं। मैं कुछ नहीं बोलता था बल्कि उन बातों को बनावटी गम्भीरता से सिर झुकाकर सुन लेता था। पर उधर माता जी और बाबू जी में लगातार खुसुर-फुसुर हुआ करती थी। वह सब लेन-देन के बारे में ही था। शादी के प्रस्ताव लेकर बहुत-से लोग आते थे। पिता जी से वे जो कुछ बात करते थे, उसको मैं चुपचाप सुनता था। उनको भी इसकी चिन्ता नहीं थी कि लड़का कमाता है या नहीं। उनको फिक्र इस बात की थी कि उनकी लड़की घाटपार लग जाएगी। लड़का जब जवान है और लूला-लँगड़ा नहीं है और अच्छे परिवार का है तो अन्य बातों की चिन्ता की जरूरत ही क्या है? फिर यह तो लड़की की किस्मत पर है। लड़की की किस्मत में जो लिखा है, वही होगा।

ऐसी बातें मुझे भी विचित्र नहीं लगती थीं, क्योंकि हमारा जिस वातावरण में लालन-पालन हुआ था, उसमें ये बातें अकसर सुनने को मिलती थीं। मेरे भी दिमाग में इस सम्बन्ध में कोई खास विचार नहीं था। मुझे इस तरह दबाकर रखा

गया था कि मैं इसके बारे में स्वतन्त्रतापूर्वक कुछ सोच ही नहीं सकता था, न मेरी शिक्षा ही इतनी थी। बस, शादी में मैं अपनी मुक्ति की कल्पनाएँ किया करता था।

पिता जी ने बहुतों को दौड़ाया। जाहिर है कि मैं कोई योग्य वर नहीं था, इसलिए शादी का प्रस्ताव लेकर आनेवाले राजा-महाराजा नहीं हो सकते थे। वे साधारण मध्यवर्गीय परिवारों के ही लोग हो सकते थे और ऐसे ही लोगों से पिता जी को अपना काम निकालना था। यदि बहुत रसीला नीबू नहीं है तो उसकी आखिरी बूँदें निकालने के लिए उसको काफी दबाने की जरूरत पड़ेगी। पिता जी इसी सिद्धान्त के माननेवाले थे। खैर, काफी भाग-दौड़ के बाद यह शादी तय हो गयी। पाँच हजार तिलक और इतने ही दहेज के सामान, यद्यपि पिता जी इससे भी सन्तुष्ट नहीं थे। उनके हिसाब से तिलक-दहेज की यह रकम उनके परिवार के अनुकूल नहीं थी।

माता जी रोज ही सुनाती थीं, 'भिखमंगे हैं सब। इतने सस्ते में कहीं शादी होती है? अच्छे घर में शादी करने के लिए बड़ा कलेजा होना चाहिए। वे सब पैर पर गिरने लगे तो इनको भी दया आ गयी। रुपए-पैसे का हमको मोह नहीं है। ऐसे पैसे हमने बहुत देखे हैं। बस, हमको लड़की चाहिए। बस, सन्तोष की यही बात है कि लड़की लाखों में एक है। हम लोग सब पता लगा चुके हैं।'

लड़की की खुबसूरती का पता किस तरह लगवाया उन लोगों ने, यह मुझे पता नहीं लग सका, लेकिन उस पर मैंने सहज ही विश्वास कर लिया। फिर तो मेरी कल्पनाएँ और भी रंगीन हो गयीं और मैं ऊँचाइयों में उड़ने लगा। मैं भावी पत्नी की कल्पना करने लगा और शीघ्र ही मैंने अपने मन में उसकी एक काल्पनिक मूर्ति बना ली। लम्बी, पतली, तन्दुरुस्त, कोमल, तीखे नक्शवाली, भरे-भरे होंठ, बड़ी-बड़ी आँखें, मीठी बोली...। यह मेरे मन की एक आदर्श मूर्ति थी। आखिर लाखों में एक होने का मतलब क्या है? पिता जी और माता जी मेरे साथ जो भी व्यवहार करें, लेकिन जैसे वे व्यावहारिक हैं, उसके हिसाब से उनसे यह आशा नहीं की जा सकती कि वे इस मामले में धोखा खा सकते हैं। उनको अपनी पारिवारिक प्रतिष्ठा का भी तो खयाल है। ऐसे ही तर्क मेरे दिमाग में उठा करते थे—और ये तर्क चाहे जितने लचर थे, पर उन पर मुझे दृढ़ विश्वास था।

खैर, मेरी बारात धूमधाम से हो गयी। मैं कितने उत्साह में था, यद्यपि यह उत्साह मैं प्रकट नहीं करता था। ऊपर से मैं गंभीर था। मुझे अपने व्यक्तित्व पर गर्व था। मैं क्या किसी से कम था? लम्बा, गोरा शरीर। खूबसूरत चेहरा। मेरा

शरीर कसरती था। मेरी छाती आगे को निकली हुई थी। मेरी आँखों में मस्ती भरी कामना तैरने लगी थी। मुझे जो पत्नी मिलने जा रही थी, उसके मैं सर्वथा योग्य था। मैं उस पर अपने दिल का समस्त प्यार लूटा दूँगा और मैं भी ऐसा था कि वह भी मुझ पर सब कुछ न्यौछावर कर देगी। फिर यह जीवन कितना सुखमय हो जाएगा? हम दोनों मिलकर एक नयी दुनिया बसाएँगे। मैं ऐसी ही रोमाण्टिक कल्पनाओं में खोया हुआ शादी करने के लिए पहुँचा था।

शादी के बाद जब मैं कोहबर के अन्दर गया तो मेरा एक लड़की से परिचय कराया गया। वह मेरी साली नीलम थी। उम्र उसकी मात्रा तेरह वर्ष की थी, पर उसका शरीर पूर्ण रूप से विकसित हो गया था। चम्पा की तरह देह। सुडौल छातियाँ। लम्बी गर्दन, जिसको वह बहुत गर्व से घुमाती थी। वह दप-दप गोरी थी। वह कितनी खुशी से मेरी ओर देखती थी।

वह बहुत चंचल थी। यथावसर की महत्ता ने उसको चंचल जो बना दिया था। कभी एक जगह खड़ी रहती, कभी दूसरी जगह चली जाती, कभी हँसती और कभी गम्भीर हो जाती। आँखें भी उसकी चारों ओर घूमती रहती थीं। उसकी वाणी से फूल झड़ते थे। मेरा हृदय उछलने लगा। ऐसी खूबसूरत लड़की मैंने देखी भी नहीं थी आज तक। उसको देखकर मेरी उम्मीदें बहुत बढ़ गयीं। अगर नीलम इतनी खूबसूरत है तो उसकी बड़ी बहन क्यों नहीं खूबसूरत होगी? वह कम-से-कम इतनी तो खूबसूरत होगी ही। सम्भव है, इससे बीस ही हो। माता जी ने झूठ नहीं कहा था कि वह लाखों में एक है। यह सोचकर मैं माता जी के दुर्व्यवहार को भूल गया, बल्कि मैं उनके प्रति कृतज्ञता का अनुभव करने लगा। मैंने निश्चय किया कि मैं माता जी को अधिक-से-अधिक प्यार करूँगा। यहाँ से घर पहुँचकर मैं उनके चरणों पर माथा रख दूँगा और गिड़गिड़ाकर कहूँगा :

'माता जी, मैं आपका बच्चा हूँ। मैंने बहुत-से अपराध किये हैं, आप मुझे क्षमा कर दीजिए। भविष्य में मुझसे अब कोई गलती नहीं होगी। वह क्षमा कैसे नहीं करेंगी? उनका दिल बुरा नहीं है, उनको समझने में मैंने भूल कर दी है।'

जब तक मैं रहा, नीलम से मेरी खूब बातें हुईं। उसने कई गाने मुझे सुनाये। कण्ठ अत्यधिक सुरीला था। मैं खुशी से पागल हो गया। निश्चय मेरी पत्नी भी ऐसी ही गाती होगी। नीलम ने मुझसे भी गाने का आग्रह किया। मुझे बड़ा संकोच हुआ। काश, मेरा भी गला अच्छा होता! पर संगीत से मैं कोसों दूर था। लेकिन उसके आग्रह को मैं टाल नहीं सका। मैंने दो-चार कविताएँ उसको सुनाईं। ये कविताएँ राष्ट्रीय जागरण के सम्बन्ध में थीं। मुझे अफसोस होने लगा

कि प्यार और रोमांस की कविताएँ मुझे कोई याद नहीं थीं। वह मुझे कितना नीरस समझती होगी? पर उसने मेरी कविताओं की भूरि-भूरि प्रशंसा की, जिस पर मुझे अचम्भा हुआ।

विदाई के कुछ देर पहले नीलम ने मुझसे पूछा, 'चिट्ठी लिखेंगे आप?'

'क्यों नहीं लिखूँगा?'

'हाँ, कहना आसान है, पर वहाँ जाकर आप सब कुछ भूल जाएँगे।' उसने मुस्कराकर कहा।

'वाह, यह कैसे हो सकता है?'

'चलिए, बातें न बनाइए।'

'बातें मैं नहीं बनाता। मुझे इसकी आदत नहीं है। हाँ, मैं यह देखूँगा कि तुम्हारी चिट्ठी आती है कि नहीं।'

'मैं तो रोज चिट्ठी लिखूँगी, आप जब जाएँगे।' उसने गर्दन को गर्वपूर्वक मोड़ कर कहा।

'लिखकर देखना।'

'हाँ देखिएगा, पर आपको दीदी फुर्सत देगी तब न?' वह हँसने लगी।

'अरे छोड़ो, मैं किसी के चक्कर में नहीं आता। मैं बहुत ही आजाद किस्म का व्यक्ति हूँ।' मैंने अपनी खुशी को दबाते हुए डींग मारी। साथ ही मैं यह भी आशा कर रहा था कि वह अपनी दीदी के सम्बन्ध में कुछ और भी कहेगी।

पर उसने इस सम्बन्ध में और कुछ न कहा, बल्कि एक दूसरा ही प्रश्न किया, 'अब आप कब आएँगे?'

'जब तुम बुलाओ।'

'मैं बुलानेवाली कौन होती हूँ?'

'ऐसा न कहो। तुम्हारा दर्जा बहुत ऊँचा है।'

'बातें बनाना कोई आपसे सीखे।'

'नहीं नीलम, सच कहता हूँ। तुम बुलाकर देखना। हाँ, मैं बुलाऊँगा तो तुम नहीं आ सकतीं।'

'पर मुझे बुलाने से क्या फायदा? बाबू जी भेजेंगे तो मैं जा सकती हूँ।' वह कुछ उदास-सी हो गयी।

'पर बाबू जी भेजेंगे क्यों नहीं?' मैंने कहा, 'अपनी बड़ी बहन की ससुराल जब चाहे तुम जा सकती हो।'

'मुझे तो दूसरी जगह जाकर नयी जगहें देखने की बड़ी इच्छा रहती है, पर ऐसा मौका नहीं मिलता।'

'क्यों नहीं मिलता?'

'कोई भेजता ही नहीं।'

'वाह, यह तो गलत बात है। अच्छा, देखो, मैं तुमको घुमाऊँगा।'

'बड़े भैया इसके खिलाफ़ हैं....हाँ, छोटे भैया मुझको बहुत उत्साहित करते हैं।' नीलम ने सिर झुकाकर कहा, 'घर में और कोई नहीं चाहता कि मैं अधिक पढ़ूँ-लिखूँ। माँ चाहती हैं कि मैं घर-गृहस्थी के काम में जुटी रहूँ, लेकिन छोटे भैया के जोर देने पर ही मेरी पढ़ाई अब तक चल रही है। मैं अधिक-से-अधिक पढ़ना चाहती हूँ। आपकी क्या राय है? आप क्या लड़कियों का पढ़ना अच्छा समझते हैं?'

'हाँ, क्यों नहीं! लड़कियों को अवश्य पढ़ना चाहिए।' मैंने गौर किया कि मेरे स्वर में अधिक उत्साह नहीं था परन्तु इसका कारण यह था कि मैं स्वयं अधिक पढ़ा-लिखा नहीं था और मेरा शैक्षिक जीवन एकदम फिसड्डी रहा था। मुझे पढ़ा-लिखा न होने के कारण सख्त अफसोस होने लगा। मुझे अपने जीवन से घृणा होने लगी। पर इसमें मेरा क्या दोष था? नीलम तो मेरी योग्यता के बारे में अवश्य जानती होगी। वह क्या सोचती होगी मेरे बारे में?

'चलिए, मेरा एक और समर्थक मिल गया।' उसकी आँखें खुशी से चमकने लगीं।

'हाँ-हाँ, तुम खूब मन लगाकर पढ़ो। तुम अधिक-से-अधिक पढ़ो। मुझसे तुम जिस प्रकार का समर्थन चाहो, प्राप्त कर सकती हो। बस, इशारा करने की जरूरत रही। बस, मेहनत से पढ़ती जाओ। मेहनत बहुत ही बड़ी चीज है। मेहनत से ही सफलता मिलती है। मैं चाहता हूँ कि तुम अधिक-से-अधिक मेहनत करो और अधिक-से-अधिक पढ़ो।'

मैंने उसके सामने एक अच्छा-खासा भाषण दे डाला, जिस पर मुझे मन-ही-मन बेहद संकोच भी हो रहा था। कैसी बेहयाई से मैं बात कर रहा था, इसकी चिन्ता किये बगैर कि नीलम मेरे बारे में क्या सोचती होगी! मेरी बातें कितनी खोखली थीं? फिर मैं एक भारी दहशत से भर गया उस जीवन का स्मरण करके, जो मैं बिता चुका था। मेरी बुद्धि खराब न थी और यदि मुझे प्यार एवं उत्साह मिला होता तो मैं काफी पढ़ गया होता, लेकिन मेरा जीवन तो बचपन से ही एक भीषण अभिशाप से ग्रस्त था। यह सब सोचकर मैं अचानक गम्भीर हो उठा।

इसी तरह नीलम से कुछ और देर तक मेरी बातचीत होती रही। नीलम से अलग होकर मुझे दुःख अवश्य हुआ था, परन्तु खुशी से मेरा कलेजा धड़क भी

रहा था। नीलम जब ऐसी है तो मेरी पत्नी भी अवश्य ऐसी होगी। व्याकुलता से उन मधुर क्षणों की प्रतीक्षा करने लगा, जब मैं कान्ति को देखकर अपनी आँखों की प्यास बुझाऊँगा।

5

रात को लगभग बारह बजे एक दूर की भाभी ने कान्ति के कमरे में मुझे पहुँचाकर बाहर से दरवाजा बन्द कर दिया। कान्ति ठीक से सजाए गए बिस्तरे पर पैताने सिकुड़कर बैठी थी। मेरा दिल बुरी तरह धड़क रहा था। मेरी इच्छा हुई कि फौरन उसका घूँघट खोलकर उसको अपने अंक में भर लूँ और कहूँ कि मैं न मालूम कब से तुम्हारी प्रतीक्षा कर रहा हूँ....। परन्तु सहसा मेरी हिम्मत नहीं हुई। पता नहीं, मेरे भाग्य में क्या लिखा हो। वह इस तरह सिकुड़कर बैठी थी, जैसे कोई छोटी गुड़िया हो। क्या उसकी देह-धजा वैसी नहीं थी, जैसा मैं था? क्या वह डील-डौल में कुछ छोटी थी? क्या वह नीलम की तरह लम्बी और छरहरी नहीं थी?

कुछ ही देर में सब कुछ फैसला हो गया। मेरे सपने चकनाचूर होकर बिखर गए। कान्ति को देखकर मुझे बहुत ही चोट पहुँची। कान्ति बदसूरत तो नहीं थी, लेकिन उसको खूबसूरत भी नहीं कहा जा सकता। वह बहुत गोरी भी नहीं थी नीलम की तरह। उसकी आँखें छोटी-छोटी थीं और नाक कुछ चपटी-सी। निस्सन्देह उसके चेहरे पर सज्जनता, सलज्जता एवं शिष्टता थी, लेकिन इसकी मुझे आवश्यकता नहीं थी। मैं चाहता था जवानी और सौन्दर्य। मेरी आँखों के सामने अन्धकार छा गया। संसार में इतना सुख है, इतना सौन्दर्य है, परन्तु क्या मैं ही ऐसा हूँ जिसको यह सब नहीं मिलता? मैं किस नियति के भँवर-जाल में फँसा हूँ? उसी घर में नीलम जैसी सुन्दर लड़की है, लेकिन वह भी मेरे भाग्य में नहीं थी। मेरे साथ सबने मिलकर धोखा किया है। माता जी ने कितना झूठ बोला था! पिता जी ने भी कुछ जानने का प्रयास नहीं किया। उन लोगों को तो चाहिए था रुपया, उनको मेरे सुख-दुःख की क्या परवाह थी? नीलम भी कितनी चिकनी-चुपड़ी बातें करती रही! मुझको बातों से यह पता नहीं लगता था कि उसकी बहन खूबसूरत नहीं है। मुझको सहसा अपनी दुनिया से घृणा हो गयी थी। मेरा मन ऐसी प्रतिहिंसा से भर उठा, जिससे मैं सर्वथा बेचैन हो उठा। मैंने ही क्या

गलती की है कि ऐसी यातनाएँ सहूँ? मेरा व्यक्तित्व किसी प्रकार हेय नहीं है, फिर मैं ही क्यों ऐसा हीन जीवन व्यतीत करूँ?

मेरी इच्छा हुई कि मैं वहाँ से भाग जाऊँ। यह तय है कि मैं इस परिवार में नहीं रह सकता। हर पल मैं घुटता रहूँगा। मुझे एक क्षण के लिए भी सुख नहीं मिलेगा। पर दरअसल मुझमें इतनी भी हिम्मत नहीं थी कि मैं ऐसा कर सकूँ! मुझमें जो हीनता थी, वह मुझे विद्रोह करने से रोकती थी। यह हीनता मुझमें शुरू से ही कूट-कूटकर भर दी गयी थी। यह हीनता मुझे सदा पीछे ठेलती थी, मुझे सबसे पिछली पंक्ति में खड़ा कर देती थी और मैं दूसरों का मुँह देखता ही रह जाता था। इसलिए इस नियति से बचने का कोई उपाय नहीं था। यही सब मेरी किस्मत में लिखा था और मुझे यह सब भोगना था। अगर मेरी किस्मत खोटी न होती तो क्या ऐसा हो सकता था?

इसके बाद मेरा व्यवहार इस तरह होने लगा, जैसे मैं चलती-फिरती मशीन होऊँ। मैंने कान्ति को आलिंगन में भी ले लिया और उसको अपने प्यार का आश्वासन भी दिया। कितना बड़ा झूठ यह सब था? मैं जान-बूझकर झूठ बोल रहा था, क्योंकि मेरे मन की समस्त आशाएँ मर चुकी थीं।

कान्ति एक बहुत ही सीधी-सादी लड़की थी। वह छः-सात दर्जे तक पढ़ी थी। वह अधिक बोलती न थी, बल्कि बहुत-सी बातों में धीरे से मुस्कुरा देती थी। उसके स्वभाव में उस उत्साह की कमी थी जो मैंने नीलम में देखा था। एक ही खून की दो बहनों में इतना अन्तर! मुझे बार-बार नीलम याद आती थी।

परन्तु एक बात ने कान्ति और मुझको एक-दूसरे के निकट लाकर खड़ा कर दिया। शादी के कुछ ही दिनों बाद माता जी ने अपना रूप बदल दिया था। शादी होने तक वह अत्यधिक कोमल बनी रहीं, लेकिन अब उन्होंने अपना उग्र रूप दिखाना शुरू किया। कान्ति शुरू से ही काम-धाम करने में लगी रहती थी। परिवार में उस समय काफी लोग आ गए थे। वह चुपचाप सारे परिवार का भोजन बना देती। खाना बनाने के अलावा वह झाड़-बुहारू करती, कपड़े साफ करती। रात को खाना बनाने के बाद वह सभी बुजुर्ग स्त्रियों के बदन में तेल लगाती थी। वह सबको प्रसन्न रखने की कोशिश करती, परन्तु माता जी का मुँह सदा ही फूला रहता। उनको कान्ति का कोई काम पसन्द नहीं आता था। वह झनक-झनककर बोलती थीं:

'यहाँ नखरा फैलाने से काम नहीं चलेगा। एक हम लोग थीं कि शादी-ब्याह के बाद कितना काम करती थीं। हर बात का खयाल रखती थीं। पर इनका तो हाथ-पैर चलता ही नहीं। धीरे-धीरे बच्चों की तरह काम करती हैं। मैं क्या

जानती थी कि यह ऐसी मिलेगी, नहीं तो मैं किसी भी हालत में शादी नहीं करती। सस्ते में हम लोगों को ठग लिये बेईमानों ने। भगवान उनसे बदला लेगा...।'

रात में जब मैं कान्ति को गम्भीर और दु:खित देखता तो मुझे उस पर दया आती। पर वह अपने मुँह से कुछ भी नहीं कहती थी। मैं स्वयं देखता था कि वह दिन-रात छाती फाड़कर काम करती है। उसको छोड़कर घर के सभी लोग आराम करते थे। ऐसा क्यों था? क्या बहू के आते ही आते उससे काम लेना चाहिए था? माता जी तो खर भी नहीं टकसाती थीं। मैं जानता था कि ऐसा क्यों होता है। यदि मैं उनका लड़का होता तो क्या वह मेरी पत्नी से ऐसा व्यवहार करतीं? कम-से-कम कुछ दिनों तक तो वह उसके आराम का ध्यान देतीं। फिर तो सबको काम करना ही पड़ता है। शादी के पहले उन्होंने किस तरह प्रेम का व्यवहार शुरू कर दिया था? लेकिन काम निकल जाने पर उन्होंने वही अपना पुराना रूप दिखाना शुरू कर दिया था। पिता जी की हालत भी ठीक माता जी की तरह ही थी। सबसे दु:ख की बात तो यह थी कि मैं किसी काम का नहीं था। मैं पढ़ा-लिखा नहीं था और न ही कुछ कमाता-धमाता था। यदि मैं कमाता होता तो मेरी पत्नी को इतनी तकलीफ न होती। सब कुछ मुझे एक भारी चुनौती की तरह लग रही थी।

मैं चाहते हुए भी कान्ति को कोई सान्त्वना नहीं दे पाता था। मैं किस बात की सान्त्वना देता? मेरे सामने अन्धकार छाया हुआ था। मुझे कुछ भी नहीं सूझता था। मैं उसके हाथ पर एक पैसा तक नहीं रख सकता था। इसका परिणाम यह हुआ कि मैं बेहद चिन्तित रहने लगा। मैं कौन-सा काम करूँ? कैसे इस घुटन-भरे वातावरण से मुक्त होऊँ?

माता जी का रूप और उग्र होता गया। वह बात-बात पर ताना-व्यंग्य कसने लगीं, 'बाप रे, घर में एक कमानेवाला है और इतने खानेवाले लोग हैं। ऐसे किस तरह चलेगा? इनको तो बहुत चिन्ता रहती है। भगवान न करे, अगर आज कोई दु:ख-तकलीफ पड़ जाय तो किसके सामने हाथ फैलाने जाएँगे? अपने घर के आदमी भी तो ऐसे नहीं कि उनसे कोई उम्मीद की जाय।'

देर तक वह बड़बड़ाती रहती थीं। मेरे अलावा वह किसको सुनाती थीं? मेरे कलेजे पर जैसे भारी पत्थर का बोझ रख दिया गया हो। मैं चुपके से वहाँ से खिसक जाता था। लेकिन कान्ति कहाँ जाती? वह सिर झुकाकर चुपचाप सुनती रहती।

एक दिन अजीब ही घटना हुई। दोपहर को कान्ति जब अपने कपड़े धोने जा

रही थी तो माता जी इधर-उधर देखती हुई तेजी से आयीं और साबुन उठाकर चलती बनीं। कान्ति उनका मुँह देखती रह गयी। इसके बाद साबुन अपने कमरे में रखकर आयीं और आँगन में चारपाई पर बैठ गयीं। कान्ति कुछ देर तक गुसलखाने में बैठी रही। फिर उठकर माता जी के पास जाकर बोली, 'माता जी, जरा साबुन दे दीजिए....मेरे कपड़े गन्दे हो गए हैं।'

'कैसा साबुन जी? साबुन क्या तुम्हारे बाप ने खरीदा है या तुम्हारे मर्द ने? जब से तुम आयी हो, साबुन का खर्च कितना बढ़ गया है, यह मेरा दिल ही जानता है। यह सब कहाँ से आएगा? इसमें पैसा नहीं लगता? वह तो इसी चिन्ता में दिन-पर-दिन दुबले होते जा रहे हैं। अकेले कमानेवाले वह हैं, किसके-किसके लिए वह करें?'

'माता जी, मैं यह सब क्या जानूँ।' कान्ति धीरे से बोली, 'अब तो आप ही मेरे लिए माँ-बाप हैं।'

'ऐ है!' माता जी ने करछुल की तरह उसके सामने हाथ घुमाते हुए कहा, 'खबरदार! मुझसे जबान न लड़ाना। यही बड़े घर की बहू के लक्षण हैं! न मालूम किस घर की है! बहुत आयी माँ-बाप वाली। हम लोग कैसे तुम्हारे असली माँ-बाप हो सकते हैं जी! माँ-बाप तो हम लोग कहने भर के लिए नहीं है...नहीं तो दुनिया भर में बदनामी फैल गयी है। मैं माँ होती तो क्या मुझे दुश्मन समझता? भगवान ही जानता है कि मैं कितना खयाल करती थी। हमेशा डरती रहती थी कि कोई तकलीफ न हो जाय बाबू को, पर एक दिन देखा तो ट्रंक से चार सौ रुपए गायब। मुझे तो पहले नौकर-चाकर पर सन्देह हुआ, पर बाद में सब कुछ पता लग गया। मेरे मानने-जानने का यह बदला निकला था! ऊपर से दुनिया ने यह बदनाम किया कि मैं विमाता हूँ इसलिए लड़का भाग गया। मैं क्या वह सब भूली हूँ? मुझसे यह अब न कहना। मेरा तो दिल ही फट गया है।'

'माता जी, ऐसा न कहिए, मैं आपकी बेटी हूँ।' कान्ति रोने लगी थी।

'नहीं भैया, तुम मेरी बेटी नहीं हो। इतना झूठ न बोलो।' माता जी ने चिढ़ी आवाज में कहा।

'आप जो भी कहें, पर मेरा दिल हमेशा साफ रहेगा।'

'देखो जी, मैंने लाख बार कह दिया कि मुझसे जबान न लड़ाओ। मैं वह औरत नहीं हूँ जो यह सब बरदाश्त करूँगी। मैं तो वह औरत हूँ कि बदतमीजी पर जबान खींच लेती हूँ। साफ-साफ सुन लो, तुम मुझसे कोई आशा न करो। वह भी ऐसा ही कह रहे थे। हमने पाल-पोसकर बड़ा कर दिया, पढ़ा-लिखा दिया। जब लड़का बड़ा हो जाय तो उसको अपना हाथ-पैर चलाना चाहिए। अपने

बाल-बच्चों का पालन-पोषण करना चाहिए। तुम, जो कुछ जरूरत हो, अपने मर्द से माँगो। भई, यह तो दुनिया का नियम है। मर्द मजबूत रहता है तो स्त्री को भी सुख मिलता है। पर अगर मर्द ही कमजोर रहे तो स्त्री को कौन पूछे? ऐसी स्त्री तो हर जगह से दुरदुरायी जाती है। लाख बात की एक बात यही समझ लो।'

कान्ति वहीं बैठकर फूट-फूटकर रोने लगी। मैं कमरे में बैठा यह सब सुन रहा था, लेकिन मेरे मुँह से कोई आवाज न निकली। इससे बड़ा अपमान क्या हो सकता था? पर मैं यह जहर की घूँट पहले ही की तरह पी गया। हीनता और मजबूरी ने मुझे एकदम बेशर्म बना दिया था। पर अब भी यह स्थिति अधिक दिनों तक बरदाश्त नहीं हो सकती थी। पहले तो जो कुछ अन्याय होता था, वह मुझपर होता था, लेकिन अब जो कुछ अन्याय होगा, वह उस पर होगा, जो मेरे सहारे रहने आयी थी। यही नहीं, जो असन्तोष और शिकायत मुझसे होगी, उसका पूरा बदला उससे निकाला जाएगा, क्योंकि यहाँ सबसे कमजोर वही पड़ती है। स्वभाव से भी वह इतनी भली है कि सब कुछ बरदाश्त कर जाएगी, पर मुँह से एक बात भी नहीं निकालेगी। ऐसी स्थिति बहुत दिनों तक कैसे चलेगी?

रात में जब मैंने कान्ति को देखा, उसके चेहरे पर एक भारी विषाद एवं पीड़ा दृष्टिगोचर हुई। पर मैंने उससे कुछ पूछा नहीं। मेरे अन्दर स्वयं किसी प्रकार का उत्साह नहीं था। मुझे कान्ति के प्रति वाकई में सहानुभूति थी। उसका अपमान मुझे अपना अपमान महसूस होता था, पर मैं उसके लिए कर क्या सकता था? और अचानक मेरी आँखों से झर-झर आँसू गिरने लगे।

'क्या बात है? मेरी कसम बताइए, आप क्या रो रहे हैं?' कान्ति एकदम घबरा गयी।

'कान्ति, मुझे माफ करो...मेरी वजह से तुमको काफी तकलीफ उठानी पड़ती है।' मैं अपने आँसुओं को रोकने की कोशिश कर रहा था, लेकिन रुकने के बजाय वे और तेजी से गिरने लगे।

'मुझे कोई तकलीफ नहीं। आप जरा भी परेशान न हों।' कान्ति की आँखें डबडबा आयी थीं।

'नहीं, इससे अधिक तकलीफ भी क्या हो सकती है? मैंने आज वे सभी बातें सुनीं, जो माता जी ने तुमसे कही थीं। यहाँ मैं चुपचाप बैठा रहा। मैं एक शब्द भी नहीं बोल सका, क्योंकि न मेरे पास पैसा है और न मैं किसी काबिल हूँ। मेरी इच्छा हुई कि मैं जाकर कहीं मजदूरी कर लूँ, रिक्शा चलाने लगूँ, और

इस घर का एक दाना भी अपने मुँह में न डालूँ, पर मजबूरी बहुत बड़ी चीज होती है, कान्ति। मैं बचपन से ही कष्ट भुगतता रहा हूँ। यह सच है कि मैंने माता जी के बक्से में से केवल सौ रुपए चुराये थे। सिर्फ सौ रुपए—इससे अधिक नहीं। यहाँ से मुक्ति पाने के लिए मैंने ऐसा किया था। यहाँ के व्यवहार की वजह से मैं कुछ भी नहीं कर पाया। मेरी पढ़ाई भी नहीं हो सकी। मेरी तबीयत पढ़ने-लिखने में लगती ही नहीं थी। घर के अन्दर आते ही मेरी छाती पर जैसे एक भारी बोझ रख दिया जाता था। खाने को कभी ठीक ढंग से नहीं मिला। माता जी हमेशा जहर उगला करती थीं। पिता जी मुझे देखकर नफरत से मुँह फेर लेते थे। इसके अलावा मुझे काम भी बहुत करना पड़ता था। उससे बदन चूर-चूर हो जाता। इसी तरह मेरा बचपन कट गया। जब शादी होने लगी तो माता जी और पिता जी प्रेम से बोलने लगे, पर मैं अब समझ गया हूँ कि मेरी शादी से रुपए कमाना चाहते थे और उनको डर था कि मैं शादी से कहीं इनकार न कर दूँ। अपना काम निकल जाने पर उन्होंने फिर वही अपना पुराना रूप धारण कर लिया है। पिता जी मुझसे बात भी पसन्द नहीं करते। मैंने उनसे एक दिन कहा था पढ़ाई जारी करने के लिए लेकिन उन्होंने साफ-साफ इनकार कर दिया। उन्होंने कहा कि वह एक पैसा भी मेरी पढ़ाई पर खर्च नहीं कर सकते। अब बताओ, मैं क्या करूँ? मुझे तो कुछ समझ में ही नहीं आता। इच्छा करती है कि कुछ खाकर सो जाऊँ...।'

कान्ति ने अचानक झुककर मेरे पैर पकड़ लिये, फिर सिसकती हुई बोली, 'आप ऐसा न कहिए। मुझे कुछ भी तकलीफ नहीं है। आपकी खुशी में ही मेरी खुशी है। मेरा जीवन अब आपके साथ ही बँधा है। आप जो चाहेंगे, वैसा ही होगा। आप जो चाहेंगे, वैसा ही करूँगी। आपको कष्ट है तो सुख लेकर मैं क्या करूँगी? मुझे ऐसा सुख चाहिए भी नहीं। अगर माता जी और पिता जी आपसे प्यार से नहीं बोलते तो उनके प्यार को लेकर मैं क्या करूँगी? पर आपको हिम्मत नहीं छोड़नी चाहिए। जब मर्द ही हिम्मत हार जाएगा तो क्या होगा? हिम्मत हारा हुआ आदमी तो कुछ भी नहीं कर सकता। अभी कुछ भी नहीं बिगड़ा है। आपकी उम्र ही क्या है? आप फिर से पढ़ सकते हैं। कम-से-कम आपको टेन्थ तो पास कर लेना चाहिए। टेन्थ पास करने से आपको नौकरी भी मिल जाएगी। एक साल या दो साल में आप टेन्थ पास कर सकते हैं। फिर नौकरी भी मिल जाएगी। मेरी चिन्ता आप न कीजिए। मैं हर दुःख-कष्ट बरदाश्त कर सकती हूँ। मैं हर हालत में प्रसन्न रहूँगी। मैं तब तक प्रतीक्षा कर सकती हूँ। मैं नहीं चाहती कि आप किसी से हीन-दीन रहे। आप क्यों मजदूरी

करेंगे? क्यों रिक्शा चलाएँगे? आप क्यों नहीं पढ़-लिखकर कोई अच्छी नौकरी करें?'

'पर पढ़ाई होगी कैसे? पिता जी तो एक पैसे की भी मदद नहीं देना चाहते।' मैंने मजबूरी में सिर हिलाया।

'मैं मदद करूँगी।' कान्ति ने दृढ़ता से कहा।

'कैसे मदद करोगी? अपने मैके को लिखोगी?'

'नहीं। उनके पास मैं क्यों लिखूँगी? आपकी बेइज्जती होगी तो क्या मेरी न होगी?'

'फिर?'

'मेरे पास कुछ गहने हैं। ये गहने मेरी माँ ने मुझको दिये हैं। यहाँ के गहने वे नहीं हैं। इनमें से कुछ बेच लीजिए और अपनी पढ़ाई का खर्चा चलाइए।'

'नहीं, यह नहीं हो सकता।'

'क्यों नहीं हो सकता?'

'ऐसा अपराध मैं नहीं कर सकता। तुमको मैं कुछ दे नहीं पाया और आते ही आते तुम्हारे गहने भी बेच डालूँ? ऐसी नीचता मैं नहीं कर सकता।'

'भगवान के लिए ऐसा न कहिए...मैं आपसे हाथ जोड़कर प्रार्थना करती हूँ।'

'देखो कान्ति, मुझसे ऐसा न कहो। इस बारे में मैं तुम्हारी बात नहीं सुनूँगा।'

'आखिर गहने होते किस दिन के लिए हैं? संकट-तकलीफ के लिए ही न? पिता जी मदद करेंगे नहीं। मैं अपने मैके वालों के सामने हाथ पसारूँगी नहीं। जब आप नहीं पढ़ेंगे तो आपको अच्छी नौकरी नहीं मिलेगी, फिर हमको जिन्दगी भर दूसरे के सहारे रहना पड़ेगा। अपमान और बेइज्जती की जिन्दगी बितानी पड़ेगी। पर जब आपकी नौकरी हो जाएगी तो ऐसे गहने बहुत आएँगे। और आएँ चाहे न आएँ, हम स्वाभिमान की रोटी तो खाएँगे! सुख से तो रहेंगे। किसी का बरदाश्त तो नहीं करना पड़ेगा। आप मेरी प्रार्थना को न ठुकराइए। इन गहनों के लिए मुझे कुछ भी तकलीफ न होगी, बल्कि खुशी होगी कि ये आपके काम आ रहे हैं। फिर यह आपका ही काम तो नहीं...मेरा भी काम है।'

'पर कान्ति, क्या मैं पढ़ पाऊँगा? पास हो सकूँगा? मुझमें तो जरा भी हिम्मत नहीं।'

'आप जरूर पास होंगे...मुझे पूरा विश्वास है। हिम्मत रखिए। मेहनत करेंगे तो पास क्यों नहीं होंगे?'

'अगर पास न हुआ तो?'

'ऐसा सोचना ही न चाहिए।'

'ठीक कहती हो, कान्ति। अब मैं ऐसा कभी नहीं सोचूँगा। मैं अब खूब मेहनत से पढ़ूँगा और तब तक चैन नहीं लूँगा, जब तक पास नहीं हो जाऊँगा। पर इन दो-तीन वर्षों का समय बीतेगा कैसे?'

'खूब अच्छी तरह बीतेगा।'

'लेकिन ये गहने मैं फिर जब तक खरीद नहीं लूँगा तब तक मुझे चैन नहीं आएगा। सबसे पहला काम मैं यही करूँगा।'

'समय आने पर सब हो जाएगा।'

'नौकरी मिलते ही मैं तुमको यहाँ से ले चलूँगा।'

'हाँ, वह सब होगा। आप बस अपनी पढ़ाई शुरू कर दीजिए।'

6

कान्ति की बातें मैं सोचता हूँ तो मुझे बहुत अफसोस होता है। यदि कान्ति ने उस दिन मुझे धैर्य न बँधाया होता तो मैं किस मार्ग पर चल पड़ता, इसके बारे में कुछ नहीं कहा जा सकता। उस समय मेरा जीवन घोर अन्धकाराच्छन्न था। मेरे जीवन को काली छायाओं ने अभिशप्त कर दिया था। तभी कान्ति ने मेरा पथ-प्रदर्शन किया, मेरी हिम्मत बढ़ाई, कान्ति का मैं बहुत ही कृतज्ञ था। मैंने नहीं सोचा था कि वह इतनी हिम्मती है और उसमें इतना धैर्य है। मैंने तो अपनी सारी उम्मीदें छोड़ दी थीं। मैंने तो सोच लिया था कि चाहे और कुछ मैं भले ही कर लूँ, पर मैं पढ़ नहीं सकता। लेकिन कान्ति के ढाढ़स बँधाने से मैं बहुत ही उत्साहित हो उठा। मैंने दृढ़ निश्चय कर लिया कि हाई स्कूल जरूर ही पास कर लूँगा।

मैंने अपनी तैयारी शुरू कर दी। मैंने कान्ति का एक गहना बेचा और उससे जो रुपए आए, उससे किताबें खरीदीं और हाई स्कूल का फार्म भर दिया। उधर कान्ति पर माता जी का अन्याय बढ़ता जा रहा था। माता जी मुझ पर भी हमेशा व्यंग्य कसा करतीं। उनकी बातों का मैं कितनी कठिनाई से बरदाश्त करता था! पर इसके अलावा कोई चारा भी नहीं था। कान्ति अब उनकी बातों की जरा भी परवाह नहीं करती थी। मेरे सामने आती तो मुस्कुराने लगती। दरअसल कान्ति की हिम्मत एवं दूरदर्शिता ने मुझे उबार लिया। अपनी पढ़ाई के इस काल में जब मैं हिम्मत हार जाता तो वह आशा के दो शब्द कहकर मेरे मन में हिम्मत भर

देती थी। तब मैं सब कुछ भूलकर पढ़ाई में लग जाता था।

जब मैं दिन-रात पढ़ने लगा तो अपने उद्देश्य को छिपाना सम्भव न हुआ। पिता जी ने एक दिन पूछा, 'यह क्या तुम दिन-रात पढ़ा करते हो? घर में बीवी लाकर बिठा दिया...किसी बात की फिक्र भी है? मैं अब तुम लोगों का खर्चा बरदाश्त नहीं कर सकता। तुमको अपना इन्तजाम करना होगा।'

इन बातों से मुझे जो कष्ट हुआ, उसका मैं बयान नहीं कर सकता। एक तो यह बात ही प्यार एवं सहानुभूति से शून्य थी। फिर उसको कहने का ढंग इतना घृणापूर्ण था कि मेरी इच्छा हुई कि अभी घर छोड़कर चला जाऊँ और इन लोगों को अपना मुँह न दिखाऊँ। लेकिन ऐसा मैं कर भी नहीं सकता था, क्योंकि मुझ पर कान्ति का दायित्व था।

मैंने कहा, 'मैं हाई स्कूल का इम्तहान दूँगा। मैंने प्राइवेट फार्म भर दिया है।'

'हाई स्कूल? अब फिर पढ़ाई के चक्कर में पड़े? तुम पढ़ भी सकते हो? बूढ़ा तोता क्या खाकर पढ़ेगा! तुम कोई काम-धाम करो। पढ़ना तुम्हारे बूते की बात नहीं। फार्म भरने के लिए पैसा किसने दिया है?' पिता जी गरज रहे थे।

'पैसा था।'

'कहाँ से आया? कौन-सी कमाई कर रहे हो? क्या चोरी करके पैसे ले आए? साफ-साफ कहो नहीं तो मुझसे बुरा कोई न होगा।'

मैं बेहद घबरा गया। मैं उनको बता नहीं सकता था कि मैंने गहने बेचे हैं। फिर क्या बताऊँ? मेरे मुँह से कोई आवाज नहीं निकली।

'नहीं बताओगे?' पिता जी चिल्लाये।

'वाइफ के पास था।' मेरे मुँह से अचानक निकला।

'हाँ, अब तुम अपनी बीवी के पैसे खाओगे ही। खुद तो कुछ कर ही नहीं सकते। बीवी चारों ओर बदनामी करती फिरेगी कि हम लोग कुछ नहीं करते-धरते। मुझे खूब अच्छी तरह मालूम है कि तुम्हारी ससुराल वालों ने तुमको यह पट्टी पढ़ायी है। मैं तो पहले ही से जानता था कि तुम हम लोगों को दुश्मन समझते हो। यहाँ से चोरी करके तुम भाग गए तो मैं खून का घूँट पीकर रह गया। उससे मेरी जितनी बेइज्जती हुई उसको मैं ही जानता हूँ। लोगों ने यही समझा कि हम लोगों के अन्याय करने से ही तुम घर छोड़कर चले गए। अब भी तुम्हारा जब तक स्वार्थ है, तुम यहाँ रहोगे और जब तुम्हारा काम निकल जाएगा तो तुम चलते बनोगे और हम लोगों को बदनाम करते फिरोगे।'

'बाबू जी, मुझसे जो गलती पहले हो गयी हो, उसके लिए मुझे माफ कीजिए। मैं चाहता हूँ कि हाई स्कूल पास करके कोई काम-धाम करूँ। मुझे एक

वर्ष का समय दे दीजिए।'

'एक वर्ष में तुम पास हो जाओगे?'

'कोशिश ऐसी ही करूँगा।'

'और न पास हुए तो?'

'तो कोई काम-धाम करूँगा, चाहे जो भी मिले। मुझे खुद कष्ट होता है कि आप लोगों को मेरी वजह से तकलीफ होती है।'

'अच्छा-अच्छा, यह लेक्चर छोड़ो। यह सब मैं बरदाश्त नहीं कर सकता। यह सब हम लोगों को बदनाम करने की बातें हैं। तो बस एक वर्ष का समय चाहिए तुम्हें?' पिता जी का चेहरा एकदम विकृत हो गया।

'जी हाँ।' मैंने दबी जबान से कहा।

'अच्छा, ठीक है। बस, एक वर्ष का समय। एक वर्ष में तुमको पास होना है और नौकरी करनी है।' यह कहकर पिता जी तेजी से वहाँ से चले गए।

पिता जी के जाने के बाद मैंने सोचा कि शायद वह मेरी पढ़ाई में रुचि लेने लगें, पर उस दिन के बाद वह मुझसे और नाराज रहने लगे। माता जी की भी नाराजी का अन्त नहीं था। वह कान्ति को नाना प्रकार के कष्ट देने लगीं। उसको ठीक से नाश्ता और खाने के लिए नहीं पूछा जाता। मैं विचलित हो जाता। पढ़ाई के प्रति मेरा सारा उत्साह खत्म हो जाता, परन्तु कान्ति मुझे सदा उत्साहित करती रहती। दु:ख, तकलीफ और अपमान सहकर भी वह जब मेरे सामने आती तो उसका चेहरा खिल जाता। वह मुझे तरह-तरह से खुश करने की कोशिश करती।

वह कहती, 'आप एक मिनट के लिए भी किसी बात की चिन्ता न कीजिए। मैं बहुत मजे में हूँ। अगर आप मेरे बारे में सोचेंगे तो इससे आपकी पढ़ाई में रुकावट होगी। फिर आप इस तकलीफ से छुटकारा न पा सकेंगे। लेकिन आप किसी बात की फिक्र किये बिना मेहनत करते रहेंगे तो सफल होंगे। आप जब कोशिश करेंगे तभी आपको इससे मुक्ति मिलेगी। मर्द को अपनी हिम्मत नहीं छोड़नी चाहिए। मर्द से ही औरत को सुख मिलता है। लेकिन जब मर्द ही हिम्मत हार जाएगा तो औरत को कहाँ से सुख मिलेगा? मैं हाथ जोड़ती हूँ कि आप मेरे बारे में जरा भी न सोचें। मैं सारी तकलीफ हँसते-हँसते काट लूँगी। क्या यह तकलीफ हमेशा रहनेवाली है? कोई भी तकलीफ हमेशा थोड़े रहती है।'

ऐसी बुद्धिमानी की बातें इतनी ही छोटी उम्र में कान्ति ने कहाँ से सीखी थीं? उसकी बातों से कितना ढाढ़स प्राप्त होता था! मेरी जिन्दगी जैसे लौट आती थी। मैं उसको बहुत इज्जत से देखने लगा था। इतना प्यार और सहानुभूति मुझे

किससे प्राप्त हुई थी? लगभग सभी ने मेरी उपेक्षा की, मुझे आवारा समझा। इस वजह से मैं भी अपने आपको यही समझता रहा। लेकिन कान्ति ने मेरे मन के अँधेरे में एक ज्योति जला दी थी, जिसकी टिमटिमाहट में मैं अपना रास्ता देख सकता था और उस पर निरन्तर आगे बढ़ता रह सकता था।

मैं घोर परिश्रम करता रहा। इतने वर्षों के बाद पढ़ाई में रुचि लेना कितना कठिन था! हर विषय में कठिनाई उपस्थित होती, क्योंकि मुझे कोई भी विषय ठीक से नहीं आता था। पर मैं अब किसी रुकावट से हार माननेवाला नहीं था। मैंने कई तेज लड़कों से दोस्ती कर ली थी और कठिनाई आने पर उनसे जाकर पूछता। मेरे परिचय के एक पुराने शिक्षक थे, उनके यहाँ भी मैं पहुँच जाता। यह सच है कि वे बहुत उत्साहपूर्वक सहयोग नहीं देते थे, लेकिन पहले मैं उनको अपनी बातों से खुश करता, उनकी चापलूसी करता और तब वे थोड़ा-सा मुझे बताते थे।

पिता जी कभी-कभी कह दिया करते थे, 'अरे, क्या पढ़ाई के पीछे डंडा लेकर पड़े हो? बूढ़ा तोता कभी पढ़ता है! मैं तो जानता हूँ कि तुम लाख जन्म में पास नहीं हो सकते।'

मेरे सारे उत्साह पर पाला पड़ जाता। क्या एक पिता का यही कर्तव्य है कि वह अपने बच्चे में सदा हीनता भरता रहे? मेरे सामने एक भयावह अन्धकार फिर मुँह बाये खड़ा हो जाता था। दु:ख के मारे मेरी आँखों से आँसू निकल आते थे। मैं जीवन में कभी भी सफलता नहीं प्राप्त कर सकता, यह विश्वास मेरे मन पर भारी चट्टान की तरह बैठ जाता था।

एक दिन मैंने रोते हुए कान्ति से कहा, 'कान्ति, सचमुच मैं सफल नहीं हो पाऊँगा। पढ़ाई-लिखाई के लिए मेरा जन्म हुआ ही नहीं।'

कान्ति खुद रोने लगी। फिर जल्दी से आँसू पोंछकर बोली, 'आपको ऐसा नहीं सोचना चाहिए। आखिर बात क्या हो गयी?'

'इतने वर्षों के बाद किताब उठाता हूँ तो कुछ समझ ही में नहीं आता। पिता जी सच ही कह रहे हैं कि बूढ़ा तोता कुछ भी नहीं पढ़ सकता।'

'आप पिता जी की बातों पर न जाइए। दुनिया में इस तरह के लोग हैं, वे दस तरह की बातें करेंगे। इस समय आपसे कोई भी सहानुभूति से न बोलेगा। आप पर सभी हँसेंगे। पर इससे हिम्मत थोड़े ही हारी जाती है? जब आप पास हो जाएँगे तो सभी आपके पीछे दौड़ेंगे, आपकी तारीफ करेंगे। यही दुनिया का नियम है। अगर आपको कोई कठिनाई मालूम हो तो आप मास्टर लगा लीजिए। मेरा एक हार है, उसको बेच दीजिए। उससे मास्टर का खर्चा निकालिए। जब

नौकरी लग जाएगी तो बहुत-से हार मिलेंगे।'

'कान्ति, मुझे काँटों में न घसीटो। मेरे लिए यह कैसी शर्म की बात है कि तुम्हारे गहने बेचकर पढ़ाई करूँ, जबकि चाहिए यह कि मैं तुम्हारे लिए नये-नये गहने बनवाकर देता।'

'आप यह क्यों नहीं सोचते कि जब आप काम-धाम करने लगेंगे तो न मालूम कितने गहने बन जाएँगे। जब आप काम ही नहीं करेंगे तो कुछ भी सम्भव नहीं है। तब ये गहने भी बिक जाएँगे और हमारी तकलीफ जारी रहेगी। फिर हमारी क्या दुर्गति होगी, इसको सोचा भी नहीं जा सकता। इसलिए आप आँख मूँदकर काम करते जाइए, जैसा मैं कहती हूँ। आप कुछ भी न सोचिए। भगवान सब कुछ देगा।'

कान्ति इस उम्र में और वैसी तकलीफ में भी कैसी सुलझी हुई बात कर रही थी। दूसरी औरत होती तो जान छोड़ देती और मेरा तथा अपना, दोनों का जीवन नरक बना देती।

कान्ति मुझे उत्साहित तो करती थी, पर अन्य बातों में मुझसे दूर ही रहती थी। रात को मैं उसको अपने पास बुलाता तो वह नहीं आती। जब मैं बहुत जिद करता तब वह मुझे समझाती कि जब तक इम्तहान है तब तक मुझे इन बातों से दूर रहना चाहिए। मैं बहुत विनती-मिन्नत करता तो वह मानती थी, पर आगे के लिए वचन ले लेती थी कि मैं जिद नहीं करूँगा। मैं भी अधिकाधिक संयम से रहता। उन दिनों मेरा भी यह विश्वास था कि स्त्री से दूर रहने से दिमाग ताजा बना रहता है और हर बात स्वत: ही अन्दर घुस जाती है। पर क्या यह बात सच है?

मैंने कान्ति का वह हार बेच दिया और एक मास्टर लगा लिया जो दस रुपए महीना लेते थे। मैं रात में उनके घर चला जाता। वह एक बड़े योग्य शिक्षक थे, जो पैसे से अधिक पढ़ाने में दिलचस्पी लेते थे। उनमें इन्सानियत भी थी। जब उन्होंने मेरा किस्सा सुना तो उनको बहुत ही सहानुभूति हुई। उन्होंने आश्वासन दिया कि वे मुझको अवश्य पास करा देंगे, क्योंकि हाई स्कूल में जो पढ़ाया जाता है, वह इतना कठिन नहीं कि समझ ही में न आए। उनसे एक घंटा पढ़ाने का निश्चय हुआ था, पर वह मुझे कभी दो और कभी ढाई घंटे तक पढ़ाते रह जाते थे। पढ़ाने का उनका तरीका भी अत्यधिक सरल था। रटने से अधिक वह समझने पर जोर देते थे। जब एक चीज समझ ली जाती है तो रटने का सवाल क्या उठता है? उसको अपने ढंग से समझकर लिख ही दिया जाता है। गणित में मुझे हमेशा कठिनाई मालूम होती थी, लेकिन वह गणित भी बहुत सरल ढंग से

समझाते थे। ज्यों-ज्यों मेरी कठिनाइयाँ हल होती गयीं, मेरा उत्साह बढ़ता गया। मुझमें अभूतपूर्व आत्मविश्वास का भाव उत्पन्न हुआ। यह निश्चित है कि यदि मैं मास्टर न लगाया होता तो मैं किसी भी हालत में पास नहीं हो सकता था।

जिस दिन मेरा नतीजा निकला, मैं उस दिन रात भर सो भी नहीं सका था। खैर, मैं दूसरे डिवीजन में पास हुआ। मैंने घर के अन्दर जाकर पिता जी के पाँव स्पर्श किये थे, पर पता नहीं क्यों पिता जी ने पाँव हटा लिये थे। मुझे अब तक वह हतोत्साहित करते रहते थे-अपने उसी व्यवहार को सही सिद्ध करने के लिए उन्होंने जैसे ऐसा किया हो; या वह मेरे पास होने से नाराज हो गए थे? मैंने उनसे सहायता नहीं ली थी और पास हो गया था, यह जैसे उनके लिए अपमान की बात थी।

'किसी तरह रट-रटाकर पास हो गए तो शान जताने आए हो? मैंने तो कह दिया है कि तुम जीवन में कुछ भी न कर सकोगे। वे लोग दूसरे होते हैं जो कुछ करते हैं। वे आगे बढ़ते हैं, तरक्की करते हैं, पैसे कमाते हैं और दूसरों के लिए कुछ करते-धरते हैं। माँ-बाप की इज्जत करते हैं। तुम तो इतने नमकहराम हो कि जिस माँ ने तुम्हारे साथ इतना कुछ किया, उसके रुपए लेकर भाग गए। तुमने शायद इसीलिए किया कि तुम्हारे मन में पाप था। तुम सोचते थे कि यह असली माँ नहीं है। इससे बड़ी नीचता कहीं हो सकती है? पर जब तकलीफ पड़ी तो यहीं नाक रगड़ने के लिए आए। हमने तुम्हारे लिए इतना किया, पर तुम तो हम लोगों के साथ दुश्मनी का व्यवहार करते रहे। क्या समझते हो, तुमको कोई पूछेगा? तुमको कोई नौकरी मिल पाएगी? यह समझ लो कि हमको तकलीफ देकर कोई सुखी नहीं रह सकता। हमारा शाप खाली नहीं जा सकता। तुम नालायक और निकम्मे हो। तुम धोखेबाज हो।'

मैं सन्न-सा खड़ा रह गया। मेरी सफलता पर वह क्यों इस तरह शाप दे रहे थे? मैंने उनका क्या बिगाड़ा था, जबकि उन्होंने मुझे पैदा करके मेरे व्यक्तित्व को विकृत कर दिया था। मुझे हीन बना दिया था। मैं उनके घर में नौकर की तरह रखा जाता था, जबकि अशोक की शान-शौकत का अन्त नहीं था। उसको हर सुख और स्वतन्त्रता प्राप्त थी और मैं एक छोटी-से-छोटी चीज के लिए तरसता रह जाता था। जब वह कोई गम्भीर शरारत करता तब भी उसको ऐसा प्यार मिलता गोया उसने बहुत ही अच्छा कार्य किया हो। पिता जी का चेहरा तमतमा गया था और होंठ घृणा से बिचक गए थे। ऐसा शाप उन्होंने मुझे कभी नहीं दिया था। जब मैं असफल था तब तक ऐसी बातें इसलिए बुरी नहीं लगती थीं कि पिता जी को गलत राह पर चलनेवाले बेटे को फटकारने और दंड देने का

अधिकार है। लेकिन जब पुत्र सफलता के मार्ग पर बढ़ रहा हो तो कौन पिता नाराज होगा?

मेरे मन पर इसका भारी आघात लगा। मुझे एक विचित्र ढंग से अपनी सफलता ही खलने लगी। मुझे अपनी जिन्दगी से ही वितृष्णा हो गयी। ऐसी जिन्दगी जीने से फायदा? इससे अच्छा तो शायद नरक होगा। मेरी सबसे बड़ी गलती यही थी कि मैं अब तक इस जिन्दगी की लाश को अपने कंधे पर उठाये ढो रहा था, और अब तक निहायत तुच्छता एवं बेशर्मी से अपने पैरों को घसीट रहा था। क्या मैं इस जिन्दगी को समाप्त नहीं कर सकता?

लेकिन कान्ति?

मैं कुछ देर तक खड़े रहकर यही सब सोचता रहा। फिर मैंने अचानक उस भावना को झटक दिया। मैंने कमरे में जाकर माता जी के पैर स्पर्श किये, पर उन्होंने भी अपने पैर सिकोड़ लिये। मुँह बिचकाकर वह बोलीं, 'भाई, मेरे पैर-वैर न छुओ। मुझे यह सब अच्छा नहीं लगता। पास हुए तो तुम अपने लिए हुए हो, मुझे इससे क्या लेना-देना है? तुम लोगों को यह घर काटता है, क्या मैं नहीं जानती? मैं यह भी जानती हूँ कि तुम्हारी बीवी दिन-रात मेरे खिलाफ भरती रहती है। भगवान ही जानता है कि उसके साथ कैसा व्यवहार करती हूँ। पर मैं तो जानती हूँ कि जान निकालकर मैं रख दूँ तो मुझे कोई अच्छा नहीं कहेगा। मुझसे जो दुश्मनी साधी जा रही है, उसको मुझसे अधिक कौन समझेगा? खैर, भगवान सब कुछ देखता है-वह इसका फल देगा।'

वह देर तक बड़बड़ करती रहीं। मैं वहाँ से सिर झुकाये चला आया। मैं कान्ति के कमरे में जाकर बैठ गया। कान्ति उस समय कमरे में नहीं थी, बल्कि आँगन में झाड़ू लगा रही थी। थोड़ी देर बाद वह तेजी से आयी। आते ही उसने झुककर मेरे पैर छू लिये, पर मैंने अपने पैर इसी तरह हटा लिये, जैसे माता जी और पिता जी ने हटा लिये थे।

'मैं आज बहुत खुश हूँ...मेरी इतनी बड़ी मनोकामना सफल हुई है। मेहनत का फल भगवान जरूर देता है...।' कान्ति ने सिर ऊँचा करके कहा, जैसे वह भगवान से प्रार्थना कर रही हो या भगवान के प्रति अपनी कृतज्ञता प्रकट कर रही हो।

'मैं तो खुश नहीं हूँ।' मैंने कहा।

'क्यों? क्या माता जी और पिता जी के व्यवहार से?' कान्ति हँस रही थी।

कान्ति बहुत ही गम्भीर स्वभाव की स्त्री थी और वह हँसती भी बहुत कम थी, पर आज उसका हँसना मुझे बुरा लग रहा था। मैंने कहा, 'तुम हँसो मत

कान्ति। मेरा जी जला हुआ है। इच्छा करती है कि मैं अपनी जान दे दूँ।'

कान्ति फौरन गम्भीर हो गयी। वह हाथ जोड़कर बोली, 'मैं प्रार्थना करती हूँ कि आप इस तरह न सोचें। मैं तो आज सचमुच खुश हूँ इसीलिए हँस रही हूँ। पहले हम लोगों के सामने अन्धकार ही अन्धकार था, लेकिन अब कुछ रोशनी भी दिखाई देने लगी है। अभी काम अधूरा पड़ा है, पर भगवान वह भी पूरा करेगा। मैं भगवान से रोज विनती करूँगी, भगवान मेरी विनती क्यों न सुनेगा? मैंने आज तक किसी को दुःख नहीं दिया तो मुझे भी सुख मिलेगा, यह मेरा निश्चित विश्वास है। आप माता जी और पिता जी की बातों पर न जाइए। अब वे लोग हमसे खुश हो ही नहीं सकते। आपकी नौकरी लगेगी तो इनको और बुरा लगेगा। उन लोगों के दिल में कोई भी स्नेह हम लोगों के लिए नहीं रह गया है। माता जी ने पिता जी का कान भर-भरकर खराब कर दिया है। आप नौकरी पर जाकर इन लोगों के लिए रुपए भेजेंगे या कुछ भी करेंगे तो भी ये खुश नहीं होंगे। पैसा जेब में दबा लेंगे और मुँह लटका लेंगे। सारी दुनिया में यह प्रचार करते रहेंगे कि हम लोग गुलछर्रे उड़ा रहे हैं और उन लोगों के लिए कुछ भी नहीं कर रहे हैं। मैं अपने एक ऐसे रिश्तेदार को जानती हूँ। इसलिए आप इस बारे में कुछ भी ने सोचें। अब आप किसी नौकरी की तलाश कीजिए। हमारे घर पर भी एक चिट्ठी डाल दीजिए। वे लोग भी इस टोह में रहेंगे और आप भी रहिए। अपने मित्रों और जान-पहचानियों से कहिए। दफ्तरों में जाकर मिलिए। अर्जियाँ भेजिए। कोशिश करने पर इसमें भी कामयाबी मिलेगी। घुट-घुटकर मरने से हाथ-पैर फेंकना लाख दर्जे अच्छा है। आप कोई भी चिन्ता न कीजिए।'

कान्ति बहुत कम बोलती थी, लेकिन आज उसकी बातें सुनकर मुझे बड़ा अचम्भा हो रहा था। कैसी बुद्धिमानी की बातें। उसमें कैसी हिम्मत एवं आत्मविश्वास था। उसमें किसी बात पर ठंडे दिल से विचार करने की कैसी शक्ति थी! उसका एक-एक वाक्य दूरदर्शिता से भरा हुआ था। मैं उसको प्यार से देखने लगा। वह इस पर शरमा गयी और उसका चेहरा ईंगुर की तरह लाल हो गया। उसने सिर झुका लिया। मैंने दोनों हाथ बढ़ाकर उसे अपनी ओर खींच लिया।

7

उस दिन शाम को बूँदाबाँदी हो रही थी। मैं भीतर कमरे में चुपचाप बैठा था। मैंने कई जगह अर्जियाँ भेजी थीं। एक-दो जगहों के लिए इम्तहान में बैठा था और इन्टरव्यू भी दे आया था, पर अभी तक कोई जवाब नहीं आया। अब इस घर में एक क्षण भी रहना भार की तरह लगता था। मामूली-मामूली बात पर अपमान होता था। मेरा दिल निराशा से भरा हुआ था। क्या मुझे कोई नौकरी नहीं मिलेगी?

उसी समय पिता जी कचहरी से आए। उन्होंने एक पत्र माता जी की ओर फेंककर कहा, 'दे दो उनको।' फिर चारपाई पर सिर झुकाकर बैठ गए, जैसे बहुत अफसोस की बात हो।

'क्या बात है? कोई चिन्ता की बात है?' माता जी ने चिन्तापूर्वक पूछा।

'उनको दे दो। ले लो जी यह पत्र।' पिता जी ने मुझसे रुखाई से कहा।

मैंने पत्र डरते-डरते उठा लिया। उसको पढ़ते ही मेरी खुशी का अन्त न रहा। मुझे तार-विभाग में नौकरी मिल गयी थी। दो महीने पहले जो मैंने इम्तहान दिया था, उसके सफल परिणाम की यह सूचना थी।

'पिता जी, मुझे नौकरी मिल गयी।' मैंने उत्तेजित स्वर में कहा।

'तो मैं क्या करूँ?' पिता जी ने मुँह बिगाड़कर कहा, जैसे कोई कड़वी चीज खा ली हो, 'अँग्रेजी बाजा बजवाऊँ? यही तो तुम चाहते थे कि माँ-बाप से जल्दी-से-जल्दी दूर हट जाऊँ। बीवी को ले जाकर गुलछर्रे उड़ाऊँ। अब तुम्हारी छाती ठंडी हुई होगी। अब जाओ, माता-पिता की बदनामी फैलाओ। बदनामी तो तुमने पहले ही फैला रखी है।'

मैं हक्का-बक्का रह गया था। पहले का समय होता तो मैं घोर निराशा एवं हीनता में डूब जाता, पर मैं अब इन बातों से अपने को मुक्त कर चुका था। मैंने समस्त ऐसे विचार झटककर फेंक दिये थे। मैं जल्दी-से-जल्दी कान्ति से मिलना चाहता था। पिता जी की बातों का कुछ भी जवाब नहीं दिया और वहाँ से जाने लगा।

'कहाँ जाते हो? सुनते जाओ।' पिता जी ने कड़ककर पूछा।

'जी।' मैं ठिठक गया।

'तुम कब जा रहे हो?'

'एक हफ्ते बाद बुलाया है।'

'तो कब जा रहे हो?'

'तो-तीन दिन बाद जाऊँगा।'

'तो अपनी बीवी को अपने साथ लेते जाओ।'

'अभी कैसे ले जा सकता हूँ? अभी तो....'

'नहीं, लेते जाओ, तुम लोगों का खर्चा अब मुझसे नहीं चलता।'

'बाबू जी, एक महीना मैं कैसे ले जा सकता हूँ? जब तनख्वाह मिलेगी तो मकान लूँगा और तब......।'

'यह सब बेकार की बात, 'पिता जी इस तरह बोले जैसे मक्खी उड़ा रहे हों, 'अब तक मैंने तुम लोगों का काफी बरदाश्त किया, अब बरदाश्त करना बहुत कठिन है। तुम लोगों को मालूम है कि तुम लोगों की वजह से मुझ पर कर्ज हो गया है? यह कर्ज दिन-पर-दिन बढ़ता जा रहा है। अब मेरी आमदनी पहले जैसी रही भी नहीं। पैसा बहुत ही कम हो गया है। अपना ही खर्चा नहीं अट रहा है। अब हम बूढ़े हुए, मैं जानता हूँ, कि हमारी बुढ़ौती बहुत खराब बीतेगी। कौन आजकल किसी का हुआ है? मैं जानता हूँ कि तुम मेरे पास पैसा नहीं भेजोगे चाहे मैं मर भी रहा हूँ। मैं तुमसे माँगने भी नहीं जाऊँगा, चाहे मर भी जाऊँ। पर तुम लोगों की वजह से मुझ पर जो कर्ज हो गया है, वह तुमको भरना होगा।'

मैं तो पहले समझ ही नहीं सका कि वे क्या कह रहे हैं, पर जब समझ में आया तो मुझे बड़ा गुस्सा आया। अभी नौकरी पर गया नहीं कि उन्होंने लेन-देन की बात शुरू कर दी। एक बार भी खुशी नहीं प्रकट की। अगर वह पिता होने के नाते साफ-साफ कह देते कि तुमको कुछ रुपए मासिक भेजने पड़ेंगे तो मुझे इस पर सन्तोष होता, परन्तु उन्होंने टेढ़ी उँगली से घी निकालने की बात सोचकर कर्जे की बात कही थी। अभी तक कर्जे की बात नहीं उठी थी, आज ही यह बात पेश की जा रही थी। कर्जे-वर्जे की बात झूठी थी और उनकी आमदनी भी कम नहीं हुई थी, यह मैं अच्छी तरह जानता था। खूब शान-शौकत से वे लोग रह रहे थे। माता जी खूब सोना, साड़ी और गहने खरीद-खरीदकर रख रही थीं। नये-नये सामान बन रहे थे, चाहे कर्जा ही क्यों न लेना पड़े। यदि कर्जा हुआ भी था तो हम लोगों की वजह से नहीं, बल्कि माता जी की आदतों की वजह से हुआ था। खाने-पीने में भी खूब खर्चा हो रहा था। माता जी का घर लडडु, मेवे, फल आदि से भरा रहता। आम के दिन में वे लोग खूब आम खाते, संतरे के दिन में संतरे। सवेरे नाश्ते पर जलेबी और हलुवे। पर हम लोगों को इन चीजों में से कुछ भी नहीं मिलता था। हम लोगों के लिए सिर्फ दोनों जून खाना था--वह भी रूखा-सूखा। हम लोगों को घी-दूध तो मिलता ही न था। ये सब बातें सोचकर मेरा हृदय घृणा से भर उठा। एक प्रतिहिंसा की भावना से मेरा

दिल मचलने लगा। कुत्ता-बिल्ली से बदतर मेरा लालन-पालन हुआ, पर मैं इनका पाई-पाई चुका दूँगा।

'कितना कर्जा है?' मैंने पूछा।

'यही एक डेढ़ हजार है।'

'मैं हर महीने कुछ भेज दिया करूँगा, आप कर्जा भर दिया कीजिएगा।'

'कितना भेजोगे?'

'वहाँ जाने पर पता लगेगा। फिर वहाँ से लिखूँगा।'

'पचास-साठ रुपए भेजोगे तो काम चल जाएगा।'

'वहाँ से लिखूँगा।'

कान्ति से जब मैं मिला तो वह खुशी से रोने लगी। वह दौड़ी गयी और भगवान की मूर्ति के सामने बैठकर कुछ प्रार्थना करने लगी। फिर मेरे पास आकर उसने झुककर मेरे पैर छू लिये। पर मेरे दिल में खुशी का नामोनिशान नहीं था। मैं सिर झुकाकर चारपाई पर बैठ गया।

'आप क्यों उदास हो गए?' कान्ति ने पूछा।

'उदास नहीं हूँ कान्ति। तुमने पिता जी की बातें तो सुनी होंगी।'

'हाँ।'

'वह कह रहे हैं कि तुम अपनी बीवी को साथ ही लेते जाओ।'

'तो चलिए...मैं चलने को तैयार हूँ।'

'पर यह कैसे होगा? दो-तीन महीने तो लग ही जाएँगे।'

'आप मुझे मेरे भैया के यहाँ पहुँचा दीजिए। मैं वहाँ रहूँगी और जब आप मकान ले लेंगे तो मैं आपके पास आ जाऊँगी। जब भगवान ने इतनी सफलता दी है तो आगे भी सब कुछ अच्छा ही होगा। बाबू जी की बातों पर न जाइए। अब आगे की बात सोचिए।'

'वह अभी से रुपए माँग रहे हैं।'

'जब रुपए अपने खर्चे से बचेंगे तब न? जब रुपए होंगे तो उन्हें दीजिएगा।'

'कहते हैं कि हम लोगों की वजह से बहुत कर्जा हो गया है...पचास-साठ रुपए भेज दिया करो।'

'कर्जा हम लोगों की वजह से हुआ है?'

'बात यह है कान्ति, कि मैं इन लोगों का एक पाई का एहसान नहीं रखना चाहता।'

'यह एहसान तो जिन्दगी-भर नहीं खत्म होनेवाला।' कान्ति ने कहा, 'आप जितना भी पैसा देंगे, बाबू जी सन्तुष्ट होनेवाले नहीं हैं। ये सब पैसे इकट्ठा करके

भी नहीं रखेंगे। उनको माता जी उड़ा देंगी। अभी आप इस तरह देने लगेंगे तो कर्जे में खुद पड़ जाएँगे। दु:ख-तकलीफ की बात अलग होती है। वह सब पर आता रहता है। उस समय मदद करना अपना फर्ज है। मैं यह नहीं कहती कि अपना फर्ज न निभाया जाय। दूसरे चाहे जैसा व्यवहार करें, पर हमको अपना फर्ज अवश्य निभाना चाहिए। पर अपना भी देखना जरूरी है। आप जब तक दो पैसा बचाकर रखेंगे नहीं तब तक दूसरों के लिए कुछ कर भी नहीं सकेंगे। फिर जिन्दगी भर परेशान रहेंगे।'

'तो कह दूँ कि यह मुझसे नहीं होगा?'

'यह मैं नहीं कहती।'

'फिर क्या करूँ?'

'इस समय आप चुप लगा जाइए। बस, आप वहाँ जाने की तैयारी कीजिए। कब जाइएगा?'

'सोचता हूँ, परसों चला जाऊँ।'

'हाँ, पहले ही चले जाइए।'

'पर समस्या यह है कि जाने के लिए पैसे चाहिए।'

'बाबू जी से माँगिए।' कान्ति ने मुझे घूरकर देखते हुए कहा।

'वह नाक-भौं सिकोड़ेंगे।'

'सिकोड़ने दीजिए। इस समय न देंगे तो कब देंगे?'

'हिम्मत नहीं करती। वह माँगने पर जली-कटी सुनाएँगे।'

'इस समय तो यह बरदाश्त करना ही पड़ेगा।'

'कितना माँगूँ?'

'सौ रुपए माँग लीजिए।'

'और न दें तो?'

'देंगे क्यों नहीं? अब तो स्वार्थ है। इस समय नहीं देंगे तो लेंगे कैसे?'

'तुम भी खूब कहती हो। उन लोगों को तुम क्या जानती नहीं?'

'मैं खूब जानती हूँ इसलिए कह रही हूँ। मजबूत आदमी को सभी पूछते हैं। हाँ, कमजोर आदमी को कोई नहीं पूछता। इसलिए आप जरूर माँगिए। अगर न दें तो देखा जाएगा। कहीं-न-कहीं से इन्तजाम अवश्य ही होगा। जब भगवान ने इतना किया है तो वह आगे भी अवश्य करेंगे। घबराने से काम नहीं चलेगा।'

कान्ति का सोचना कितना सही था! मैं बाहर निकला बाबू जी से कहने के लिए, लेकिन मुझे उनसे कहना न पड़ा। उनका व्यवहार बदला हुआ था और वह काफी खुश नजर आ रहे थे। उन्होंने मुझे बुलाया तो मैं जाकर उनके पास खड़ा

हो गया।

'परसों जाओगे न?' उन्होंने पूछा।

'यही सोच रहा हूँ।'

'सोचने की बात क्या है? सरकारी नौकरी है, जल्दी-से-जल्दी जाना चाहिए।'

'जी।'

'पैसे-वैसे की जरूरत पड़ेगी न?'

'जी हाँ।'

'ठीक है, पचास रुपए ले लेना और चले जाना।'

मैं सौ रुपए की बात कहना चाहता था, लेकिन मेरी हिम्मत न हुई।

'और अभी दुलहिन को ले जाने की जरूरत नहीं। वह अभी यहीं पर रहे। जब वहाँ सब ठीक हो जाएगा तो ले जाना। ठीक है न?'

'जी।'

'तुम्हारी माता जी की भी यही राय है। हाँ, एक बात का ध्यान रखना...। वहाँ तनख्वाह मिलने पर पचास-साठ भेज देना। क्या बताऊँ, कर्ज देनेवाले बहुत तंग कर रहे हैं। ये रुपए भी तुमको कर्ज काढ़ कर ही दूँगा।'

मैंने इसका उत्तर नहीं दिया।

'ठीक है न?' उन्होंने आश्वस्त होने के लिए पूछा।

'जी हाँ।'

'बस, ठीक है,' उन्होंने अपनी बात पर जोर देते हुए कहा, 'तुमको अब जरा भी घबराने की जरूरत नहीं है। भगवान सब कुछ ठीक कर देगा। तुम्हारी माता जी तो रोज ही तुम्हारी नौकरी के लिए भगवान से प्रार्थना कर रही थीं। मुझे भी विश्वास था कि तुमको नौकरी जरूर मिलेगी। भगवान ने हम लोगों का सुन लिया, यह बहुत बड़ी बात है। तुम अपनी तैयारी वगैरह कर लो।'

मेरी छाती पर से एक भारी बोझ उतर गया। लेकिन मेरी आँखों में पता नहीं कहाँ से आँसू निकल आए। क्या ये आँसू कृतज्ञता के थे? नहीं, ऐसी बात नहीं थी। शायद पिता जी की स्वार्थपूर्ण सहानुभूति ने मुझे बुरी तरह आहत कर दिया था।

8

कान्ति मुझे कितना प्यार करती थी! गर्मी के दिनों में थोड़ी-सी हवा चलने पर भी जैसे सुखकर शीतलता का आभास होता है, वैसे ही उसका प्यार था। मेरी पहली नियुक्ति लखनऊ में हुई थी, परन्तु उसके एक वर्ष बाद ही मेरा वाराणसी के लिए तबादला हो गया था। उसने देखते ही देखते गृहस्थी जमा ली थी। मेहनत करने की तो उसकी आदत थी ही, वह पैसा भी बहुत ही सम्हालकर खर्च करती। मैं पैसा कोई अधिक नहीं पाता था लेकिन वह उसी में सारी व्यवस्था ठीक रखती थी। हर महीने वह गृहस्थी का कोई सामान कर लेती। चारपाई, बर्तन, स्टोव, इस्तरी, बक्से, कपड़े! मेरे पास क्या था जब मैंने नौकरी शुरू की थी? बर्तन के लिए मैंने माता जी से कहा था परन्तु उन्होंने साफ इनकार कर दिया था। मुझे बहुत बुरा लगा था। इच्छा हुई थी कि उनको खूब खरी-खोटी सुनाऊँ लेकिन कान्ति का संकेत पाकर चुप रह गया था। कान्ति का विचार ठीक ही था। मैं इस आखिरी वक्त में लड़कर क्या कुछ पानेवाला था? मेरा व्यवहार कभी उनके साथ बुरा नहीं था। क्या यही उनके लिए भारी कष्ट की बात नहीं थी कि मैं नौकरी पाकर उनके शासन और अभिशापों से दूर जा रहा था?

पर पिता जी की हर महीने रुपए की फरमाइशें आतीं। वह किसी-न-किसी तकलीफ का उल्लेख करते। पहले तो दो-तीन महीने मैंने पचास-पचास रुपए भेजे परन्तु बाद में मुझे बड़ा गुस्सा आया। ये पैसे भेजने से मुझे काफी आर्थिक कठिनाई का सामना करना पड़ता। मैंने निश्चय किया कि उनके पास कुछ भी न भेजूँगा परन्तु कान्ति ने कहा कि ऐसा करना ठीक नहीं है। पचास रुपए न भेजकर पन्द्रह-बीस भेज दीजिए। माता-पिता का जैसा भी व्यवहार रहे परन्तु अपना व्यवहार ठीक रहना चाहिए। बाबू जी को समझाकर लिख दीजिए कि यहाँ किन कठिनाइयों का सामना करना पड़ रहा है। मैंने जब ऐसा पत्र लिखा तो बाबू जी बहुत नाराज हो गए। उन्होंने जवाब में लिखा कि मेरे जैसे नालायक और धोखेबाज लड़के से उन्हें ऐसी ही उम्मीद थी। वह मेरा अब एक पैसा भी न लेंगे। वह तो पहले से जानते थे कि मेरी तरफ से ऐसा ही व्यवहार होगा। इतने पर भी मैं उनके पास बीस रुपए महीने भेज देता। खैर, वे रुपए लौटकर कभी नहीं आए।

परन्तु वाराणसी में आने पर मुझसे एक अजीब-सा परिवर्तन हुआ। मुझे अपने अन्दर एक अजीब-सी कमी महसूस होती। ऐसा लगता जैसे कोई अनजान-सी पीड़ा मेरे हृदय को बेधती जा रही है। पहले मैं समझ नहीं पाया,

लेकिन बाद में सब कुछ मेरे सामने स्पष्ट हो गया। यह वही निराशा थी, जिसका मैंने शादी के बाद कान्ति को देखकर अनुभव किया था। शादी के पहले मेरे हृदय में कैसी उमंगें थीं परन्तु कान्ति को देखकर वे सभी आशाएँ धूल-धूसरित हो गयी थीं। वही निराशा मेरी छाती पर एक भारी शिला की तरह बैठ गयी थी। प्यार की जैसी आकांक्षा मेरे दिल में थी, उसकी पूर्ति कान्ति कदापि नहीं कर सकती थी। जब मुझ पर दुःख था, मुझे कान्ति की मदद की जरूरत थी, उसके प्रति प्यार व्यक्त करता रहा था। लेकिन वह एक धोखा था। दरअसल मैं उसको प्यार नहीं करता था। जब मैं अपने पैरों पर खड़ा हो गया था और माता-पिता के अन्यायों से दूर हो गया था, तो मेरा मन खूँटा तुड़ाकर भागने लगा। मेरा मन कान्ति से भागने लगा। पर इससे छुटकारा पाने का क्या उपाय था? कान्ति की मैं इज्जत अवश्य करता था और उससे डरता भी था, यद्यपि वह बहुत गम्भीर रहती थी और मेरी हर इच्छा पूरी करने की कोशिश करती थी।

कान्ति पुरानी परम्पराओं में पली लड़की थी। वह खूबसूरत तो थी ही नहीं, साथ ही उसमें कोई नजाकत और लचक भी नहीं थी, जो स्त्री में होनी चाहिए। उसमें एक पुरुष की-सी गम्भीरता थी। वह मुझसे खेल नहीं कर सकती थी, हँसी-मजाक नहीं कर सकती थी। वह मुझसे एक संगिनी की तरह व्यवहार नहीं कर सकती थी, बल्कि वह मेरे सामने आत्मसमर्पण कर देती थी। वह मुझसे अपने को हीन और तुच्छ मानती थी—एक दासी की तरह, जैसेकि भारतीय स्त्री अपने को फौरन मान लेती है। अपने सारे अवगुणों के बावजूद वह मेरा अपमान नहीं कर सकती थी। इन सब बातों से मेरे निकट उसका महत्त्व अत्यधिक कम हो जाता था। वह मुझे उलझा नहीं सकती थी, अपने पास खींच नहीं सकती थी।

मेरा हृदय एक आधुनिक लड़की के लिए पागल रहने लगा, जो पढ़ी-लिखी हो, सुन्दर हो, जिसमें नाज-नखरे हों। यह सब सोचकर मैं बहुत ही दुःखित हो जाता। जब मैं बाजार में सुन्दर जोड़ों को हँसते हुए जाते देखता तो मेरा हृदय एक हसरत से भर जाता। मैं कितना अभागा हूँ? जीवन का कोई सुख मुझे नहीं मिला। लड़कपन में मैं माँ-बाप के प्यार से वंचित रहा और अब मुझे एक ऐसी स्त्री मिली है, जिसको मैं प्यार नहीं कर सकता-इज्जत मैं उसकी भले ही करूँ। क्या मेरा जीवन इसी तरह बीत जाएगा? मैं बेचैनी से छटपटाने लगता। मैं एक ऐसे दर्द से स्तम्भित हो जाता, जिसकी मैंने कल्पना भी नहीं की थी।

मैं घर से अधिक-से-अधिक समय तक दूर रहने लगा। जब मेरी सवेरे की ड्यूटी रहती तो मैं उधर ही साथियों से गपशप करने लगता, रेस्तराँ में जाकर खाता-पीता, हँसा-कहकहे लगाता, सैर-सपाटा करता। कभी मैं सिनेमा चला

जाता। कान्ति मेरा घर में इन्तजार करती रहती थी। वह मेरे आने पर ही खाना खाती थी। मैं कोई बहाना बना देता था। वह झट मेरी बातों पर विश्वास कर लेती थी। इस विश्वास पर मेरी आकांक्षाएँ और भी तीव्र हो जाती थीं। मेरा मन दूर-दूर सपनों में खो जाता।

कान्ति को मैं कभी अपने साथ नहीं लें जाता था, कहीं घुमाने या सिनेमा देखने। वह कुछ कहती भी नहीं थी इसके लिए। अपनी इच्छा भी प्रकट नहीं करती थी। जैसे उसके दिल में कोई इच्छा न हो। जैसे वह बर्फ की शिला हो। मुझे कभी आश्चर्य होता परन्तु मैं ऐसी बातों में अपना दिमाग अधिक नहीं खपाना चाहता था। मैं कान्ति से चिकनी-चुपड़ी बातें करता, अपना बनावटी प्यार दिखाता-ये बातें इतनी बनावटी होतीं कि मुझे याद भी न रहता कि मैं क्या-क्या कह गया हूँ उससे। ऐसी बातें करके मैं अपनी रंगीन दुनिया में खो जाता।

मेरे दफ्तर में लड़कियाँ काम करती थीं। वे सभी फैशन से आतीं और निधड़क मर्दों से बातें करतीं। वे साहस के साथ मर्दों से नजरें लड़ातीं और दफ्तर के बाबुओं से प्यार भी करती थीं। प्यार के वे किस्से मेरे हृदय में तूफान मचा देते। मैं उनके लिए पागल हो जाता। जब भी कोई मुझसे बात करती तो मुझे ऐसा लगता कि वह मुझे पसन्द करती है। मैं फट उसको प्यार करने लगता। उसके बारे में मैं घंटों हवाई कल्पनाएँ करने लगता। उन कल्पनाओं में वे मेरे प्यार में अपना सब कुछ कुर्बान कर देती थीं। पर उनकी जरा-सी भी रुखाई या लापरवाही मेरी आकांक्षाओं को धराशायी कर देता। फिर मैं इसी तरह किसी दूसरी लड़की को प्यार करने लगता। उसके लिए बेचैनी से घूमने लगता। उससे नजरें मिलाता। पर मुझमें साहस का अभाव था, यह मैंने महसूस कर लिया। मैं उनसे उस आजादी से बात नहीं कर पाता था, जिस तरह और लड़के बातें करते थे। मेरी जबान लटपटाने लगती थी। कभी-कभी ऐसा होता कि जब मुझे उनके साथ रहने की जरूरत होती तो मैं वहाँ से भाग चलता। आखिर यह मुझमें कौन-सी आदत है? मैं क्यों इतना झेंपता हूँ उनसे? शायद इसलिए कि मैं एक पिछड़े हुए समाज में रहा था और कभी मेरा लड़कियों से साथ नहीं रहा था। इसी वजह से मेरा धड़का नहीं खुला था।

कभी-कभी मैं दफ्तर की सारी लड़कियों से प्यार करने लगता था। वे सभी मुझे बेहद अच्छी लगने लगतीं और मैं निश्चय नहीं कर पाता था कि उनमें से कौन अधिक अच्छी है। ऐसे दिनों में मेरे उत्साह और उमंग का अन्त नहीं था। मैं खूब अच्छे कपड़े पहनकर जाता, कपड़ों में इत्र, सेन्ट लगा लेता, चेहरे पर

क्रीम और पाउडर मल लेता। मन की ऐसी हालत में मैं जिस सुन्दर स्त्री को देखता, उसी को प्यार करने लगता। प्यार! प्यार! प्यार! मैं इस दुनिया में कुछ नहीं चाहता। केवल मैं प्यार चाहता हूँ। जीवन-भर मैं प्यार से वंचित रहा हूँ और अब इसी प्यार के लिए मैं अपना सब कुछ लुटा देने को तैयार हूँ। प्यार मेरे व्यक्तित्व की हीनता को समाप्त कर देगा, और मुझे ऐसी ऊँचाई पर उठा देगा, जहाँ मैं अपने स्वाभिमान एवं उच्चता का अनुभव करने लगूँगा। प्यार के बिना तो मुझे ऐसा लगता था जैसे मैं किसी रेगिस्तान में प्यासा फेंक दिया गया हूँ और प्यास के मारे बुरी तरह छटपटा रहा हूँ।

मेरे इस परिवर्तन पर कान्ति का ध्यान न गया हो, ऐसी बात नहीं थी। वह मुझको कभी-कभी गौर से देखती थी, पर वह कुछ कहती न थी। वह घर का अधिक-से-अधिक काम करने की कोशिश करती थी और जैसे इसी से वह संतुष्ट रहती थी। कितना धैर्य था उसमें! वह अपने व्यवहार में जरा भी परिवर्तन आने नहीं देती थी। सवेरे मेरी भी नींद खुल जाती थी, लेकिन मैं देर तक चारपाई पर पड़ा-पड़ा रोमान्टिक कल्पनाओं में खो जाता, जबकि वह तड़के ही उठकर चौका-बासन, घर की सफाई, नाश्ता, खाना बनाना शुरू कर देती थी। कभी वह घर के कामों में ढिलाई करती होती तो घर कूड़े का ढेर मालूम होने लगता, क्योंकि मैं घर का एक भी काम नहीं करता था। लेकिन वह सदा मुस्तैद नजर आती। उसकी वजह से घर साफ रहता, कपड़े साफ रहते, समय पर नाश्ता और खाना मिल जाता था। उसी की वजह से घर का हर काम सुचारू रूप से चलता था। थोड़े-से पैसों में पता नहीं कैसे वह इतना बन्दोबस्त करती थी! कभी-कभी उसकी तबीयत भारी हो जाती तो भी वह अपने को आराम नहीं करने देती थी। वह आराम करती तो काम कौन करता? वह मुझे किसी भी तरह कोई तकलीफ नहीं देना चाहती थी। वह सोचती थी कि मैं लड़कपन से ही भारी तकलीफ उठा चुका हूँ, इसलिए मुझे किसी प्रकार की तकलीफ नहीं होनी चाहिए।

ये सब बातें सोचकर मुझे आज अत्यधिक दुःख हो रहा है, लेकिन उन दिनों मेरे मन में ऐसा कोई विचार नहीं था। उससे मैं कोई अन्य दुर्व्यवहार नहीं करता था, उसको कोई बुरा जबान नहीं बोलता था, लेकिन इसके साथ मैं उसको धोखा देने की कोशिश कर रहा था। क्या वह मेरी इस धोखेबाजी को समझती थी? ऐसा मैं नहीं कह सकता। उसका हृदय निश्छल था। वह मुझ पर पूरा-पूरा विश्वास करती थी। और जो मैं घुमाई-फिराई करता था, उसको वह पुरुष-वर्ग का मेरा अधिकार मानती थी। हाँ, कभी-कभी समय पर न खाने के लिए वह आपत्ति करती थी।

'समय पर आप खा लिया करें। समय पर न खाने से तन्दुरुस्ती ठीक नहीं रहती।' एक दिन जब मैं सवेरे से गया चार बजे आया तो उसने कहा था।

'मुझे जब देर हो जाती है तो तुम क्यों नहीं खाना खा लिया करतीं?' मैंने मुँह बिगाड़कर कहा था।

'मैं आपसे पहले कैसे खा सकती हूँ? पर मैं अपने लिए नहीं कह रही हूँ। आपको इतना काम-धाम करना पड़ता है, आप समय पर खाएँगे-पीएँगे नहीं तो यह शरीर कैसे रहेगा?'

'मुझे औरतों की यह आदत नापसन्द है। मर्द बाहर काम पर जाता है तो उसको न मालूम किस परिस्थिति से निपटना पड़ता है। आजकल दफ्तर में इतना काम रहता है कि दम मारने को फुरसत नहीं रहती। कोई मैं जान-बूझकर नहीं आता?' मैंने गम्भीरतापूर्वक कहा।

'तो अपने साथ कुछ खाने को ले जाया कीजिएगा। मैं पराँठा-तरकारी तैयार कर दूँगी।'

'नहीं। यह सब झंझट मैं नहीं पालूँगा। बस, तुम मेरा इन्तजार न किया करना। तुम खा लिया करो और मेरा खाना रख दिया करो। बस!'

इसके बाद वह कुछ नहीं बोली। वह जानती थी कि मैं दफ्तर से भूखा-प्यासा आया हूँ और यह बहस करने का समय नहीं है। उसने हाथ-पैर धोने के लिए पानी लाकर रख दिया। मुझे खुद पश्चात्ताप हो रहा था कि मैं उससे रुखाई से क्यों बोला था।

जब मैं खाना खाने लगा तो वह मुस्कुराकर बोली, 'नाराज हो गए क्या?'

'नहीं तो!' मैं भी हँसने लगा।

'मैं बेवकूफ हूँ, कोई गलत बात निकल जाय तो माफ कीजिएगा। मैं क्या नहीं जानती कि आपको दफ्तर में काम करना पड़ता है? दिनभर मेरा दिल छटपटाता रहता है कि बिना खाये आपका दिल कैसा करता होगा?'

'नहीं, इसमें नाराज होने की बात नहीं। दफ्तर में इतना काम रहता है कि समय पर पूरा होता नहीं। मैं खुद घर पर जल्दी पहुँचना चाहता हूँ, लेकिन सोचने पर भी हो नहीं पाता। अगर दफ्तर नजदीक रहता तो मैं आकर खा भी जाता। पर दफ्तर भी तो बहुत दूर है। खैर, कोई चिन्ता करने की बात नहीं है। यह कुछ दिनों की बात है, फिर सब कुछ ठीक हो जाएगा।' मैंने कोमलतापूर्वक कहा।

'एक बात कहूँ जी?'

'हाँ, कहो।'

'बुरा तो न मानिएगा?'

'तुम्हारी बात का बुरा माना भी है?'

'इसी का तो मुझे घमंड रहता है कि आप मुझसे कोई भी बात नहीं कहते। मैं एक बात कहना चाहती हूँ।'

'कहो।'

'आप मुझे अपना दफ्तर दिखा दीजिए।'

'दफ्तर! क्यों?'

'दफ्तर जान लूँगी तो मैं खाना पहुँचा दिया करूँगी।'

मुझे गुस्सा आया, परन्तु मैंने उससे प्रकट नहीं किया। हँसकर मैंने पूछा, 'खाना पहुँचाकर क्या करोगी?'

'आप समय पर खा लिया करेंगे।'

'यह तो ठीक है, लेकिन वहाँ खाने की मेरी इच्छा नहीं करती।'

'लोग तो अपने साथ खाना ले जाते हैं।'

'मुझे यह असभ्यता लगती है। ऐसी भी परेशानी क्या है? अरे समय पर नहीं खाएँगे, कुछ देर से ही खा लेंगे! इसके बिना क्या मैं मर जाऊँगा?'

'मरे आपके दुश्मन! ऐसी जबान न कहिए।'

'हाँ, जब मैं दफ्तर में लोगों को खाते हुए देखता हूँ, मुझे बहुत ही गुस्सा आता है। वे लालची की तरह खाने पर जुट जाते हैं। उस समय किसी की ओर देखते भी नहीं, जैसे उनको कभी खाना ही न मिला हो!'

मैं हँसने लगा। वह भी खिलखिला कर हँस पड़ी। बोली, 'आप भी खूब कहते हैं।'

'क्या गलत कहता हूँ?'

'मैं क्या जानूँ!'

मैंने देखा कि प्यार, समर्पण एवं विश्वास ही कान्ति का जीवन था। वह मेरे प्रति या किसी और के प्रति कोई दुर्भावना रख ही नहीं सकती थी। लेकिन मेरे मन में एक घोर निराशा दिन-पर-दिन बढ़ती जा रही थी। दिन-पर-दिन बीतते जा रहे थे और घर की कोई भी घटना मुझे उत्साहित नहीं कर पाती थी। मेरा मन प्यार के लिए छटपटाता रहता था। मैं कान्ति की कद्र करता था लेकिन उसको मैं प्यार नहीं कर सकता था। मेरे सामने घोर अन्धकार था। कभी-कभी मैं समस्त जीवन के प्रति विद्रोह एवं घृणा से भर जाता। ऐसी हालत में मेरे सामने महत्वाकांक्षाओं की आँधी बहने लगती थी। मैं प्रतिहिंसा से भर उठता था। इच्छा होती थी कि सबसे इस तरह बदला लूँ कि वे जिन्दगी भर रोएँ। मुझे ऐसा लगता कि मैं तुच्छ हूँ, हीन हूँ, इसीलिए मुझे सब धोखा देते हैं, मेरा अपमान करते हैं। मैं

इस स्थिति को स्वीकार नहीं कर सकता था। मेरी मनःस्थिति ऐसी हो गयी थी कि मैं अपने अपमान एवं दुःख को सबसे बड़ा समझने लगा था। सारी दुनिया से मुझे शिकायत थी। सारी दुनिया से मुझे घृणा थी। कभी-कभी मुझे अपने पिता जी से बहुत घृणा होती थी। उन्हीं लोगों के व्यवहार ने मेरी कमर तोड़ दी थी। उन्होंने ही मेरा आत्मविश्वास समाप्त कर दिया था। और मैं था कि उनको अब भी रुपए-पैसे भेजता था और उनकी मदद करता था। आखिर मैं क्यों नहीं अपनी नैतिकता को तोड़कर इस समाज से बदला लूँ? माता-पिता से मैं क्यों नहीं सम्बन्ध तोड़ लेता? कान्ति से मैं क्यों नहीं सम्बन्ध तोड़ लेता? कान्ति ने मुझे क्या दिया है? मेरे साथ किसी ने एहसान नहीं किया है। कान्ति ने जो कुछ एहसान किया था, वह अपने स्वार्थ के लिए। अगर कान्ति का स्वार्थ न रहता तो क्या वह ऐसा करती?

इस तरह की अजीब-अजीब भावनाओं और खयालों से मैं बेचैन रहता। मुझे कुछ भी अच्छा न लगता था। एक दिन विचित्र घटना हुई। सवेरे उठते ही मुझे नीलम की याद आयी। मेरा मन एक विचित्र व्यथा से भर उठा। नीलम को देखकर मैं कितना खुश हुआ था! कैसी उम्मीदें मेरे मन में मचलने लगी थीं। यदि कान्ति नीलम की ही तरह खूबसूरत होती तो मेरी जिन्दगी कैसी सुखकर होती! आखिर मुझसे जिन्दगी क्यों इस तरह कतराकर निकल जाती है? मैं नीलम की बात सोच-सोचकर भारी बेचैनी का अनुभव करने लगा।

इस बेचैनी की वजह से घर में मेरी तबीयत एक मिनट के लिए भी न लगती। मैं बस खाने के लिए घर आता, नहीं तो कोई-न-कोई बहाना करके घर से निकल जाता। कान्ति मेरी बातों पर विश्वास कर लेती। कभी मैं किसी मीटिंग में जाने का बहाना करता और कभी दफ्तर में काम अधिक होने का। कभी किसी अपने अफसर से मिलने जाना होता और कभी दफ्तर के लोगों की किसी पिकनिक पार्टी में शामिल होने की आवश्यकता उपस्थित हो जाती। कान्ति एक क्षण के लिए मेरी ओर देखती। उसकी उत्सुकता-भरी आँखें मेरे चेहरे पर जम जातीं। फिर वह मुस्कुराने लगती। केवल इतना ही कहती :

'खाने के समय पर आ जाइएगा।'

मैं कितना निर्दय हो गया था? मैं एक मिनट के लिए भी न सोचता कि कान्ति इस विदेश में अकेले कैसे रहती होगी? यदि कोई घर में घुस आए और कोई घटना हो जाय तो? चोर-बदमाशों की कमी है आजकल? पर ऐसे विचार मेरे दिमाग में एक मिनट के लिए भी न आते। इसके अलावा मैं काफी देर करके आता। रात में ग्यारह-बारह बजे पहुँचता। दिन में दो-तीन बजे। कान्ति सारा

काम-धाम करके चौके में या कमरे में दोनों टाँगों के बीच में सिर छिपाकर चुपचाप बैठी रहती। उसको देखकर मुझे एक क्षण के लिए आघात-सा लगता। लेकिन मैं इस विचार को झटक देता। मेरी बेचैनी एवं महत्त्वाकांक्षाएँ इतनी बड़ी थीं कि मेरे मन में किसी के प्रति दया के लिए कोई जगह नहीं थी। क्या मुझसे भी दुःखी कोई हो सकता है?

इन्हीं दिनों मैं दफ्तर की यूनियन के कार्यों में भाग लेने लगा। राजनीति मुझे अपनी ओर खींचने लगी। इसके पीछे मूल भावना यह थी कि मैं अपने साथियों का नेतृत्व प्राप्त करके अपनी हीनता को दूर करूँ एवं महत्त्व प्राप्त करूँ। ऐसे ही काम के सिलसिले में मुझे रजनी नामक एक लड़की के सम्पर्क में आने का मौका मिला। रजनी एक खूबसूरत लड़की थी। वह काफी तगड़ी और फैशन-परस्त लड़की थी। मुझे लगता कि उसकी आँखों में महत्वाकांक्षाओं की चमक है। मुझे ऐसा लगता कि वह मेरी ओर देख रही है, लेकिन जब मैं उसकी ओर देखता तो वह तेजी से अपना सिर दूसरी ओर घुमा लेती। यह सत्य है कि यदि मुझे मन-मुताबिक पत्नी मिली होती तो मैं रजनी की ओर देखता भी नहीं। लेकिन मैं उन दिनों अपने को इतना हीन, दुःखी एवं अपमानित समझता था कि मुझे रजनी के सम्पर्क में आकर खुशी ही हुई। रजनी की दृष्टि ने जैसे चोट पर मरहम का काम किया। मैं रजनी से बोलने लगा। उसकी गहरी महत्त्वाकांक्षापूर्ण आँखों में आँखें डालकर मैं उसके मन को टटोलता। निश्चय ही उसके मन में प्यार की भूख थी। मैं उसकी भूख को महसूस करने लगता। मेरे सारे शरीर में उसकी आकांक्षाएँ रेंग जातीं, मैं सिहर उठता था और मेरा सारा शरीर थरथराने लगता था। जिस हीनता के गर्त में मैं न मालूम कब से गिरा था, उससे निकलने के लिए मैं रजनी की ओर तेजी से आकर्षित हो गया। इस मुक्ति की जल्दबाजी में मुझे ऐसा लगने लगा कि मैं उसको प्यार करता हूँ।

अब मैं रजनी से देर-देर तक बातें करने लगा। कभी-कभी वह मेरी शिफ्ट में होती तो हमारी साथ-ही-साथ छुट्टी होती। हम कुछ देर तक साथ-साथ जाते थे। रजनी ने पहले ही अपने दुःख की कहानी बता दी थी। वह बहुत ही गरीबी और संघर्ष से निकलकर आयी थी। एक दिन वह अपने घर मुझको ले गयी और उसने अपनी माँ से मेरा परिचय कराया। वहाँ उसने डटकर मुझे नाश्ता कराया। फिर हम बैठकर बातें करने लगे थे। उसकी माँ उठकर चली गयी थीं थोड़ी देर के बाद। मैं रजनी की बातें चुपचाप सुनता रहा था। उसका चेहरा और आँखें चमक रही थीं। उसका स्वस्थ शरीर किसी ताजे फल की तरह दिखाई दे रहा था। वह बात-बात पर मुस्कुराती थी—एक मनोहारी मुस्कुराहट जो सारे शरीर

में कामनाओं को पिघला देती थी। वह चिड़िया की तरह चहचह बोले जा रही थी। उसकी बातें मेरी आकांक्षाओं को स्पष्ट कर रही थीं और मेरे साहस को बढ़ा रही थीं। पता नहीं, वह कब तक बोलती रही थी।

'अच्छा, मैं चलूँगा।' सहसा मैंने कहा था। निश्चय ही सफलता मेरे समीप बैठी थी, लेकिन हीनता एवं सन्देह इतना अधिक था कि मुझे सहसा ऐसा लगा कि कहीं यहाँ भी अपमानित न हो जाएँ। इसीलिए मैं अचानक उठ खड़ा हुआ था।

'अरे बैठिए न...।' वह बोली।

'नहीं, अब चलूँगा।'

'मैंने काफी समय ले लिया आपका और बोर कर दिया।' वह हँसने लगी।

'नहीं, ऐसी बात नहीं है।'

'मैं चाहूँ तो रात भर बातें करती रहूँ और न थकूँ।'

'मैं भी बातें कर सकता हूँ। मुझे बड़ा आनन्द आया। पर चलना भी चाहिए। वाइफ की तबीयत ठीक नहीं रहती।' मैं झूठ बोल गया।

'क्या बहुत बीमार हैं?'

'नहीं...।' मैं आगे न बोल सका।

'कभी मैं चलूँगी आपके यहाँ।'

'हाँ, जरूर चलिए। किसी दिन ले चलूँगा।'

'वह तो बहुत सुन्दर होंगी?'

'ठीक ही हैं।'

'आप भी आते रहिएगा। हम लोगों का और कौन है!'

विदा के समय वह मुस्कुराई थी। मेरी खुशी का अन्त नहीं था। मुझे एक स्त्री प्यार कर रही है या प्यार करने जा रही है, इससे मैं अपनी हीनता एवं अपमान को फेंककर अपने उच्च व्यक्तित्व का एहसास कर रहा था। ऐसी कल्पना में मुझे रजनी और भी खूबसूरत लगी और मैं उसके निकट पहुँचने के लिए व्याकुल हो उठा। कान्ति और उसमें कितना फर्क था! कान्ति सीधी-सादी तो बहुत थी। वह समझदार भी काफी थी। वह बड़े से बड़ा त्याग चुपचाप कर सकती थी। परन्तु उसमें अन्य खूबियाँ नहीं थीं, जो एक जवान स्त्री में होनी चाहिए। एक तो वह सुन्दर नहीं कही जा सकती। उसका रंग साँवला था, यद्यपि साँवले रंग की स्त्री खूबसूरत हो सकती है। फिर वह ठिंगनी थी, जबकि मैं लम्बा और तगड़ा था। वह अपने शौक-शृंगार के प्रति भी सचेत नहीं थी, जैसे सेवा और त्याग ही नारी का एकमात्र कर्तव्य हो। मैंने उसके लिए एक-से-एक

साड़ी लाकर रखी थी, अन्य सौन्दर्य प्रसाधन भी खरीद लाता था, लेकिन वे सामान रखे रह जाते थे और उनका वह कभी-कभी ही इस्तेमाल करती थी।

परन्तु रजनी ऐसी नहीं थी। वह भले ही शुरू में गरीब रही हो, लेकिन इस समय की रहन-सहन से उसको गरीब नहीं कहा जा सकता। वह कोई खूबसूरत लम्बी-छरहरी तथा खूब स्वस्थ थी। वह पूर्ण रूप से एक आधुनिक स्त्री थी। उसका घर खूब सजा था और उसकी बोली में, पहनावे में, रहन-सहन में अत्यधिक सुरुचि थी। मैं उसके घर से निकला तो मेरा मन खुशबुओं से भरा हुआ था। मैं कैसा अभागा था कि मुझे जीवन का कोई सुख नहीं मिला, जबकि मैं उसके सर्वथा योग्य था। बचपन से ही मेरा भाग्य मेरे विपरीत रहा था। यदि मेरी माँ जिन्दा रहती तो मेरा कितने ठाट-बाट से लालन-पालन होता, मुझे कितना स्नेह प्यार मिलता! मेरी हर आकांक्षा पूरी की जाती तथा मेरी शादी भी किसी खूबसूरत लड़की से की जाती जिसके मैं सर्वथा योग्य था। लेकिन मेरी किस्मत शुरू से ही साथ नहीं दे रही है। अब मेरे सामने मेरी किस्मत खड़ी मुस्कुरा रही है। वह मुझे बुला रही है। क्या मैं उसकी ओर से विमुख हो जाऊँ और एक सड़े हुए त्याग एवं आदर्श में अपने जीवन को बरबाद करूँ? मैं ऐसा कतई नहीं कर सकता। मैं जीवन के हर सुख को हाथ बढ़ाकर हस्तगत करूँगा और अपनी हीनता तथा अपमान-भरी जिन्दगी को सदा-सदा के लिए समाप्त कर दूँगा।

ऐसे विचारों में कुछ देर तक बहता हुआ मैं रजनी के घर से कुछ दूर निकल आया। लेकिन इसके बाद मेरे मन को न मालूम कैसा आघात लगा। मुझे उन दिनों की बात याद आयी जब मेरे सामने अन्धकार ही अन्धकार था, जिसमें कान्ति ने मुझे रास्ता दिखाया। मुझे साहस प्रदान किया तथा अपनी त्यागपूर्ण सहायता से मुझे जानवर से आदमी बना दिया। क्या मैं उसी कान्ति को धोखा देने जा रहा हूँ? वह मुझ पर कितना विश्वास करती है? उसने एक क्षण के लिए भी मुझ पर सन्देह नहीं किया, जबकि मैं उसके क्षमाशील स्वभाव का नाजायज फायदा उठाकर उसके साथ घोर अन्याय कर रहा हूँ तथा अब उसके विरुद्ध भयंकर षड्यन्त्र करने जा रहा हूँ। मैं न मालूम कैसी एक लज्जा से भर उठा।

लेकिन कुछ देर बाद मेरे मन में प्रतिहिंसा की भावना फिर प्रबल हो उठी। मैंने अपनी मूर्खता के लिए अपने को धिक्कारना शुरू किया। क्या मैं अपनी मूर्खता से अपने सारे सुख को धराशायी हो जाने दूँगा? इस दुनिया में सुख वही भोग सकता है, जो शक्तिशाली हो तथा आगे बढ़कर उसको बलात् हस्तगत कर लेता है। मुझे कमजोरी और हीनता से नफरत है। मैंने कान्ति को कभी प्यार नहीं

किया और न ही मेरे मन में वैसी पत्नी प्राप्त करने की आकांक्षा ही थी। फिर मैं क्यों उसको प्यार करने का ढोंग करूँ? ढोंग तो सबसे बुरी चीज है। इससे तो जिन्दगी किसी रुके हुए पानी की तरह बदबूदार हो जाएगी। नहीं, मैं ऐसी स्थिति को स्वीकार नहीं करूँगा। मैं आगे बढ़कर इस जीवन पर विजय प्राप्त करूँगा और अपने को सुख एवं महत्त्वाकांक्षाओं की आँधी में बहने दूँगा।

मैं जब घर पहुँचा तो मुझे कान्ति को देखकर आघात लगा। वह अन्दर बरामदे में बैठी रो रही थी।

'क्यों, क्या बात है? तकलीफ है क्या कोई?' मैंने पूछा।

'नहीं, कुछ भी नहीं है।' कान्ति ने आँखें पोंछते हुए कहा।

'क्या बताऊँ, आने में देर हो गयी। दफ्तर में यूनियन का मामला है, उसी में देर हो गयी। एक मीटिंग हो रही थी, उसी में फँसा रहा। सोचता हूँ कि अगर मैं जीत जाऊँ तो सेक्रेटरी हो जाऊँगा तथा तनख्वाह और इज्जत भी मेरी बढ़ जाएगी।' मैंने बहाना बनाया सदा की तरह।

'मैं इसलिए नहीं रो रही थी।'

'फिर क्यों रो रही थीं?'

'यूँ ही पुरानी बातें याद आ रही थीं।'

'कौन-सी पुरानी बातें?'

'यही बचपन की बातें।'

'किसकी बातें? जरा सुनूँ तो।'

'अरे, यही भाई-बहनों की बातें। कितना हम खेलते-कूदते थे!'

'कैसे तुम्हारे दिमाग में ये बातें आती हैं?'

'बैठे-बैठे आ जाती हैं। बातों के आने का क्या है!'

'फिर भी सुनूँ।'

'यही नीलम की बातें सोच रही थी। वह मुझे कितना प्यार करती थी। और मैं उसको कितना प्यार करती थी। परन्तु हम दोनों एक-दूसरे से कितने दूर हैं! फिर मुझे घर की बातें याद आ गयीं और मेरी आँखों से आँसू गिरने लगे। कोई खास बात नहीं है।'

मैं उसकी बातें सुनकर बेहद डर गया। मेरे मन में पाप था, जिसका मुझे कोई अभ्यास नहीं था, इसलिए मुझे ऐसा सन्देह हुआ गोया कान्ति को मेरे रजनी के यहाँ जाने की बात मालूम हुई हो। इसीलिए वह बैठी रो रही है। उसको यहाँ मेरा ही सहारा है, लेकिन जब मैं उसके साथ ऐसा व्यवहार कर रहा हूँ और उसको घर में अकेला छोड़कर दिन-रात मटरगश्ती करता रहता हूँ तो यह स्वाभाविक है

कि उसको घर की याद आए, अपने भाई-बहनों के प्यार की बातें याद आएँ। दरअसल यह कितनी अकेली है! मैं उसके पास बैठकर कोई बात नहीं करता। उसके सुख-दुःख की बात नहीं पूछता। उसके प्रति अपने प्यार का कभी प्रदर्शन नहीं करता।

उसका एक और भी कारण था। कान्ति के पेट में बच्चा था। इस समय मुझे उसके पास अधिक-से-अधिक रहना चाहिए था या घर से अथवा ससुराल से किसी को बुला लेना चाहिए था। घर में माता जी थीं, पर वह आ नहीं सकती थीं। फिर ससुराल से चिट्ठी आयी थी कि फ्लू से लगभग सभी बीमार पड़ गए हैं। लेकिन मुझे तो कान्ति को अधिक-से-अधिक आश्वासन देना चाहिए था। पर आश्वासन देने की बात अलग रही, मैं उसके पास से अकसर गायब रहता था। मैंने उसको अभी डॉक्टर के पास ले जाकर दिखाया नहीं था और न ही मैं उसके खाने-पीने पर विशेष ध्यान दे रहा था। मुझे यह क्या हो गया है? मैं कितना स्वार्थी बन गया हूँ?

'अच्छा, जाने दो, मैं आज से प्रतिज्ञा करता हूँ कि अब घर से कभी बाहर नहीं निकलूँगा। बस, दफ्तर जाऊँगा और दफ्तर से सीधे यहाँ आ जाऊँगा। अब आज से यूनियन के काम को सदा के लिए नमस्कार करता हूँ।' मैंने सहसा नैतिक जोश में आकर कहा।

'अरे आप ऐसा क्यों कह रहे हैं? क्या मैं आपको मना करती हूँ? मैं उसके लिए रो भी नहीं रही थी। मेरी आँखों में इसी तरह आँसू आ गए।' वह बोली।

'नहीं, मुझसे भी अन्याय हो जाता है। आखिर यूनियन का काम न करूँगा तो क्या हो जाएगा! कोई नौकरी तो मेरी छूट नहीं जाएगी? बस, केवल तरक्की नहीं होगी। पर देखा जाएगा....मौका देखकर ही हर बात करनी चाहिए। नहीं, अब यूनियन का काम नहीं करूँगा।'

'आप ऐसा न कहिए, मेरी कसम। आप मुझे गलत समझ रहे हैं। मैं तो इसके लिए जरा भी नहीं बुरा मानती। कभी खयाल भी नहीं आता मन में। बस, मैं कभी-कभी इसलिए कह देती हूँ कि मैं चाहती हूँ कि आप समय पर नाश्ता-पानी और भोजन कर लें। समय पर खाने-पीने से तन्दुरुस्ती ठीक रहती है। नहीं तो क्या मैं नहीं जानती कि मर्द आदमी को बाहर का काम देखना पड़ता है तो बहुत-सी बातें पड़ सकती हैं, जिससे उसको बाहर जाना पड़ सकता है। यूनियन के काम को मैं बुरा थोड़े मानती हूँ? जब उससे तरक्की होनेवाली है तो उस काम को जरूर करना चाहिए। मर्द आदमी को हमेशा अपनी तरक्की का ध्यान रखना चाहिए। कुछ-न-कुछ ऐसा करना चाहिए, जिससे उसकी आमदनी बढ़

सके। पैसा बहुत जरूरी चीज है। जब हाथ में पैसा रहता है सभी पूछते हैं और जब पैसा नहीं रहता तो कोई भी नहीं पूछता। आपने बहुत दुःख सहा है, मैं नहीं चाहती कि मेरी वजह से आप तरक्की न करें, अपने मन का काम न करें। जिन्दगी तो आपकी गुलामी में बीती है। मैं आपको किसी प्रकार के बन्धन में नहीं बाँधना चाहती। आप बिना किसी चिन्ता-फिक्र के अपने मन का काम कीजिए। आपसे मेरा भाग्य सदा के लिए बँध गया है, इसलिए आपकी जब तरक्की होगी तो उससे अधिक खुशी मुझे क्या हो सकती है?'

कान्ति ने अपने आँसू पोंछ लिये थे और अब वह मुस्कुराने की चेष्टा भी कर रही थी। कैसा ऊँचा उसका खयाल था! वह मुझे किसी प्रकार की तकलीफ नहीं देना चाहती थी। मुझे कुछ देर के लिए बड़ी लज्जा महसूस हुई। कैसी पवित्र उसकी आत्मा थी, और मैं उसके साथ कैसा व्यवहार कर रहा हूँ! पर साथ-ही-साथ मुझे न मालूम कैसी खुशी महसूस हो रही थी। यह खुशी यह सोचकर थी कि कान्ति मुझ पर किसी प्रकार का सन्देह नहीं करती और उसने मुझे पूर्ण स्वतन्त्रता दे दी है।

मेरी लज्जा पता नहीं कब गायब हो गयी थी और मैं भविष्य की योजनाएँ बनाने में व्यस्त हो गया था। लेकिन अभी रजनी को यहाँ ले आना ठीक नहीं होगा? शायद यह जल्दबाजी होगी। इस कार्य में धैर्य की आवश्यकता होती है। यदि मैं अधीरता से काम करूँगा तो सम्भव है कि मुझे अपने कार्य में असफलता मिले। नहीं, मुझे आगे बढ़ना होगा, क्योंकि सफलता की मंजिल पर पहुँचने की यही रीति है।

9

कैसे दिन थे वे? लगता था कि मेरे उजले दिन आ गए हैं। मैं अब भी अब अपने जीवन पर गर्व कर सकता था। मैं ऐसा हीन नहीं हूँ कि मुझे कोई आधुनिक स्त्री प्यार न कर सके। पहले मुझमें आत्मविश्वास की कितनी कमी थी! लेकिन वह आत्मविश्वास मेरे दिल में सवेरे के सूरज की तरह निकल आया था। मैं अब सही अर्थों में अपने को इन्सान समझ सकता था। मैं अब अपने पर गर्व कर सकता था। मैं अब अपने पुराने अपमान का बदला ले सकता था।

मेरा रजनी से मिलना-जुलना बढ़ गया था। हम एक-दूसरे के निकट तेजी

से आ रहे थे, क्योंकि हम दोनों की ऐसी इच्छा थी। मैं उसके लिए व्याकुल रहने लगा और वह भी शायद मेरे लिए व्याकुल रहने लगी। रजनी बात करने में बहुत होशियार थी। काफी बुद्धिमान। वह घंटों फर्राटे से बोल सकती थी। विभिन्न विषयों पर उसको काफी बातें मालूम थीं, यद्यपि उनमें, मुझे लगता था कि अतिरंजना भी होती है। वह अपना शायद प्रदर्शन करती थी—अपने विचारों का भी और अपने सौन्दर्य का भी। वह हमेशा अपने अनुभवों के बारे में बातें करती थी। मैं कभी-कभी सोचने लगता कि रजनी कान्ति की तरह ऊँचा नहीं उठ सकती थी और न किसी के लिए कोई त्याग कर सकती थी। उसको अपने स्वार्थ और अपनी तारीफ की बातें प्रिय थीं। पर त्याग एवं आदर्श की मुझे क्या जरूरत थी? मैं तो स्वयं त्याग एवं आदर्श को छोड़कर यहाँ आया था। क्या त्याग और आदर्श से कोई सुख मिल सकता है? त्याग और आदर्श तो आदमी को दुःखी बनाता है। यदि रजनी त्याग और आदर्श के रास्ते पर चले तो क्या वह मेरे निकट आ सकती है? पिता जी और माता जी मुझको नहीं चाहते थे, लेकिन इतने पर भी वे मुझको प्यार करने का ढोंग करते तो उनको वास्तविक सुख नहीं मिल सकता था। उन्होंने आदर्श के आडम्बर का ढोंग ओढ़ने से अच्छा यही समझा कि उसको छोड़ दिया जाय। इससे उनको काफी सुख प्राप्त हुआ होगा। उन्होंने मुझे जितना कष्ट दिया, उससे उनकी आत्मा उतनी सन्तुष्ट और तृप्त हुई। उन्होंने अपने सुख और स्वार्थ का खयाल करके ही तो मेरी ऐसी शादी की थी, जिससे उनको अधिकाअधिक पैसा मिला और मुझको मामूली पत्नी। यदि वह आदर्श पर चले होते तो उन्होंने मुझे वे सभी सामान दे दिये होते जो मैंने शादी में पाये थे। पर स्पष्ट है कि इससे उनको सुख प्राप्त नहीं हो सकता था। इसीलिए उन्होंने मुझे एक सामान भी नहीं दिया। इसी तरह यदि वह त्याग और आदर्श के रास्ते पर चले होते तो उन्होंने शादी में पाये कई हजार रुपयों में से मुझको कुछ देकर मेरी गृहस्थी खड़ी कर सकते थे, लेकिन उन्होंने ऐसा इसलिए नहीं किया था कि उससे उनको काफी दुःख होता। यदि उन्होंने मुझे पढ़ाया होता और मेरी नौकरी खोजने में मदद की होती तो उनको काफी दुःख होता, इसलिए मुझे पत्नी के गहने बेचने पड़े। किसी भी जगह देखा जाय, त्याग और आदर्श गले की फाँसी की तरह है। स्पष्ट है कि रजनी त्याग एवं आदर्श से मुझे सुखी नहीं कर सकती।

रजनी बार-बार जिद करती थी कान्ति से मिलने के लिए, लेकिन मैं कोई-ना-कोई बहाना करके टाल देता था। मेरे मन में चोर था, वह रजनी को कान्ति से दूर रहने के लिए बाध्य कर रहा था। कहीं रजनी को देखकर कान्ति सब कुछ ताड़ न ले। तब उसको कितना दुःख होगा? लेकिन एक छुट्टी के दिन

जब मैं अपने एक मित्र से मिलकर घर आया तो कान्ति बहुत खुश नजर आयी।

'अरे, वह तो अभी-अभी गयी है।' कान्ति ने कहा।

'कौन?'

'अरे आपके दफ्तर से आयी थी। क्या नाम है...हाँ, रजनी। है न यही नाम?'

मैं सहसा डर गया। मैंने कान्ति के चेहरे को गौर से देखा। कहीं वह व्यंग्य तो नहीं कर रही है? या उसका चेहरा सर्वथा निर्दोष था। पर मुझे रजनी पर मन-ही-मन बहुत गुस्सा आया। वह कैसे यहाँ चली आयी। मैंने तो उसको कभी अपने घर का पता भी ठीक से नहीं बताया था! मैंने बार-बार मना किया था कि वह अभी न चले और मैं स्वयं उसको निमंत्रित करूँगा, परन्तु उसने मेरी बात पर विश्वास न किया। ऐसी ही मूर्खता से बेइज्जती होती है। यह भी कोई कायदा है! उसने कान्ति को देखकर क्या सोचा होगा? उसका घर कितना सजा-धजा है और मेरा घर कितना साधारण है? उसने मुझे एकदम गँवार और पिछड़ा हुआ समझा होगा। मुझे पता नहीं, कान्ति पर भी क्यों गुस्सा आने लगा। बड़ी मुश्किल से मैंने अपने को जब्त किया, क्योंकि सम्भव है कि मेरे गुस्से से सारा मामला ही बिगड़ जाय।

'कौन आया था?' मैंने चौंककर इस तरह पूछा जैसे उसकी बात की ओर ध्यान नहीं था, इसीलिए मैंने उसकी बात नहीं सुनी थी।

'अरे आपके दफ्तर की एक लड़की थी। वह अपना नाम रजनी बता रही थी।' कान्ति मुस्कुरा रही थी।

'अच्छा...हाँ। क्या करने आयी थी वह? इन असभ्य लड़कियों को जरा भी अक्ल नहीं। बिना कुछ बताये घर के अन्दर चली आयीं। कहती हैं तो ये लोग अपने को सभ्य और पढ़ी-लिखी, लेकिन इनमें पढ़ने-लिखने का एक भी लक्षण नहीं। हाँ, तो...।'

बनावटी गुस्से से मेरा मुँह फूल गया था, लेकिन कान्ति ने कोमल स्वर में प्रतिवाद किया, 'ऐसा न कहिए जी। वह लड़की बड़ी शरीफ है। वह यूनियन के काम से आयी थी। लेकिन आपके न रहने पर भी वह वापस न गयी, बल्कि मेरे पास बैठ गयी और मुझसे एकदम हिलमिल गयी। मैं अँगीठी जलाने लगी तो उसने मुझको जबरदस्ती बैठा दिया और उठकर स्वयं अँगीठी जलाई। फिर उसने चाय और नमकीन बनाकर खुद मुझको नाश्ता कराया और स्वयं किया। मुझे तो ऐसा लगा कि नीलम मेरे पास आ गयी है। वह देर तक बैठी रही और बहुत-सी बातें करती रही।'

मैं कान्ति को घूर-घूरकर देख रहा था। साथ ही मैं बहुत गम्भीर बना रहा, जैसे मुझे कान्ति की बातें अभी भी अच्छी नहीं लग रही हैं। मैं उपेक्षा से बोला, 'वह लड़की तो ऐसी मिलनसार नहीं है।'

'अरे नहीं। वह बहुत ही नेक लड़की है। उसने मेरे साथ बहुत सहानुभूति की। उसने रोज आने को और मुझे काम-धाम में मदद देने के लिए कहा है। वह अफसोस कर रही थी कि उसे मालूम ही नहीं था, नहीं तो वह पहले ही आ जाती।'

'तुमको मना कर देना चाहिए था।'

'मैं क्यों मना कर देती?'

'अरे रोग पालने से क्या फायदा? इन शहरी लड़कियों को तुम नहीं जानतीं।'

'मैं खूब जानती हूँ। बुरे हर जगह हैं, अच्छे हर जगह हैं। बुरे और अच्छे की पहचान हो जाती है। मैं नहीं मान सकती कि वह बुरी लड़की है। उसने बताया कि मजबूरी में आकर उसको काम करना पड़ता है। उसके बाप बहुत पहले मर गए थे और उसकी माँ ने किसी तरह नौकरी कर-करके उसको पढ़ाया। अब नौकरी न करे तो माँ को बुढ़ौती में कैसे आराम मिले? उसको देखकर तो मुझे इच्छा हुई कि मैं भी पढ़ूँ और नौकरी करूँ।' कान्ति हँसने लगी।

'अरे छोड़ो, तुम भी किस चक्कर में आ गयीं? इन लोगों का जीवन अच्छा थोड़े होता है? ये लोग घर-गृहस्थी का काम-धाम ठीक से नहीं कर पातीं। ठीक से खाना भी बनाकर नहीं खा पातीं। मैं तो सब कुछ जानता हूँ। ये नीचे-से-नीचे तक उतर सकती हैं। मैं तो ऐसी औरतों से सख्त नफ़रत करता हूँ। यह तो कहो कि दफ्तर की यूनियन के काम के लिए मुझे इनसे बातचीत करनी पड़ती है, नहीं तो मैं इनका मुँह न देखूँ।'

मैं झूठ बोलकर कान्ति के दिल में अपने लिए विश्वास की भावना को दृढ़ करना चाहता था। साथ ही आगे के सन्देह का निवारण भी। लेकिन इसकी आवश्यकता भी क्या थी? वह तो मुझ पर पूरा विश्वास करती थी।

रजनी ने सचमुच कान्ति को दिये गए अपने वादे को पूरा किया। वह रोज मेरे यहाँ आती और कान्ति के पास देर तक बैठी रहती। कान्ति के पास आकर वह कितनी गम्भीर हो जाती थी। वह उसके पास देर तक बैठकर बातें करती। उसके काम-धाम में हाथ बँटा देती। एक बार वह उसको लेकर अस्पताल भी गयी थी। कान्ति उसके प्रति बहुत कृतज्ञ थी। वह मुझसे उसकी भूरि-भूरि प्रशंसा करती। मैं उसके प्रति उपेक्षा का भाव प्रदर्शित करता लेकिन मन-ही-मन

में बहुत खुश होता था। पहले मुझे यह आशंका थी कि कान्ति उस पर सन्देह करने लगेगी लेकिन रजनी ने अपने व्यवहार से उसको खुश कर लिया था और उसके दिल में अपने प्रति विश्वास जमा लिया था।

जब कान्ति को बच्चा होने को हुआ तो रजनी उसको लेकर अस्पताल गयी थी। कान्ति को दर्द से छटपटाते देखकर मेरे तो हाथ-पाँव फूल गए थे। लेकिन रजनी तथा उसकी माँ ने मेरी जैसी मदद की थी, वैसा किसी ने भी नहीं किया होगा। मुझे ऐसी आशा नहीं थी। रजनी की माँ ने कह दिया कि मैं उसी के यहाँ खाया करूँ। इसके अलावा वह कान्ति के लिए खाना, दूध आदि भेजती। कभी खाना मैं पहुँचा देता और कभी रजनी। अस्पताल में भी कोई-न-कोई हमेशा मौजूद रहता। रात को अकसर मैं रहता था और दिन में बारी-बारी से रजनी और उसकी माँ।

मैं रजनी तथा उसके परिवारवालों के प्रति अत्यधिक कृतज्ञ था। इस बीच रजनी और मैं काफी समय तक साथ-साथ रहने लगे थे। हम दोनों एक-दूसरे के अत्यधिक निकट आ गए थे। रजनी मेरी ओर मुस्कुराकर देखती थी। मेरी इच्छा होती कि मैं उसके हाथ को पकड़ लूँ और कहूँ कि रजनी, मैं तुम्हारा एहसान किसी भी हालत में भूल नहीं सकता। मैं तुमको प्यार करता हूँ।' पर मेरी पता नहीं क्यों ऐसी हिम्मत नहीं होती थी।

कान्ति को बच्ची हुई। अगर लड़का भी हुआ होता तो मुझे कुछ भी खुशी नहीं होती। मुझे बाल-बच्चों में दिलचस्पी थी ही नहीं। मैं किसी प्रकार की जिम्मेदारी, किसी प्रकार की गम्भीरता से बचना चाहता था। मुझे तो प्यार चाहिए था। मुझे तो सुख चाहिए था। ऐसे प्यार और सुख में मैं अपने को पूरी तरह डुबो देना चाहता था। मैं उस सुख में सब कुछ भूल जाना चाहता था।

'बधाई आपको!' रजनी ने मुझसे आकर कहा था, 'बच्ची हुई है आपको। मिठाई खिलाने को तैयार रहिए।'

'क्या यह ऐसी खुशी की बात है?'

'और क्या? आप क्या सोचते हैं?' वह हँस रही थी।

'मैं तो इसको खुशी की बात नहीं मानता।'

'क्यों? क्या इसलिए कि लड़की हुई है? शायद लड़का होता तो आपको खुशी होती! हमारे समाज में तो लड़के की पैदाइश शुभ मानी जाती है। आपका भी ऐसा ही खयाल है?' रजनी उदास हो गयी थी।

'मेरा ऐसा खयाल नहीं है रजनी। मैं वैसा पिछड़ा हुआ नहीं हूँ जैसा तुम समझती हो। लड़के और लड़की में मैं कोई फर्क नहीं समझता। तुम भी तो

लड़की हो, पर अपनी माँ की एक लड़के से कम सेवा थोड़े कर रही हो। मैं तो दूसरे ही कारण से ऐसा कह रहा था। मैं अभी ऐसी झंझटों में फँसना नहीं चाहता था। मैं अभी स्वतन्त्र रहना चाहता था।' मैं इसके आगे कुछ नहीं बोल सका।

'अच्छा, चलिए...आज आपको मिठाई खिलानी पड़ेगी। इससे आप बच नहीं सकते।'

'हाँ-हाँ, अभी चलो। मिठाई के लिए मना थोड़े है?'

'खैर, इतनी जल्दी नहीं है। जब आपको सहूलियत होगी उसी समय ले आइएगा। कम मिठाई से काम थोड़े चलेगा?'

'अरे नहीं...नहीं...।' मैं संकोच से शरमा गया था।

और सचमुच मैं शाम को जब दफ्तर से निकला तो सबसे पहले बाजार गया। वहाँ मैंने पाँच किलो बढ़िया मिठाई खरीदी। साथ में फल और मेवे आदि भी लिये। जब मैं वहाँ पहुँचा तो केवल रजनी ही घर पर थी। उसकी माँ कहीं बाहर गयी हुई थीं। रजनी अस्पताल में ले जाने के लिए खाना बना रही थी। मुझको देखकर वह दौड़कर मेरे पास आयी।

'यह क्या ले आए हैं?' उसने सामान की ओर देखकर कहा।

'कोई खास नहीं...।'

'अरे इतना सामान क्यों ले आए? मैं तो केवल मजाक कर रही थी।' रजनी ने गम्भीर होकर कहा।

'अब इस सम्बन्ध में कुछ कहने की तुमको जरूरत नहीं। मैं अपनी खुशी से ले आया हूँ।'

'पर इतना खर्च करने की जरूरत क्या थी? आप तो खुद इस समय खर्चे में पड़े हुए हैं।'

'मैं किसी खर्चे में नहीं हूँ।'

'वाह! खूब कहते हैं। मिठाई-विठाई तो बाद में आती। वह क्या भागी जा रही थी?'

'रजनी, तुम अधिक बहस करोगी तो मैं भाग जाऊँगा और कभी भी नहीं आऊँगा यहाँ।' मैंने खीजकर कहा।

'अच्छा भाई, जाने दीजिए। भागिए नहीं। बोलिए, चाय पीजिएगा? या वह भी नहीं पीजिएगा?'

'चाय क्यों नहीं पीऊँगा?'

'अच्छा तो बैठ जाइए। अभी लाती हूँ।'

वह फर्र-फर्र साड़ी उड़ाती हुई वहाँ से चली गयी। एक भड़कीली रेशमी साड़ी वह पहने हुए थी। उसका आँचल छाती पर से होता हुआ कमर के चारों ओर बँध गया था। उसके चेहरे पर एक व्यस्ततापूर्ण सौन्दर्य उभर आया था। आज मेरा मन उसके लिए बहुत बेचैन हो उठा था। मैं उसको कितना गलत समझे हुए था? मैं समझता था कि वह स्वार्थी किस्म की एक शहरी लड़की है, लेकिन उसमें ऐसी बात नहीं है। उसमें त्याग की कैसी भावना है! उसने ऐसे अवसर पर मेरी दिल खोलकर मदद की। रुपए-पैसे की कुछ भी परवाह नहीं की। मेरी हर सुविधा का ध्यान रखा। मैं उसको मुग्ध दृष्टि को देखता रहा।

उसने कुछ देर में चाय तथा खाने का और बहुत सामान लाकर रख दिया। वह इस समय काफी प्रसन्न थी। लेकिन मेरी ओर देख नहीं रही थी। शायद वह सचेत थी कि मैं उसको मुग्ध दृष्टि से देख रहा हूँ। वह वहाँ से मुड़कर जाने लगी।

'अरे कहाँ चलीं? इतना कौन खाएगा?'

'वाह, कितना कम है! आप दिन भर के भूखे हैं...खाइए।'

'पर तुम भी आओ।'

'आप खाइए। मैं चाय-वाय पी चुकी हूँ।'

'वाह, यह तो हो ही नहीं सकता। मैं अकेले तो खाऊँगा नहीं। फिर इनको ले जाकर रख दो।'

वह ठिठककर खड़ी हो गयी। फिर मुड़कर उसने मेरी ओर देखा। उसकी आँखों में न मालूम कैसा भाव था कि मेरे दिल में कामनाओं की आँधी बहने लगी। उसमें कैसा आत्मविश्वास था! उसकी आँखों में एक आत्मीयतापूर्ण चमक थी।

वह लौट पड़ी। ज्योंही वह मेरे पास आयी तो मैंने उठकर उसको अपने आलिंगन में लेने की कोशिश की।

'नहीं-नहीं...।' उसने मेरी बाँहों से अलग छिटककर कहा। फिर वह तेजी से घर के अन्दर चली गयी।

मैं हत्‌बुद्धि-सा खड़ा रहा। पता नहीं, कैसे भय और आशंका ने मुझको जकड़ लिया। मेरी सारी आशाओं पर तुषारापात हो गया था, जिसकी मैंने अपने सपने में भी उम्मीद नहीं की थी। ऐसा ही अभागा मैं था। मेरा सोचा हुआ कभी नहीं हुआ था। मैंने सोचा था कि रजनी आसानी से मेरे कब्जे में आ जाएगी। मेरा यह खयाल था कि रजनी मेरे व्यक्तित्व से अत्यधिक प्रभावित है, पर मेरा यह सोचना भी गलत निकला। शायद वह भी मुझको हीन समझती है। शायद वह

जान गयी है कि मैं एक अत्यधिक तुच्छ और स्वार्थी व्यक्ति हूँ और इसीलिए वह मुझसे दूर भाग रही है। अंब क्या होगा? उम्मीदों का जो किला मैंने बनाया था, वह क्या इतनी आसानी से ढह जाएगा? पर इसमें सन्देह की बात ही क्या थी? आज रजनी से मेरा सारा सम्बन्ध खत्म हो गया। अब वह यह बात अपनी माँ से कहेगी और शायद कान्ति से भी कहेगी।

मैं एक आत्महीनता के भाव से एकदम जड़ हो गया था। मुझे ऐसी इच्छा हुई कि मैं वहाँ से भाग चलूँ। अब रजनी को कभी भी मुँह न दिखाऊँगा लेकिन ऐसा भी मैं न कर सका। मैं चुपचाप वहीं खड़ा रहा।

कुछ देर बाद रजनी आयी। वह मुस्कुरा रही थी। उसने कहा, 'अरे, आप तो खड़े हैं। खाइए न?'

क्या वह नाराज नहीं है? पर इसका विश्वास? मैंने उसकी ओर देखना चाहा, पर मेरी हिम्मत नहीं हुई।

'आइए, बैठिए। चाय ठण्डी हो जाएगी।'

'मुझे इच्छा नहीं है।' मैंने रूखी आवाज में कहा।

'वाह। यह कैसे हो सकता है? आप दिन भर के भूखे हैं। कुछ-न-कुछ तो खाना ही पड़ेगा। फिर अस्पताल में खाना भी ले जाना है...।'

मैं कुछ नहीं बोला बल्कि चुपचाप मेज के सामने कुर्सी पर बैठ गया। रजनी की मुस्कुराहट से मेरी जान में जान आ गयी थी। अब मेरा यह विश्वास हो गया था कि रजनी के दिल में मेरे लिए कोई प्यार एवं आकर्षण की भावना नहीं है, बल्कि वह निःस्वार्थ भाव से मेरे निकट आयी है। यदि वह ऐसी है तो मैं भी उसके साथ वैसा ही व्यवहार करूँगा। मैं आखिर क्यों उसके बारे में अपने मन में दूसरा खयाल रखूँ? मुझे अपने जीवन को उठाना चाहिए। मुझे अपने जीवन को पवित्र बनाना चाहिए। आज से मैं अपने दिल से सारी कलुषित भावनाओं को निकाल बाहर करूँगा और त्याग और आदर्श के मार्ग पर चलूँगा। आज से मैं कान्ति के प्रति अच्छा व्यवहार करूँगा। उसको मैं इज्जत और प्यार दूँगा, जैसा व्यवहार कि हर पति को अपनी पत्नी के प्रति करना चाहिए।

'लीजिए।' रजनी ने चाय का प्याला मेरे आगे बढ़ाकर कोमलतापूर्वक कहा।

उसकी आवाज ने मेरे हृदय में न मालूम कैसी झंकार पैदा कर दी लेकिन मैंने आँख उठाकर उसकी ओर न देखा। मैं चुपचाप चाय पीने लगा।

'आप क्यों चुप हैं?' रजनी ने पूछा।

'यूँ ही। कोई खास बात नहीं।' मैंने कहा।

'आपके साथ मैं भी अस्पताल चलूँगी।'

मैंने अब उसकी ओर चौंककर देखा। वह मुस्कुरा रही थी और मुझे एकटक देख रही थी। कुछ देर पहले उसके चेहरे पर जो खिंचाव का भाव उत्पन्न हो गया था, वह गायब हो गया था। एक क्षण के लिए मुझे ऐसा लगा गोया उसकी आँखों में स्नेह का आमन्त्रण भी हो। यह कितना बड़ा धोखा था! अभी कुछ देर पहले जो लड़की मेरी उपेक्षा करके चली गयी थी, वह मुझे उसी पुरानी आत्मीयता से देख रही थी। मैं तो कुछ देर पहले यही सोच रहा था कि मैं अब रजनी से कोई खास मतलब नहीं रखूँगा और पवित्र जीवन व्यतीत करूँगा। पर यह निश्चय अब बालू की दीवार की तरह धराशायी हो गया था। मेरे दिल में अब फिर तूफान उठ खड़ा हुआ था। नहीं, रजनी पर केवल मेरा अधिकार है। वह केवल मेरी है। वह मेरे सुख के लिए ही पैदा हुई है। अब कोई भी शक्ति उसको मुझसे अलग नहीं कर सकती।

यह सब सोचकर मेरे दिल में सहसा न मालूम कैसे स्वाभिमान का भाव उत्पन्न हुआ। मैंने चाय पीकर प्याला रख दिया और अचानक उठ खड़ा हुआ।

'मैं चल रहा हूँ।'

'कहाँ?' रजनी ने चौंककर पूछा।

'मैं अब जा रहा हूँ।'

'अरे, आपने तो कुछ खाया नहीं?'

'मेरी इच्छा नहीं है।' मैंने गम्भीर स्वर में कहा।

रजनी का चेहरा देखते-ही-देखते क्या हो गया! फिर वह अचानक उठ खड़ी हुई और उसने बढ़कर मेरा हाथ पकड़ लिया।

'आप बिना खाये नहीं जा सकते।'

'नहीं रजनी!' मैं आगे बोल न सका, क्योंकि उसके हाथ पकड़ने से मेरा शरीर काँप रहा था। उसका चेहरा न मालूम कैसा हो गया था। शायद वह मुझे असीम प्यार से देख रही थी। शायद उसकी आँखें आँसुओं में डूबी हुईं थीं।

'आप नाराज हैं न?' इतना कहते ही वह सिर झुकाकर रोने लगी।

मैं हत्बुद्धि होकर उसकी ओर कुछ देर तक देखता रहा। फिर उसको अपनी बाँहों में समेट लिया।

'रजनी....चुप रहो।' मैंने उसके बालों पर हाथ फेरते हुए कहा।

वह सिसकने लगी। वह बोली, 'मैंने सोचा था...कि आपसे दूर रहूँगी... क्योंकि कान्ति जीजी...बहुत अच्छी हैं।...वह...मुझ पर बहुत...विश्वास...करती हैं। मैं उनको धोखा नहीं देना चाहती। वह...आप पर...भी कितना...विश्वास

करती हैं। वह हमेशा...आपकी तारीफ करती हैं। आपके दुःख...की...चर्चा करती हैं। मैं नहीं चाहती थी कि मेरी वजह से...आप किसी अपमानजनक परिस्थिति में फँस जाएँ, लेकिन...अब मैं अपने को रोक नहीं सकती। जिस दिन आपको देखा, उसी दिन से आप मेरे हृदय पर अधिकार जमा चुके थे। मैंने अपने को रोकने की बहुत कोशिश की...लेकिन अब मैं बहुत दिनों तक अपने को धोखा नहीं दे सकती। मैंने आपकी ही तरह बचपन में बहुत दुःख भोगा है। मैं इतना निकट आए सुख को ठुकरा नहीं सकती।'

वह अपने चेहरे को मेरी छाती पर सटाते हुए बुदबुदा रही थी। मैंने उसके आँसुओं को पोंछते हुए कहा, 'रजनी, मैंने इस जीवन में बहुत दुःख भोगा। मैं एक-एक दाने के लिए तरसता रहा। मुझे रोज मार और डाँट बरदाश्त करनी पड़ती थी। मैं अपने को बहुत ही अभागा समझता रहा था। फिर मेरी शादी हुई। मैंने कल्पना की थी कि मुझे प्यार मिलेगा...लेकिन वह भी मुझे नहीं मिला। कान्ति को मैं बुरा नहीं कहता। उसमें बहुत-सी अच्छाइयाँ हैं। लेकिन मैं उसको प्यार नहीं कर सका। इसके लिए तुम मुझको नीच कहो या कुछ भी कहो। मैं खुद उसको धोखा नहीं देना चाहता। मैंने उसके लिए क्या नहीं किया है। उसको हर तरह का आराम देने की कोशिश करता हूँ। लेकिन इससे अधिक मैं क्या कर सकता हूँ? इससे अधिक मैं उसको दे नहीं सकता....कोशिश करने पर भी नहीं। फिर इन्हीं दिनों मैंने तुमको देखा। मेरे दिल में तूफान मच गया। मुझे ऐसा लगा कि जिस लड़की की मैं इतने दिनों से तलाश कर रहा था, वह मुझे मिल गयी है। मुझे बड़ा दुःख हुआ था। मैं घर जाकर रोया था। एक ओर कान्ति थी, जो हर माने में अच्छी थी, पर जिसको मैं प्यार नहीं करता था। और एक ओर तुम थीं, जिसकी मुझे न मालूम कब से तलाश थी, जो न मालूम कब से मेरे दिल में विराजमान थी। मेरे मन में एक भारी संघर्ष आरम्भ हुआ। कई बार मेरी इच्छा हुई कि मैं जाकर आत्महत्या कर लूँ। ऐसे जीवन से क्या लाभ? लेकिन तुम्हारी याद मुझे जिलाये रही। मैं अब हर समय तुम्हारा ही सपना देखने लगा। आज मैंने सोचा कि तुम्हारे सामने अपने दिल का दुःख खोलकर रख दूँगा। जब तुम मुझसे अलग हटकर भीतर चली गयीं तो मेरे जैसा दुःखी इन्सान इस दुनिया में कोई नहीं था। मैं छटपटा रहा था। मैं इसीलिए यहाँ से उठकर जा रहा था। मैं खुद नहीं जानता था कि यहाँ से कहीं ऐसी जगह भाग जाऊँ जहाँ मैं तुम लोगों का अपना मुँह दिखा नहीं सकता था। तुम्हारे प्यार के बिना जिन्दा रहने की मेरी इच्छा नहीं थी। मुझसे गलती हो गयी हो, उसको तुम माफ करना रजनी...।'

'आप ऐसा न कहिए...अब कोई भी शक्ति हमको अलग नहीं कर सकती।

मैं आपको अपनी समस्त शक्ति से प्यार करती हूँ।'

उसका सिसकना अब बन्द हो चुका था। हम पता नहीं कब तक उसी तरह खड़े अपने प्रेम का इजहार करते रहे। मैं सच और झूठ को मिलाकर उसके सामने अपनी एक भली तस्वीर खड़ी कर रहा था। रजनी अब बार-बार मुँह उठाकर मुझे स्नेह से देख रही थी। फिर पता नहीं कब अलग होकर हम कुर्सियों पर आमने-सामने बैठकर खाने लगे थे। रजनी की आँखें चमक रही थीं और होंठों पर एक स्वप्निल मुस्कुराहट थिरक रही थी।

10

झूठ! कितना बड़ा झूठ! मैं एक बड़े झूठ, ढोंग और आडम्बर को पाल रहा था। मैं क्या रजनी को प्यार करता था? या मेरा आकर्षण सिर्फ उसके शरीर के प्रति था? मैं कुछ ठीक निश्चय नहीं कर पाता था। कैसी घोर निराशा मेरे दिल में थी? यह निराशा मेरी पराजय, हीनता और अपमान से उत्पन्न हुई थी और वही मुझे रजनी के पास खींच ले आयी थी। रजनी के इस प्यार में मैं अपने पुराने दु:ख-दर्द को भूलना चाहता था और अपनी आत्म-तुच्छता एवं अपमान को भूलकर अपने व्यक्तितत्व के उत्थान को महसूस करना चाहता था।

निश्चय ही रजनी के इस प्यार से मुझमें एक अजीब किस्म का आत्मविश्वास पैदा हुआ। उससे मेरे अन्दर अजीब किस्म का अहंकार उत्पन्न हुआ। और उसने मेरी प्रतिहिंसा की भावना पर सान चढ़ा दिया तथा मैं और भी आराम एवं अधिकार संचित करने के लिए लालायित हो उठा। रजनी बहुत ही विनम्रतापूर्वक आगे बढ़ी थी और कुछ ही दिनों में मेरे दिल पर पूरी तरह अधिकार जमा लिया था। वह मेरे लिए खूब शृंगार करती, खूब फैशन करती, मुझे खूब खिलाती-पिलाती, मेरे साथ सैर-सपाटे के लिए चलती और इस तरह अपने प्यार का अक्षय भंडार मुझे समर्पित कर देती। उस प्यार में मैं आकण्ठ डूब गया था। उसके प्यार की शक्ति मुझे गहरे नशे में झोंक देती, मुझे बेहद उन्मत्त बना देती, मुझे अन्धा कर देती।

उससे विदा लेकर जब मैं घर आता तो मुझे सहसा एक पश्चात्ताप जकड़ लेता था। मैं कान्ति के निर्मल विश्वास के साथ कैसा धोखा कर रहा था? परन्तु मेरा यह पश्चात्ताप क्षणिक ही रहता। रजनी की याद मेरे दिल से कान्ति का

खयाल निकाल बाहर करती और फिर मैं उसके प्यार के अनुभव की कल्पनाओं में डूब जाता। विशेष रूप से जब रजनी से फिर मिलने का समय आता तो मेरी सारी नैतिकता भाप की तरह उड़ जाती और मैं समस्त झूठ, प्रपंच एवं बेशर्मी का सहारा लेता हुआ उससे मिलने के लिए चल देता था। रजनी मुझसे दुगनी आतुरता से मिलती थी। उसके प्यार से ऐसा प्रतीत होता जैसे वह जन्म-जन्म की भूखी-प्यासी है। वैसे प्यार का प्रतिदान करने के लिए मैं पागल हो उठता। उस समय मेरा आत्मविश्वास और अहंकार कितना बढ़ जाता था। रजनी मेरे लिए शराब के नशे की तरह थी। उस नशे को प्राप्त करने के लिए मैं उससे कैसी-कैसी बातें करता! मैं उसकी हर बात का समर्थन करता। उसकी बेहद तारीफ करता। उसकी आत्मप्रशंसाएँ घंटों सुनता।

एक वर्ष तक ऐसा ही चला। निर्द्वन्द्व प्यार एवं सुख। बीच-बीच में यूनियन के काम की सरगर्मी। मैं उसका एक सक्रिय कार्यकर्ता हो गया था यद्यपि उसका मंत्री होना बाकी था। रजनी मेरा जोरदार समर्थन करती थी। सारे दफ्तर में मेरे और रजनी के प्यार की काफी चर्चा थी, और इस वजह से कुछ साथी तथा कई अफसर मुझसे ईर्ष्या करते थे। इस ईर्ष्या से मुझे बहुत खुशी होती थी जिससे मैं अपने को बहुत ही श्रेष्ठ समझता था और उनको जलाने को मैं और भी कोशिश करता था। मैं खूब बन-ठनकर आता, अपने दुश्मनों पर फब्तियाँ कसता, उनका मजाक उड़ाता, उनको जलाने के लिए जोर-जोर से कहकहे लगाता और अपनी शान प्रकट करने के लिए खूब पैसे खर्च करता। मैंने प्यार एवं अधिकार का संचय किया था, जिसका मेरे जीवन में सर्वथा अभाव था—और अब मैं उस मार्ग पर निरन्तर आगे बढ़ता जा रहा था क्योंकि उस मार्ग से सुखकर मेरे लिए कोई दूसरा रास्ता भी नहीं था।

कान्ति के अस्पताल से आने के बाद भी रजनी मेरे घर में उसी तरह आती थी; बल्कि वह कान्ति के और निकट आ गयी थी। सचमुच उन लोगों ने मेरे तथा कान्ति के लिए क्या नहीं किया था? कान्ति अब रजनी पर अगाध विश्वास करती थी। रजनी पहुँचते ही उससे घुल-मिल जाती। उसको बैठाकर अपने काम-धाम करने लगती। कान्ति गद्‌गद हो जाती। वह मुझसे रजनी की बहुत तारीफ करती। उसके लिए कोई-न-कोई अच्छी चीज बनाकर रखती और जब रजनी आती तो उसको स्नेह से खिलाती। पर मैं यह दिखाने के लिए कि रजनी के प्रति मेरी कोई दिलचस्पी नहीं है, कान्ति के सामने मैं उसकी आलोचना करने लगता।

'मुझे तो उसका स्वभाव पसन्द नहीं...।' मैं कहता था।

'वाह! आप कैसी बात करते हैं? आपको किसी की पहचान करनी आती भी है?'

'क्या मैं झूठ कहता हूँ?'

'हाँ। एकदम झूठ। रजनी ने मेरे लिए जो किया है, उसका एहसान मैं जन्म-जन्म तक भूल नहीं सकती। ऐसा तो अपना कोई सगा भी नहीं करेगा। अब भी वह कितना करती है! मेरी बच्ची के लिए हमेशा कोई कपड़ा सिलकर या कोई खाने का सामान लाती है। उसको प्यार से खिलाती है। उसका गू-मूत भी साफ करने से एतराज नहीं करती। मैं तो पूछती हूँ कि कौन-सी आदत उसकी आपको पसन्द नहीं है?'

'वह घमंडी है।' मैंने गम्भीर होकर कहा।

'खूब कहा आपने। कौन-सा घमंड उसने दिखाया? दौड़-दौड़कर यहाँ आती है, काम में मदद देती है, अदब से पेश आती है, मीठा बोलती है...इसी को क्या घमंड कहते हैं?'

'मुझे तो ऐसा ही लगता है।'

'ऐसा कहना ठीक नहीं है। मैं इस बारे में बहस नहीं करना चाहती।' वह नाराज-सी होकर कहती थी।

मैं कुछ नहीं बोलता था, लेकिन मन-ही-मन मैं बहुत खुश होता था। कभी-कभी मैं कान्ति से प्यार का नाटक करता था। यह भी नाटक कितना विचित्र था! मैं अकसर घर से गायब रहता था लेकिन घर आते ही कान्ति को आलिंगन में ले लेता था और उससे क्षमा माँगने लगता था। मैं कहता था, 'कान्ति, मुझे बहुत अफसोस है कि मुझे तुमको छोड़कर इतने समय तक बाहर रहना पड़ता है। मैं कभी-कभी सोचता हूँ कि किसी को बुला लूँ या कोई नौकर-चाकर रख लूँ। तुमको अकेले रहना पड़ता है और काम-धाम करना पड़ता है, यह सोचकर मेरा कलेजा फटता है। मैं बाहर भी रहता हूँ तो हमेशा तुम्हारी ही चिन्ता लगी रहती है। पर क्या करूँ, मजबूरी है। आगे की बातें सोचकर ही मुझे ऐसा करना पड़ता है। सोचता रहता हूँ कि अगर यूनियन के चुनाव में मैं जीत जाऊँगा तो मेरी तरक्की हो जाएगी। बस, इतनी-सी बात है, इसीलिए मैं ऐसा कर रहा हूँ। रजनी-वजनी का साथ भी इसीलिए करना पड़ रहा है। रजनी के पास स्त्रियों के वोट हैं। कुछ और लोगों पर भी उसका प्रभाव है। इसी के जोड़-तोड़ में लगा रहता हूँ।'

कान्ति की आँखें खुशी से चमकने लगती थीं। वह स्नेह-सिक्त स्वर में कहती थी, 'क्या मैं कुछ कहती हूँ? मैं तो खुद ही कहा करती हूँ, मर्द आदमी

घर में बैठकर क्या कर सकता है? आप शौक से अपना काम कीजिए। यहाँ की आप चिन्ता न कीजिए। मैंने पास-पड़ोस की कई स्त्रियों से जान-पहचान कर ली है और कोई बात पड़ने पर वे मदद करने को तैयार रहती हैं। मैं सब कुछ देख लूँगी।'

'पर तुम्हें बहुत काम करना पड़ता है। तुमको कोई आराम नहीं मिलता।' मैं झूठी सहानुभूति प्रकट करता था।

'आराम क्यों नहीं मिलता? मैं काम-धाम करके काफी आराम कर लेती हूँ। आप ही को कोई आराम नहीं मिल पाता है।'

'मेरी फिक्र न करो। कुछ दिमागी काम करने और दौड़ने-धूपने के अलावा मैं क्या करता हूँ?'

'नहीं, आपको बहुत मेहनत करनी पड़ती है। क्या मैं इसको नहीं जानती? आपको जीवन में कभी सुख नहीं मिला। हमेशा कष्ट उठाया। पर भगवान इस मेहनत का फल जरूर देगा किसी-न-किसी दिन। जिस तरह इतना किया है, उसी तरह आगे भी करेगा।'

कान्ति खुश हो जाती थी ऐसी बातों से। इस प्रकार का आश्वासन देकर मैं निश्चिन्त हो जाता था और उसके प्रति और भी उदासीनता बरतने के लिए स्वतन्त्र। वह अब भी खूब काम करती थी। बच्ची होने के बाद उसको दरअसल कोई भी आराम नहीं मिला था। घर पर मैंने माता जी से आने के लिए कहा था, लेकिन उन्होंने आने से इनकार कर दिया था। वैसे मैंने उनसे आशा भी नहीं की थी कि वे आएँगी। परिस्थितियों की वजह से ससुराल से भी कोई नहीं आ सका था। उन्हीं दिनों महरी ने भी बर्तन माँजना छोड़ दिया था। और कोई महरी अभी मिल नहीं पायी थी। इसलिए कान्ति को चौका-बर्तन भी करना पड़ता था। इसके अलावा खाना बनाना, झाड़ू-बुहारू करना, कपड़े साफ करना। बच्चे की सेवा अलग। वह तड़के चार बजे उठती थी और बारह बजे रात को सोती थी। मुझसे उसको किसी प्रकार की मदद नहीं मिल पाती।

कान्ति में एक और दोष था। वह अपने खाने-पीने पर ठीक से ध्यान नहीं देती थी। मुझको तो वह खूब डटकर खिलाती, पर अपने रूखा-सूखा ही खाकर दिन काट देती। मैं जानता हूँ कि पैसा बचाने के लिए ही वह ऐसा करती थी। मैं तो दफ्तर में खा-पी लेता था पर वह अपने लिए नाश्ता नहीं बनाती थी। अगर बनाती भी थी तो एक कप चाय। इसके अलावा कुछ नहीं! यदि मैं कहीं दावत खाने के लिए जाता तो वह उस जून का भोजन ही गोल कर जाती या खिचड़ी-विचड़ी बैठा देती। मैंने कई बार उसको इन आदतों के लिए टोका था,

लेकिन वह ध्यान नहीं देती थी। बच्ची होने के बाद मैं उसके लिए मेवा वगैरह लेकर आया था, पर उसने उसको स्वयं तो कम खाया था और अधिकांश मेरे सामने ही नाश्ते के समय परोस दिया था। मैं पूछता था तो वह कहती थी कि अभी काफी पड़ा है, क्योंकि मैंने भी बाजार से मँगा कर रख लिया है।

वह अपने पहनने-ओढ़ने तथा शौक-शृंगार पर भी ठीक से ध्यान नहीं देती थी। मैं उसके लिए कोई अच्छी साड़ी आदि खरीद कर ले आता तो वह मुझे ऐसा करने के लिए मना करती और उन चीजों को ट्रंक में रख देती थी। शुरू-शुरू में मैंने अवश्य चाहा था कि वह शौक-शृंगार से रहे, उन औरतों की तरह, जो अपने सौन्दर्य का खयाल रखती हैं। औरत चाहे जैसी हो पर उसका पहनना-ओढ़ना अच्छा ही लगता है। जो औरत सफाई से नहीं रहती और शौक-शृंगार नहीं करती, वह अत्यधिक अनुचित कार्य करती है। उसके इस तरह से रहने-सहने से भी मैं उससे दूर हटता गया था। उसमें यह अजीब आदत थी कि वह दूसरों का तो बहुत खयाल रखती थी लेकिन अपना कभी कुछ भी खयाल नहीं रखती थी। पहले मैंने इस ओर ध्यान दिया था, एकाध-बार कहा भी था, लेकिन जब कई बार कहने पर भी उसने कोई ध्यान नहीं दिया था तो मैंने कहना बन्द कर दिया था। और जब मैं रजनी के सम्पर्क में आया तो मैंने उस सम्बन्ध में सोचना ही बन्द कर दिया था।

कान्ति जैसे अपने भाग्य से सन्तुष्ट थी। वह एक मर्द की पत्नी है, इससे अधिक उसको क्या चाहिए! कभी-कभी मैं बहुत हैरत में पड़ता था कि वह मौके-बेमौके इतनी बुद्धिमानी की बात करती थी, पर स्वयं वह क्यों नहीं ठीक से रहती थी? मेरे लिए वह अकसर कहती थी कि मुझे अच्छे कपड़े पहनने चाहिए, क्योंकि मुझे बहुत से लोगों से मिलना-जुलना पड़ता है। भेष से ही भीख मिलती है। पर स्वयं पर जहाँ लागू करने का सवाल आता तो वह इस सिद्धान्त को एकदम भूल जाती थी।

इस मेहनत और ठीक से न खाने-पीने का यह नतीजा निकला कि कान्ति का स्वास्थ्य गिर गया और बच्ची होने के बाद तो वह गिरती ही गयी। वह दुबली हो गयी। उसकी आँखों के नीचे गड्ढे-से पड़ गए। गाल पिचक गए। कभी-कभी उसके पेट में दर्द भी उठता। दर्द उठने पर वह अकेले घर में चिल्लाती रहती। हींग-अजवाइन आदि खाकर उसको दूर करने की कोशिश करती; या बोतल के गर्म पानी से सेंक करती! उससे कभी आराम मिलता और कभी नहीं भी मिलता। मैंने भी उस दर्द को कोई खास महत्त्व नहीं दिया। मैंने सोचा कि यह पेट का मामूली दर्द है, ठीक हो जाएगा। कई बार मेरी इच्छा हुई

कि उसको डॉक्टर से दिखा दूँ, पर फिर मैं इसको भूल जाता। दरअसल उन दिनों मुझ पर रजनी के प्यार का नशा सवार था और मैं उसके अलावा अन्य किसी बात को गम्भीरता से नहीं लेता था।

इसी तरह जिन्दगी के दिन बीत रहे थे। रजनी ने पहले कान्ति से अत्यधिक प्यार का व्यवहार रखा, लेकिन बाद में वह उससे खिंचने लगी। उसने आना कम कर दिया और जब आती भी तो वह उस प्रेम से न मिलती जैसे वह पहले मिला करती थी। वह काफी गम्भीर हो जाती थी। कान्ति उससे प्यार से बोलती तो वह और भी नाक-भौं सिकोड़ लेती। मैं जानता था कि ऐसा क्यों होता था। वह अब मेरे प्यार में आकण्ठ डूबी थी। वह मुझे इतना प्यार करती थी, जिसकी मैंने कल्पना नहीं की थी। हम दोनों का प्यार इतना बढ़ गया था कि वह मुझ पर अपना पूरा अधिकार समझती थी। इस अधिकार में वह किसी प्रकार की कमी नहीं होने देना चाहती थी। इसीलिए उसके दिल में कान्ति के प्रति ईर्ष्या की भावना उत्पन्न हुई, जो जल्दी ही इतनी बढ़ गयी कि वह कान्ति को अब एक क्षण के लिए बरदाश्त करने को तैयार नहीं थी।

वह मेरे घर जाते ही कान्ति की आलोचना शुरू कर देती। कभी उसके पहनने-ओढ़ने की, कभी मकान को ठीक ढंग से न रखने की और कभी पढ़ी-लिखी न होने की। कान्ति उसका मुँह देखती रह जाती थी। हँसती रहती थी। उसका विश्वास था कि रजनी के दिल में कोई कलुषित भावना नहीं है और वह निर्मल भाव से यह सब कह रही है।

'ठीक कहती हो बहन। मुझमें बहुत बुराइयाँ हैं, पर तुमसे सीख जाऊँगी...।' कान्ति हँस रही थी।

'अरे तुम इस तरह हँस क्यों रही हो? क्या मेरा मजाक उड़ा रही हो?' रजनी लगभग चीख उठी। उसका चेहरा तमतमा गया।

'तुम नाराज हो गयीं? मैं हँस कहाँ रही हूँ। मैं तुम्हारा मजाक उड़ा सकती हूँ भला! मैं सच ही कह रही हूँ। तुम पढ़ी-लिखी शहर की लड़की हो, मैं देहात की रहने वाली हूँ। तुममें बहुत-से गुण हैं। मैं तो सचमुच दोषों से भरी हुई हूँ। पर बहुत-सी बातें संग-साथ से ही सीख ली जाती हैं। इसमें मैंने झूठ बात क्या कही है? तुम क्या अब भी नहीं समझतीं कि मैं तुमको बहुत प्यार करती हूँ! मेरे ऊपर तुम्हारा भारी एहसान है। मैं मजाक कर ही क्या सकती हूँ? आओ, बैठो, इस तरह नहीं रूठते।'

इतना कहकर कान्ति फिर मुस्कुराई और उठकर रजनी को अपनी दोनों बाँहों में भर लिया। इस पर पता नहीं रजनी को क्या हो गया कि वह सिर नीचा

करके सिसकने लगी। मैं अपने कमरे में बैठा यह सब देख रहा था।

'अरे....तुम क्या कर रही हो? मैंने कोई गलत बात कह दी हो तो माफ करो।' कान्ति ने उसके बालों पर हाथ फेरकर कहा।

'नहीं....नहीं। गलती मेरी है।...पता नहीं मुझे क्या हो गया है!' वह और तेजी से सिसकने लगी।

'तुम्हारी गलती कुछ नहीं। तुम कोई गलत बात थोड़े कहती हो? तुम सभी बातें सही कहती हो। तुम्हारी बात का मैं बुरा भी नहीं मानती। तुम मेरी छोटी बहन की तरह हो। नीलम मेरी छोटी बहन है, जब मैके में थीं तो हम दोनों किस तरह लड़ती थीं? पर वह लड़ाई थोड़े समय के लिए रहती थी। उसके बाद वही हँसी-खुशी, मेल-जोल। तुमको अपना मन थोड़ा नहीं करना चाहिए। तुम मेरे लिए वही हो और मैं भी तुम्हारे लिए वही हूँ! चुप रहो।' इतना कहकर कान्ति अपने आँचल से उसका मुँह पोंछने लगी।

वह कुछ देर तक सुबकती रही कान्ति की बाँहों में। फिर सहसा अपने को छुड़ाकर बोली, 'मैं चलती हूँ।'

'अरे इतनी जल्दी? कुछ खाया-पीया नहीं?'

'नहीं, मेरी इच्छा नहीं है। फिर बाद में आऊँगी।'

'नाराज तो नहीं हो?'

'नहीं...फिर आऊँगी!'

इतना कहकर वह घूमकर बाहर निकल गयी। मैंने सोचा था, कि वह मेरे पास आकर बैठेगी, जैसेकि वह अकसर आकर बैठती थी, लेकिन वह मेरी ओर बिना देखे ही वहाँ से चली गयी। मैं तेजी से लपककर उसके पास गया।

'अरे, तुम बैठोगी नहीं?'

'नहीं, आप जाइए।'

'कोई खास बात हुई है?'

'नहीं....नहीं। आप जाते क्यों नहीं?' उसने अधिकारपूर्ण रुखाई से कहा।

इसके बाद वह आगे बढ़ गयी।

11

रजनी के इस तरह चले जाने के बाद मुझे कान्ति पर बड़ा गुस्सा आया। मुझे

कभी भी उस पर ऐसा गुस्सा नहीं आया था। मैं सोचने लगा कि यह औरत कितनी मनहूस है? इसने शुरू से ही मेरी जिन्दगी में भारी मनहूसियत फैला रखी है? इसको मैंने कितना बरदाश्त किया है? इसको मैं एक शब्द भी नहीं कहता तो इसने पता नहीं अपने को क्या समझ लिया है। रजनी इसकी ठीक ही आलोचना करती है। इसमें क्या खूबी है? न इसमें खूबसूरती, न पढ़ाई-लिखाई, न कोई सलीका।

मैं घर के अन्दर पहुँचा तो बुरी तरह जला-भुना था। मैं पहले जाकर भीतर के बरामदे में खड़ा हो गया। कान्ति सिर झुकाकर तरकारी काट रही थी। उसने आहट पाकर आँखें ऊपर उठायीं।

'चली गयी न?' कान्ति ने पूछा।

इस प्रश्न से गुस्से से मेरी हालत और भी बुरी हो गयी। यह देख रही है कि सामने से चली गयी है, पर यह जान-बूझकर मुझे चिढ़ाने के लिए ऐसा कह रही है। इसने रजनी से जरूर ऐसी बात कही है, जिससे उसका अपमान हुआ है।

'तुमने तो उसको रुलाकर भेज दिया!' मैंने कान्ति को घूरते हुए कहा।

'मैंने रुलाया?' कान्ति चौंक पड़ी।

'और किसने रुलाया? दो महीने का बच्चा भी बिना कारण नहीं रोता।'

'वह तो पता नहीं क्यों रोने लगी। वह कुछ कह रही थी और मैं हँस रही थी। इसी पर वह बिगड़ गयी। वह किसी और बात से दुःखी रही होगी।'

'बस, क्या इतनी बात थी?' मैं गुर्राया।

'और क्या बात थी? कुछ नहीं।'

'जरूर कोई बात होगी।'

'आप तो बैठे सुन ही रहे थे।'

'मैं क्या सुन रहा था? मैं बैठे-बैठे क्या तुम लोगों की बातें सुनता रहता हूँ?' मैं अपने को किसी तरह रोके रखा था।

'बातें तो जोर-जोर से हो रही थीं।'

'कह तो दिया कि मेरा ध्यान इधर नहीं था।' मैं जोर से गरज पड़ा।

कान्ति अचम्भे से मुझे देखने लगी। यह सच है कि मैंने अभी तक उससे इस तरह कभी नहीं बोला था।

'आप नाराज क्यों होते हैं?' कान्ति ने दबी जबान से कहा। 'मैंने उससे कुछ नहीं कहा। मैंने उससे माफी माँग ली। और क्या चाहिए?'

'तुम तो सारा एहसान घोरकर पी जाने वाली हो। उन लोगों ने इतना किया, लेकिन उसको अपने घर में रुलाते हुए तुमको लाज नहीं आयी?'

मैं चिल्ला पड़ा।

'मैं ऐसी नहीं हूँ कि किसी का एहसान भुला दूँ। जो मेरे लिए करता है, उसका एहसान मैं जिन्दगी भर नहीं भुलाती और उसके लिए अपनी जान देने के लिए तैयार रहती हूँ। रजनी कभी कह तो दे कि मैंने कभी उसका दिल दुखाया है? वह ऐसा कह भी नहीं सकती। इसमें कोई बात ही नहीं, आप नाहक नाराज हो रहे हैं।'

'तुम झूठ बोल रही हो।'

'अच्छा, जाने दीजिए। इसमें बहस की क्या बात है? रजनी आए तो सभी बातें साफ हो जाएँगी।'

'साफ बातें! साफ तुम क्या करोगी?' मुझ पर एक भूत सवार हो गया, 'मेरी जिन्दगी तो तुमने नर्क कर दी है। मैं शुरू से ही तुम्हारा बरदाश्त कर रहा हूँ। मैं तुम्हारा इतना खयाल रखता हूँ, पर तुमको मेरी भावनाओं की जरा भी फिक्र नहीं। न किसी बात का शौक, न किसी बात का सलीका। इसीलिए मुझे किसी को घर लाने की इच्छा नहीं करती। इस रजनी को भी मैंने कई बार मना किया था, पर यह कम्बख्त मानती ही नहीं। यूनियन के काम की वजह से ऐसा हुआ है, नहीं तो मैं इसको साफ-साफ मना कर देता। मैं अब तक बरदाश्त करता रहा, पर अब मुझसे बरदाश्त नहीं होता। घर मेरा है, इस घर में मेरे मेहमानों का अपमान करनेवाली तुम कौन हो? आइन्दा अगर ऐसी बात हुई तो ठीक न होगा।'

मैं गरज-तड़प रहा था। कान्ति का चेहरा काला पड़ गया था। उसने मुझसे कभी ऐसी उम्मीद नहीं की थी। कान्ति को मैंने कभी भी डाँटा-फटकारा नहीं था। इसके लिए वह अकसर दूसरों से मेरी तारीफ करती थी। पर आज मैंने उसके विश्वास पर जबर्दस्त प्रहार किया था। मैं जानता था कि इसमें उसका कोई दोष नहीं है। अगर मैं निष्पक्षता बरतूँ तो मैं कह सकता हूँ कि इधर रजनी उसके प्रति दुर्व्यवहार करने लगी थी। वह उससे हमेशा रुखाई से बोलती, जबकि वह उससे सदा प्यार एवं कोमलता से बोलती! लेकिन दरअसल बात यह थी कि कान्ति मेरे रास्ते का काँटा लगने लगी थी। पहले मैं उसके साथ समझौता करके चल रहा था, लेकिन अब वह मुझे एक क्षण के लिए भी बरदाश्त नहीं थी। यह उस समय से हुआ था, जब से रजनी का प्यार मुझे प्राप्त हुआ था। वह प्यार मुझे इतना ऊँचा उठा देता, मुझे इस तरह सुख में सराबोर कर देता कि मुझे कान्ति एकदम तुच्छ लगने लगती।

कान्ति सहसा आँचल में मुँह छिपाकर रोने लगी। मेरा गुस्सा और बढ़ गया।

मैंने चिल्लाकर कहा, 'यह मत समझो कि इस नखरे का मुझ पर कोई असर पड़ेगा। मैं तुम्हारी नस-नस पहचानता हूँ। एक तो गलती करो और फिर अपनी सच्चाई साबित करने के लिए नखरा फैलाओ। मेरे चुपचाप बरदाश्त करने का यह नतीजा है। अच्छा है, भुगतोगी...।'

इसके बाद मैं उसको उसी तरह रोता छोड़कर बाहर निकल गया था। मैं सीधे रजनी के यहाँ जाना चाहता था, लेकिन मेरी मनःस्थिति ठीक नहीं थी, इसलिए मैं इधर-उधर टहलता रहा। सड़कों पर निरुद्देश्य भटकता गया। अब मेरा गुस्सा शान्त हो चुका था। और मुझे बड़ा ही अचम्भा हो रहा था। एक पश्चात्ताप से भी मन भर गया था। मैं अपनी सारी जिन्दगी को एक दृष्टि में निहार गया। आखिर मैं कैसे अभिशाप में फँस गया हूँ? कान्ति का मुझ पर क्या कम एहसान है? उसने किस तरह मेरा एक अपमानपूर्ण जीवन से उद्धार किया था! उसने मुझे पशु से आदमी बनाया था। उसके बाद वह मेरी ज्यादतियों को हँस-हँसकर बरदाश्त करती रही थी। उसने कभी कोई शिकायत नहीं की थी। कभी भी उसने मुझे किसी प्रकार की तकलीफ नहीं देनी चाही थी, बल्कि उसकी सदा यही कोशिश रहती है कि मैं किसी प्रकार के दुःख का अनुभव न करूँ। वह मेरे प्रति एक अजीब ममता एवं करुणा का भाव रखती थी, जैसेकि एक माँ अपने बच्चे के प्रति रखती है। आखिर मैंने उसका मन इस तरह क्यों दुखाया? यदि वह मेरे पसन्द की नहीं है तो इसमें उसका क्या दोष है? वह जबरदस्ती तो मेरे पास आयी नहीं? एक पिछड़ी हुई सामाजिक व्यवस्था तथा एक असाधारण परिस्थिति में जैसा सम्भव था, वैसा हुआ था। उसका लालन-पालन भी ऐसे वातावरण में हुआ था, जिसमें स्त्री बेकार त्याग करने और बेकार कष्ट उठाकर अपने शरीर तथा जीवन को बरबाद करने में अपने जीवन की सार्थकता समझती है। वह केवल अपने लिए बुरी थी, पर दूसरों के लिए तो उसका जीवन एक ऐसे हरे-भरे वृक्ष की तरह था, जो थके-माँदे मुसाफिरों को छाया देता है। आखिर मैंने उसके साथ क्यों ऐसा व्यवहार किया? क्या सचमुच जीवन में त्याग और आदर्श का कोई महत्त्व नहीं?

लेकिन मेरे सामने एक दूसरी वास्तविकता भी थी। मैं रजनी को अब अपनी समस्त शक्ति से प्यार करने लगा था। पहले मैंने रजनी को कोई चालू लड़की समझा था लेकिन ज्यों-ज्यों मैं उसके निकट आता गया, मेरे सामने यह स्पष्ट हो गया कि आचरण के मामले में वह किसी से कम नहीं है। रजनी परिश्रम के मामले में भी किसी से कम नहीं है। वह घोर परिश्रम करती थी। वह अपनी माँ के लिए लड़के की तरह थी। उसकी माँ का स्वास्थ्य ठीक नहीं रहता था,

इसलिए घर-गृहस्थी के सारे काम रजनी पर ही था। इसके अलावा दफ्तर का काम। फिर रजनी का दिल बड़ा ही कोमल था। वह अपने प्यार में किसी प्रकार का आडम्बर नहीं रहने देती थी। उसमें आडम्बर नाम की चीज थी ही नहीं। अगर मन में कोई बात होती तो वह साफ-साफ कह देती। किसी गलत बात का वह विरोध भी कर बैठती थी। वह अपने घर को ठीक रखती थी, अपने शरीर और कपड़ों पर ध्यान रखती थी। मुझे तो वह अपनी सारी शक्ति से प्यार करने लगी थी। इस प्यार के लिए वह कोई भी कुर्बानी करने को तैयार रहती थी। वह किस तरह असीम आतुरता एवं विह्वलता से मुझसे मिलती थी! मुझसे विदा होते समय उसकी आँखों में आँसू आ जाते थे, जैसे मैं बहुत दिनों के लिए उससे अलग हो रहा हूँ।

उसका यह प्यार, उसकी यह निर्मलता, उसकी कुशलता, उसका साहस-ये सभी बातें मेरे हृदय में बैठती गयी थीं। उसके सारे व्यक्तित्व की जड़ मेरे अन्दर गहरी चली गयी थी। मैं उसके शरीर की ओर शुरू-शुरू में आकर्षित हुआ था, पर अब वह मेरे लिए केवल शरीर नहीं थी बल्कि उससे बड़ी होकर मेरे अन्तर में फैल गयी थी। उसका प्यार पहले मेरे अहंकार को तुष्ट करने के लिए आवश्यक था, लेकिन अब वह मेरे व्यक्तित्व के लिए फैलाव एवं उत्थान के लिए आवश्यक था। वह प्यार अब मेरे जीवन की खुराक था। वह प्यार मुझे शक्ति की सीमा से ऊँचा उठा देता था और एक ऐसे अपार सुख के सागर में फेंक देता था, जिसकी मैंने स्वप्न में भी कल्पना नहीं की थी। उसका प्यार एक कुंज की तरह था, जहाँ कि मैं हर प्रकार के ताप को मिटा सकता था, जहाँ मैं सब कुछ भूलकर सौन्दर्य और आनन्द में खोया रह सकता था। क्या मैं ऐसे प्यार को छोड़ सकता हूँ?

मैं काफी देर तक सड़कों पर घूमता रहा। शाम का धुँधलका अब और गहरा हो गया था। मैं एक दुविधाजनक परिस्थिति में फँसा था। कभी मुझ पर नैतिक पश्चात्ताप का प्रकोप होता और मैं कान्ति के लिए हर प्रकार के त्याग का निश्चय करता। यदि कान्ति ने एक समय मेरा हाथ नहीं पकड़ा होता तो पता नहीं अब तक मैं किस गर्त में पड़ा होता। तब शायद मैं इस योग्य भी न होता कि इस तरह स्वतन्त्रतापूर्वक घूम सकूँ। उसी ने मुझे इस योग्य बनाया था कि आज मैं अपने व्यक्तित्व का एहसास कर रहा हूँ और सुख तथा आनन्द की कल्पना में डूबा हूँ। नहीं तो मेरा जीवन कैसी हीनता एवं अपमान से भरा हुआ था? क्या मैं ऐसी कान्ति को छोड़ दूँ? उसके साथ धोखा-धड़ी का व्यवहार करूँ? उसके विरुद्ध षड्यन्त्र करूँ? क्या दुनिया में केवल आत्मसुख का ही महत्त्व है और

पराया सुख गौण है?

लेकिन इतना सब सोचने के बाद मुझे रजनी के मुस्कुराते चेहरे का स्मरण होता, जैसे रात के अँधेरे में चाँद निकल आया हो। इस याद से ही मैं एक भारी व्यथा से व्याकुल हो उठता। उसके प्यार के समुद्र में आदर्श, नैतिकता और कर्तव्य सब तिनके की तरह बह जाते थे। तब मुझे लगता था कि रजनी को मैं किसी भी हालत में नहीं छोड़ सकता हूँ। भगवान ने इतने दिनों बाद तो मुझको सुख दिया और उसको भी क्या मैं ठुकरा दूँ? ऐसा करना कितनी भारी मूर्खता है? और ऐसा मैं कर भी नहीं सकता था। यह प्यार मेरे जीवन के लिए आवश्यक था। उसके सामने मेरे लिए कान्ति का अस्तित्व एकदम हेय था।

इसके बाद मैं एक चाय की दुकान पर बैठकर चाय पीने लगा। मैं सोचते-सोचते एकदम थक गया था। और मैं अपने इस परस्पर-विरोधी विचारों से अपने को मुक्त करके हल्केपन का अनुभव करना चाहता था। चाय के प्याले की ओर देखकर मैंने काफी हद तक अपने को असम्पृक्त भी कर लिया। लेकिन सहसा मेरे दिमाग में एक प्रश्न उठा। आखिर यह कब तक चलेगा और इसका क्या नतीजा होगा? रजनी कभी-कभी मुझको अकेले में पाकर यही पूछती थी-आखिर क्या होगा हमारा? इस प्रश्न से मेरा मन न मालूम कैसा हो जाया करता था और मैं अपने प्यार की अधिकता से रजनी को इस प्रश्न से दूर खींच ले जाने की कोशिश करता था, जैसे यही उसके प्रश्न का उत्तर हो। लेकिन अब वही प्रश्न मुझसे टकरा रहा था। सचमुच आखिर इसका क्या होगा? यह सच है कि मैं रजनी को अपनी सारी शक्ति से प्यार करता हूँ, लेकिन क्या मैं उसके लिए कान्ति को छोड़ सकता हूँ? यह सोचते ही मैं डर गया। मुझे फौरन ही महसूस हो गया कि मैं ऐसे साहस का कदम उठा नहीं सकता हूँ। इस प्रकार की चुनौतियों का सामना करने की मेरी हिम्मत नहीं है। मैं यह स्वीकार करता था कि कान्ति को मैं किसी भी हालत में प्यार नहीं कर सकता था। कान्ति मुझ पर जबरदस्ती थोप दी गयी थी। लेकिन इस तथ्य को मैं समाज के सामने स्वीकार नहीं कर सकता था। मुझमें हिम्मत नहीं थी, इसीलिए मैं धोखा-धड़ी, आडम्बर और षड्यन्त्र के रास्ते को अख्तियार किये हुए था।

लेकिन रजनी कब तक मेरा इन्तजार करेगी? उसको मुझसे क्या आशा है? उसने मेरे पीछे अपने जीवन को बरबाद किया है? इसमें सन्देह नहीं कि वह मुझको प्यार करती है, पर यह प्यार वह किस उम्मीद में कर रही है? क्या केवल प्यार के लिए? और तब मुझे ऐसा लगा कि रजनी भी इन्हीं समस्याओं में उलझी हुई है, और इसीलिए आज वह रो-धोकर तथा मुझसे बिना बोले हुए चली गयी

थी। इतना सोचते ही मैं एक तीखी पीड़ा से छटपटाने लगा, जैसे मेरे दिल को कोई छुरी से चीर रहा हो। यदि रजनी ने मुझको छोड़ दिया तो मेरा क्या होगा? क्या मैं उसके वियोग को बरदाश्त कर सकूँगा? क्या मैं उसके बिना जीवित रह सकूँगा?

मैं सहसा उठ खड़ा हुआ। चाय मेरे प्याले में पड़ी ही रह गयी थी। मैंने जल्दी से दुकानदार को पैसा दिया और नीचे उतर गया। मुझे ऐसा लगा था कि रजनी को अब मैं देख न पाऊँगा, जैसे वह मुझे छोड़कर बहुत दूर चली गयी हो। मेरे पाँव तेजी से उठ रहे थे। मेरा सारा शरीर थरथरा रहा था। मैं बेहद घबराया हुआ था। नहीं, अब यह बहुत दिनों तक नहीं चल सकता। मुझे कोई-न-कोई कदम उठाना ही पड़ेगा। मैं बहुत दिनों तक रजनी को धोखे में नहीं रख सकता था। मैं आज साफ-साफ उससे कह दूँगा कि मैं उसका हूँ और सदा उसका बना रहूँगा। मैं उसके लिए बड़ी-से-बड़ी कुर्बानी कर सकता हूँ और घर-द्वार छोड़ सकता हूँ। बस, वह केवल अपनी स्वीकृति प्रदान कर दे।

मैं कितना उत्तेजित हो गया था! मैं कब उसके घर पहुँचा, यह मुझे मालूम ही न हुआ। चारों ओर अँधेरा फैल गया था। दूर से ही मुझे रजनी के कमरे की बत्ती की रोशनी दिखाई पड़ गयी थी। मैं उसके घर के सामने सड़क पर ही कुछ देर के लिए ठिठक गया। क्या सचमुच मैं वह कह सकता हूँ जो मैं उससे कहने के लिए आया था? एक क्षण के लिए मुझे ऐसा लगा कि मैं वह नहीं कह सकता। लेकिन मैंने फिर उसको अपने दिमाग से झटक दिया और उसके घर की ओर चल पड़ा। बाहर के कमरे में उसकी माँ बैठी हुई थीं। रजनी का पता नहीं था। मैंने उसकी माँ को नमस्कार किया।

'बैठो बेटा। क्यों, तुम ऐसे क्यों हो रहे हो? तुम्हारी तबीयत ठीक नहीं है क्या?'

'नहीं, ठीक तो है।...मुझे कुछ भी नहीं हुआ।' मेरी जबान लड़खड़ा रही थी।

'घर पर सब ठीक है न? बहू की तबीयत का क्या हाल है?'

'अब ठीक है।' यह कहकर मैं कुर्सी पर बैठ गया।

'रजनी की भी तबीयत ठीक नहीं है।' वह बोलीं।

'क्या हुआ? बुखार है?' मैंने चौंककर पूछा।

'कोई खास नहीं। शाम को आयी तो वह बहुत ही उदास थी। उसका चेहरा बेहद उतरा हुआ था। मैंने उसको कभी भी ऐसी हालत में नहीं देखा। वह हमेशा प्रसन्न रहती है। शायद प्रसन्न रहकर वह मुझको प्रसन्न रखने की कोशिश करती

है। यह सब मैं जानती हूँ...मैं बच्ची थोड़े हूँ। मैं जानती हूँ बेटा कि मेरी बच्ची बहुत समझदार है। उसने मेरे साथ बहुत दुःख उठाया है, लेकिन उसने मेरा हर कदम पर साथ दिया है। उसने कभी कोई ऐसा कदम नहीं उठाया है जिससे मुझे तकलीफ हो। तुम तो जानते ही हो कि वही मेरे लिए बेटी है और वही मेरे लिए बेटा है। अब भी वह मेरी ही खुशी के लिए, मुझे आराम देने के लिए दिन-रात परिश्रम करती है। उसको मैं एक क्षण के लिए भी उदास नहीं देख सकती। मैंने उससे पूछा तो उसने बताया कि उसके सिर में दर्द है। तब से उसको मैंने जबरदस्ती चारपाई पर लिटा दिया है और कई बार उसके कमरे में दौड़कर गयी हूँ। कई बार भगवान की मूर्ति के सामने बैठकर प्रार्थना की है कि भगवान, मेरी बच्ची को कोई दुःख न देना। जो कुछ दुःख हो, वह सब मुझको ही दे देना। मेरे बार-बार हाल पूछने पर वह बिगड़ भी गयी और उसने झिड़क भी दिया, तुम क्यों मुझे परेशान करती हो? मुझसे इस तरह पेश आ रही हो, जैसे मैं चार महीने से बिस्तरे पर पड़ी हूँ? मैं वहाँ से फौरन चली आयी। पर मेरी तभी से उसके लिए चिन्ता लगी हुई है।' वह इतनी तेजी से यह सब सुना रही थीं कि बीच में रुककर हाँफने लगीं।

फिर उन्होंने कहना शुरू किया, 'तभी से मैं यहाँ बैठी न मालूम क्या-क्या सोच गयी हूँ। दुनिया-भर की आशंकाएँ। फिर मेरे मन में यह भी खयाल आया कि लड़की कुछ सोच तो नहीं रही है? वह इतनी बड़ी हुई...उसकी भी तो कुछ इच्छाएँ हैं। उसने कई बार कहा है कि तुमको छोड़कर मैं कही भी नहीं जाऊँगी। वह ऐसा त्याग कर भी सकती है, यह मैं जानती हूँ। उसमें स्वार्थ नाम की कोई चीज तो है नहीं। फिर वह अपनी माँ को इतना प्यार करती है कि वह ऐसा त्याग कर भी सकती है। लेकिन, बेटा, माँ का भी तो कर्तव्य है? जब लड़की अपने मुँह से कुछ नहीं कहती तो माँ को तो कुछ समझना चाहिए। फिर मैं कब तक रहूँगी? चार-छः वर्ष और जिन्दा रहूँगी। फिर उसके बाद मेरी बिटिया का क्या होगा? हम लोगों का इस दुनिया में और कौन है? जब मुझ पर दुःख पड़ा तो सारे नाते-रिश्तेदारों ने मुख मोड़ लिया था। कोई एक दिन के लिए भी दरवाजे पर नजर न आया। जब रजनी नौकरी करने लगी और हम लोगों की कुछ हालत सुधर गयी तब सभी सहानुभूति दिखाने आते हैं। तो बेटा, मैं किससे आशा करूँ? इसीलिए मैं चाहती हूँ कि अपनी बेटी को अपनी जिन्दगी में ही कहीं ठिकाने लगा जाऊँ, ताकि मरते समय मुझे सन्तोष रहे। बेटा, तुम तो घर के आदमी की तरह हो, तुम भी कहीं देखना कि कोई अच्छा लड़का मिल जाय। मैं कोई बहुत ही ऊँची हैसियत के लड़के को नहीं चाहती। चाह भी कैसे सकती हूँ?

मेरी हैसियत भी तो साधारण है। लेकिन लड़का अच्छा हो, वह पढ़ा-लिखा हो और अपने पैरों पर खड़ा हो। मैं काफी तिलक-दहेज तो नहीं दे पाऊँगी, पर फिर भी किसी को कोई असन्तोष नहीं होगा। बेटा, जरा फिक्र में रहना...। समझ गए न?'

'जी हाँ...।' मैंने सिर झुकाकर कहा। मैं न मालूम कैसी घबराहट का अनुभव कर रहा था।

'जिस दिन मैं अपनी बेटी को किसी योग्य लड़के के हाथ में सौंप दूँगी, उस दिन मैं अपने सारे कर्तव्यों से मुक्ति पा जाऊँगी। फिर तो मुझे इस दुनिया में और कोई इच्छा नहीं है। केवल अपनी लड़की की वजह से मैं अब तक जिन्दा रही...नहीं तो कभी...।' और सहसा उसकी आँखों से झर-झर आँसू गिरने लगे। उन्होंने रूमाल निकालकर अपनी आँखों पर लगा लिया।

'माता जी...।' मैंने उनको कुछ आश्वासन देने की कोशिश की, लेकिन मेरे मुँह से और कोई आवाज नहीं निकली।

'नहीं...मैं रो नहीं रही हूँ।'

उन्होंने अपने आँसू रोकने की कोशिश की, लेकिन इस प्रयास में वह और बुरी तरह सिसकने लगीं। लेकिन इसके बाद उन्होंने बहुत ही जल्दी अपने को संयत कर लिया और हँसने लगीं। उन्होंने बताया कि इसी तरह उनकी आँखों से आँसू निकल आया करते हैं। मैं उस समय न मालूम कैसे एक अपराध के भाव से संकुचित हो उठा था और मेरी इच्छा हुई कि मैं चुपके से उठकर वहाँ से निकल जाऊँ। कितना बड़ा धोखा मैं उनके साथ कर रहा था? यदि वह सब जान जाएँ तो उन पर कैसा असर हो? शायद वह अपनी जान ही दे बैठें, क्योंकि उनको अपनी पुत्री पर इतना विश्वास है तथा उसको सुखी देखने की ऐसी उत्कट आकांक्षा है कि वह ऐसे आघात को बरदाश्त भी नहीं कर सकतीं।

पर शीघ्र ही मेरा मन इसके प्रति विद्रोह कर उठा। आखिर मैं ही क्यों अपराधी हूँ इसका? क्या रजनी पर इसकी किंचित भी जिम्मेवारी नहीं है? क्या रजनी ने मुझे पहले आकर्षित नहीं किया था? मैं उसके बारे में सोचता भी नहीं था, लेकिन उसी ने प्रयास करके मुझे अपनी ओर खींचा था। उसकी आँखों ने न मालूम कितने मौन इशारे किये थे। फिर मैं भी जीवन में कहाँ सुखी रहा हूँ? मैंने जीवन में कितना दु:ख उठाया है? मेरी तो एक व्यवस्थित जिन्दगी थी, जिसको रजनी के प्यार ने तहस-नहस कर डाला है। मेरी जिन्दगी के साथ एक औरत और बच्ची की जिन्दगियाँ बँधी हुई हैं। पर यह सब मैं केवल प्यार के लिए कर रहा हूँ-सिर्फ प्यार के लिए। प्यार करना क्या अपराध है? रजनी भी तो मुझको

प्यार करती है? रजनी अगर उसी में सुख समझ रही है तो मैं उसके लिए क्या कर सकता हूँ? नहीं, मैं कोई अपराध नहीं कर रहा हूँ।

'बेटा, चले जाओ...वह कमरे में है। पूछना, कैसी तबीयत है और उसे क्या हुआ है। शायद वह तुमको साफ बता दे। पूछोगे न?'

'जी हाँ।' मैंने कहा।

'तो जाओ...उठो न।'

मैं उठ खड़ा हुआ। मेरा मन सहसा भय, आशंका एवं पीड़ा के निश्चित भाव से भर उठा। मेरे पैरों में दम नहीं था। क्या रजनी सचमुच बीमार है या वह मेरे साथ अपने सम्बन्धों के औचित्य को नाप-तौल रही है?

मैंने उसके कमरे में कदम रखा। वह चारपाई पर पड़ी चुपचाप छत को एकटक देख रही थी। उसने मेरी ओर नहीं देखा, जैसे उसको मेरे आने का पता ही न हो। इतने ही समय में उसका चेहरा पता नहीं कैसा हो गया था! उस चेहरे पर बेहद उदासी थी और थी एक व्यथा की कालिमा, जैसे दिन के बाद काली रात चारों ओर फैल गयी हो! आखिर उसे कौन-सी पीड़ा खा रही है या सचमुच वह अस्वस्थ है?

'रजनी?' मैंने उसकी चारपाई के पास खड़े होकर पूछा।

उसने मेरी ओर इस तरह अनजान दृष्टि से देखा, जैसे वह मुझको पहचान नहीं रही हो। पर वह बोली कुछ भी नहीं।

'कैसी तबीयत है तुम्हारी?'

'मुझे क्या हुआ है?' उसने रुखाई से कहा।

बात करने के इस ढंग पर मुझे घोर अचम्भा हुआ। उसे आखिर क्या हो गया है? इसके पहले वह मुझको देखकर किस तरह बच्चों की भाँति खुश हो जाती थी? वह मुझसे लपककर मिलती थी। देर तक मेरे बालों तथा मेरी कमीज के कालर से खेलती रहती थी। मुझसे देर तक बातें करती रहती थी। पर आज तो वह मुझे पहचानती ही नहीं। लगा, जैसे मेरे दिल के सैकड़ों टुकड़े होकर बिखर गए हों!

'माता जी ने कहा है कि तुम्हारे सिर में दर्द है।'

'दर्द नहीं है मुझे।'

'फिर तुम्हें क्या हुआ है?'

'कुछ भी तो नहीं।' वह अब फिर छत की ओर देखने लगी थी।

'नहीं बताओगी?'

'मुझे कुछ भी नहीं हुआ है।'

'रजनी, तुम मुझसे नाराज हो?' मैंने उसके मुँह पर झुककर प्यार के नशे में बुदबुदाया।

वह मेरी ओर देखने लगी। उसकी आँखों में पहले नासमझी का भाव था, फिर उसमें रुखाई आ गयी थी। लेकिन अब उन आँखों से एक अनोखी तीव्र नफरत झाँक रही थी।

'रजनी, तुम जब से मेरे घर से आयीं, मैं पागलों की तरह सड़कों पर घूमता रहा हूँ। मैंने तुमको रोते हुए देखा था-तभी से मेरा दिल छटपटा रहा है तुम्हारे लिए। तुम आते वक्त भी मुझसे नहीं मिलीं। ऐसा तो कभी भी नहीं होता था, रजनी! पर मेरे बुलाने पर भी तुम नहीं रुकीं। यदि मुझसे कोई गलती हुई तो मुझको माफ करना रजनी! मैं तुम्हारा दुःख या नाराजी बरदाश्त नहीं कर सकता। मैं केवल तुम्हारा हूँ, यही तुमसे मैं कहने आया था। मैं तुम्हारे प्यार के लिए सभी कुछ छोड़ सकता हूँ—अपना घर, परिवार। मुझे तुम्हारे प्यार के अलावा कुछ भी नहीं चाहिए। तुम मेरी परीक्षा ले सकती हो रजनी! तुम कोई भी परीक्षा ले सकती हो। मुझे जीवन में कभी सुख नहीं मिला, कभी प्यार नहीं मिला। मैंने कभी भी किसी को इतना प्यार नहीं किया। मैं यही अब तुमसे कहने के लिए आया हूँ। तुम क्यों ऐसी हो रही हो? तुम चुप क्यों हो? तुम कुछ बोलती क्यों नहीं? तुम पहले की तरह हँसती क्यों नहीं? तुम इस तरह नाराज नहीं हो सकतीं रजनी, क्योंकि मैं तुमको प्यार करता हूँ और तुम भी मुझको प्यार करती हो।'

मैंने इतना कहकर उसका हाथ पकड़ लिया। लेकिन मेरा हाथ पकड़ना था कि उसने अपना हाथ इस तरह खींच लिया, जैसे उसको बिजली का झटका लग गया हो! उसका चेहरा तमतमाने लगा। उसकी आँखें जैसे नफरत का जहर उगलने लगीं। वह होंठों को सिकोड़कर बोली, 'तुम मेरा अपमान करने आए हो? मेरी तबीयत का हाल पूछनेवाले तुम कौन होते हो? मेरी नाराजी या खुशी से तुमको क्या लेना-देना?—रजनी, मैं तुम्हारा हूँ।—यह सब धोखा है। झूठी बात है। ऐसी ही धोखा-धड़ी की बातें तुमने अपनी पत्नी से भी कई बार कही होंगी। जिस तरह तुम उस बेचारी को धोखा देना चाहते हो, उसी तरह मुझको भी धोखा देना चाहते हो। मैं ऐसी मूर्ख नहीं हूँ कि यह सब नहीं समझ सकती। कान्ति तो सचमुच देवी है। उसकी तरह निर्मल और पवित्र दिल मैंने किसी को नहीं देखा। उसके दिल में केवल प्यार है, ममता है, करुणा है। वह ऊँचे-से-ऊँचा उठ सकती है, पर तुमने उस स्त्री की कद्र नहीं समझी। उसके साथ तुम चौबीसों घंटे धोखा करते हो। मुझे अफसोस है कि मैंने इस धोखे में तुम्हारा साथ दिया, पर अब

मुझसे ऐसी आशा न करना। मैं इस धोखे का विरोध करूँगी। तुम्हारा एक क्षण के लिए भी मैं साथ नहीं दे सकती। तुम्हारी चिकनी-चुपड़ी बातों में नहीं आ सकती।'

'रजनी, भगवान के लिए चुप रहो।' मैंने गिड़गिड़ाकर कहा।

'नहीं, तुमने मुझे समझ क्या लिया है? हम लोग अकेले हैं, इसलिए तुम जब चाहे आकर मेरा अपमान कर सकते हो? तुम क्या समझते हो कि बाप न होने की वजह से मैं बहुत मजबूर हूँ? पर मैं इतनी दुर्बल नहीं हूँ। मैं हर शक्ति का विरोध कर सकती हूँ, मुकाबला कर सकती हूँ। तुम हमेशा यही कहते रहते हो कि तुमने इस दुनिया में बहुत दुःख पाया है। क्या दुःख तुमने पाया है? तुमको दूसरों के दुःख का अन्दाज है? पर तुम क्यों सोचोगे यह सब? तुमको तो केवल अपने स्वार्थ की चिन्ता है, भले ही दूसरों की जिन्दगी बरबाद होती हो। तुम सोचते हो कि अपने दुःख की चर्चा करके तुम मेरे मन को वश में कर सकते हो। पहले मैं धोखा खा गयी थी, लेकिन अब मैं उस धोखे के चक्कर में नहीं आ सकती।'

'रजनी, ऐसा न कहो...मुझ पर दया करो...।' मैंने फुसफुसाये स्वर में कहा।

'यही बात मैं तुमसे कह सकती हूँ। तुम अपने प्यार और अपने दुःख की चर्चा करके मेरा अपमान नहीं कर सकते। मैं अब यह बरदाश्त नहीं कर सकती—प्यार! प्यार! इस प्यार शब्द से मुझे नफरत हो गयी है, यह तुम्हें समझ लेना चाहिए। यह प्यार तुम अपने पास रखो।'

'अच्छा रजनी, तुम्हारी जैसी खुशी। अब मैं...तुमको कभी तकलीफ न दूँगा।'

इतना कहकर मैं मुड़कर तेजी से कमरे से निकल गया। बीच में रजनी की माँ ने मुझसे पूछा, पर उनके शब्द मेरे कान में गए ही नहीं। मैंने उनकी बात का न कोई जवाब दिया और न रुककर जिज्ञासा प्रकट की। बस, मैं तेजी से घर से निकलकर सड़क पर आ गया।

12

विनाश! मैंने समझा था कि मेरे उजले दिन आ गए हैं, लेकिन वे दिन फिर पहले की तरह काले हो गए थे। रजनी ने मेरे मन में जो ऊँची इमारत बनाई थी, उसको

उसने अपने हाथ से ध्वस्त कर दिया था। मेरा सब कुछ लुट गया था। मुझे अब ऐसी पीड़ा ने जकड़ लिया था, जिसमें मैं कराह भी नहीं सकता था। न मैं अपना दुःख किसी से कह सकता था। रजनी ने मेरा इस तरह अपमान किया था और मुझे ऐसा नीचा दिखाया था कि मैं खुद अपने से भी अपना यह दुःख नहीं कह सकता था।

मैं सड़क पर निकल आया था। पर मुझे होश नहीं था कि मैं कहाँ-कहाँ घूम रहा हूँ। मेरे पैरों में दम नहीं था, फिर भी मैं पैर घिसट रहा था। कभी कार तथा कभी कोई रिक्शा मेरे बगल से गुजर जाता। कभी कोई पैदल मुसाफिर तेजी से चला जाता, पर मेरा ध्यान किसी ओर भी नहीं था। मैं दुःख और अपमान से जड़ हो गया था। आखिर रजनी ने यह सब क्यों किया था? मैंने तो उसका कभी अपमान नहीं किया था। कभी कोई ऐसी बात नहीं कही, जो उसकी शान के खिलाफ हो। क्या मेरी आशंका ही सच है? क्या भविष्य का खयाल करके वह मुझसे बचना चाहती है? यही बात हो सकती है। उसकी माँ भी इसी प्रकार की बात कर रही थीं। उसकी माँ को उसकी शादी की चिन्ता है—शायद ऐसी ही खबर पाकर उसका दिल सहसा मुझसे उखड़ गया है। इसके अलावा और क्या कारण हो सकता है, क्योंकि उसका आक्रोश अकारण ही था। पर जो चीज अकारण दिखाई देती है, उसके मूल में कोई भारी कारण होता है। बस, एक यही कारण हो सकता है। यदि ऐसी बात है तो मुझ पर धोखा-धड़ी का आरोप लगाने से क्या लाभ? धोखा-धड़ी मैं कर रहा हूँ कि वह मेरे साथ धोखा-धड़ी कर रही है? मुझ पर गलत-सलत आरोप लगाकर सम्बन्ध-विच्छेद कर वह एक बहाना पेश कर रही है। यदि वह बहुत अच्छी है तो साफ-साफ बात क्यों नहीं करती? वह कह सकती थी कि मेरी माँ ने मेरी शादी तय कर ली है और मैं उसके घर न आया-जाया करूँ? इतना कहने से क्या मैं बुरा मान जाता? मैं उससे कुछ भी न कहता और चुपचाप चला आता। इस तरह झूठा आरोप लगाने का मतलब क्या था? ये सब शहरी लड़कियों के नखरे हैं। ये कभी किसी के साथ सच्चाई का बर्ताव कर ही नहीं सकतीं। कोई स्वार्थ होता है, तभी ये किसी से सम्बन्ध जोड़ती हैं और स्वार्थ की वजह से ही वे सम्बन्ध तोड़ती हैं। पर क्या मैं इस सबकी परवाह करता हूँ? मैं ईंट का जवाब पत्थर से दे सकता हूँ। मैं यह दिखा दूँगा कि रजनी की मैं रत्ती-भर परवाह नहीं करता। और न मैं उसके वियोग में दुःखी हूँ। आखिर मैं उसको प्यार थोड़े करता था? मैं केवल स्वार्थ के लिए अपने प्यार का ढोंग रचे रहा। मैंने उस प्यार से अधिक-से-अधिक फायदा उठाया। बस, मुझे और क्या चाहिए? मैं तो अब उसकी ओर देखूँगा भी नहीं।

बल्कि अवसर आने पर इसका बदला भी लूँगा। हुँह! वह इस भ्रम में है कि मैं उसको प्यार करता हूँ। कितना भारी भ्रम है यह उसका! मैं उसकी जैसी स्त्री को प्यार कर सकता हूँ? उसमें है ही क्या? ऐसी लड़कियाँ तो गली-गली मारी-मारी फिरती हैं। इनका कोई आचरण होता है? रजनी के आचरण के ही बारे में मैं क्या जानता हूँ? पता नहीं उसका पहले का जीवन कैसा हो? मेरी ही तरह न मालूम उसने कितने पुरुषों को धोखा दिया है! धोखा देना तो उसकी प्रकृति है।

मैं प्रतिहिंसा के ऐसे ही विचारों में डूबा हुआ न मालूम कितनी देर तक सड़कों पर घूमता रहा था। मैं पागलों की तरह कभी-कभी बुदबुदा भी उठता था। फिर न मालूम कब मैं घर लौट आया था। कान्ति मेरे लिए काफी परेशान थी और घर में बैठी रो रही थी। उसने मुहल्ले के एक व्यक्ति को खोजने के लिए भेजा था, पर उस व्यक्ति को निराश होकर लौटना पड़ा था।

मुझे देखते ही कान्ति मेरे पास दौड़ती हुई-सी आयी और मेरे पैरों पर अपना सिर पटक दिया। वह रोती हुई बोली, 'मुझे माफ कर दीजिए....मुझसे बड़ा अपराध हो गया है।'

'अरे तुम पागल हो गयी हो!' मेरा मन न मालूम कैसी करुणा से भर गया था।

'नहीं, मुझसे बड़ा अपराध हो गया है। मैं चलकर रजनी से भी क्षमा माँग लूँगी। वह मुझसे नाराज हो गयी है, मैं उसको मनाकर ले आऊँगी।'

'तुम उसका नाम न लो....।' मैंने धीमे स्वर में कहा, वैसे मैं बहुत थक गया था और मुझमें बोलने की शक्ति नहीं थी।

'मैं झूठ नहीं कह रही हूँ,' कान्ति रोकर कहती रही, 'मैं कल उसके घर जाकर उसको अपने साथ ले आऊँगी। उसको मैं मना लूँगी, यह मुझको विश्वास है। वह बहुत अच्छी लड़की है। उसके दिल में बहुत स्नेह-प्यार है। वह दूसरों का दुःख-दर्द खूब अच्छी तरह समझती है। उसका दिल स्वच्छ है, एकदम भोली बच्ची है वह।'

'मैंने कह दिया कि उसका नाम न लो मेरे सामने।' मैंने गम्भीर स्वर में कहा।

पर कान्ति ने मेरे स्वर पर ध्यान नहीं दिया। उसका विश्वास था कि अब भी मैं रजनी की वजह से उस पर नाराज हूँ, इसीलिए वह बार-बार मुझको आश्वस्त कर रही थी। उसने फिर कहा, 'मुझसे गलती हो गयी है। मैं बेकार ही उसकी बातों पर हँसती जा रही थी। क्या मैं यह नहीं जानती कि वह मेरे दोषों को

सुधारने के लिए ऐसी बातें करती है? मुझमें दोष तो बहुत हैं। उसकी तरह गुणी मैं कहाँ हूँ! मुझे उसकी बातों पर हँसना नहीं चाहिए था, हालाँकि मैं उसका मजाक उड़ाना नहीं चाहती थी। उसकी बातों पर मुझे हँसी आ जाती है, जैसे भोली बच्चियों की बातों पर हँसी आ जाती है। उसको मैं मना लूँगी। वह बहुत अच्छी है।'

'उसकी चर्चा मत करो।' मैंने कहा। मैंने अब ऊँची आवाज में कहा। मुझे ऐसा लग रहा था, जैसे उसकी बातों से मेरे दिमाग की नस फट जाएगी।

'तो आप अब भी नाराज हैं?' कान्ति ने सिर उठाकर आँसू में डूबी आँखों से मुझे देखा।

'नहीं कान्ति, मैं तुमसे नाराज नहीं हूँ। मैं बेकार में तुमसे नाराज हो गया था। मुझे दूसरी स्त्री के लिए तुमसे इस तरह नाराज नहीं होना चाहिए था।'

'आप ऐसा न कहिए। आपने जो किया, बहुत अच्छा किया। मेरी भी आदतें गलत हैं। मर्द को इसी तरह कभी-कभी स्त्री को डाँटना-फटकारना चाहिए भी। इससे स्त्री सही रास्ते पर चलती है। अगर आप इस तरह मुझसे पेश नहीं आए होते तो सचमुच मैं इस गलती को समझ नहीं पाती। इसमें आपकी भी कोई गलती नहीं। मैं तो तभी से डर के मारे मरी जा रही थी। मुझे कभी-कभी ऐसा लगता था कि अब आप मेरा मुँह कभी देखने नहीं आएँगे। मैंने तो मनौती मानी है कि अगर आप सही-सलातम लौट आएँगे तो मैं पूर्णमासी को सत्यनारायण भगवान की कथा सुनूँगी। भगवान ने मेरी विनती सुन ली। अगर आप न आते तो मैं जरूर अपनी जान दे देती। मैं बच्ची-वच्ची की परवाह न करती।'

'अच्छा, छोड़ो पैर।' मैंने अपने पैर को खींचने की कोशिश की।

'तो आपने माफ कर दिया न!'

'माफ करने की कोई बात ही न थी।'

'नहीं, गलती तो मुझसे जरूर ही हो गयी थी।'

'भाई छोड़ो, मुझे तंग न करो।' मैं खीज-सा रहा था।

'एक बार कह दीजिए कि माफ कर दिया?'

'अच्छा, छोड़ो। लो, कह दिया—माफ किया।'

यह कहकर मैंने खींचा तो उसने अपने हाथ हटा लिये। फिर वह खड़ी होकर आँसुओं को पोंछते हुए व्यस्ततापूर्वक बोली, 'अब आप हाथ-पैर धो डालिए, मैं खाना परोसती हूँ।'

वह तेजी से रसोईघर की ओर चली गयी। मेरा मन उसके प्रति एक अजीब करुणा से भरा था। यह भी मुझको कितना प्यार करती है, पर इसके प्यार में

कोई प्रदर्शन नहीं। यह किसी प्रकार के अधिकार और अहंकार का दावा नहीं करती। यह दूसरों पर प्रहार करना जानती ही नहीं; बल्कि अपने ही ऊपर प्रहार करती रहती है। यह दूसरों की निन्दा करने से अच्छा समझती है अपनी निन्दा करना। इससे इसको नुकसान होता है। मैंने इसके साथ बड़ा अन्याय किया है। एक क्षुद्र औरत के लिए इसे धोखा देता रहा।

मैं हाथ-पैर धोकर पीढ़े पर बैठा ही था कि उसने खाने की थाली लाकर मेरे सामने रख दी।

'आपको भूख तो बहुत लगी होगी...।' उसने मेरे पास बैठकर कहा।

'हाँ, कान्ति, भूख तो मुझे बहुत लगी थी, पर देर तक भूखा रहने से वह भूख कुछ मर-सी गयी है।'

'इसीलिए तो मैं कहती हूँ, आप समय पर खा-पी लिया कीजिए।'

'हाँ, अब ऐसा ही करूँगा कान्ति! मेरी वजह से तुमको बहुत तकलीफ उठानी पड़ती है।' मैंने कोमल स्वर में कहा।

'ऐसी बात नहीं है। मुझे कोई परेशानी नहीं है। मैं अपने भाग्य से बहुत खुश हूँ। भगवान ऐसा भाग्य हर स्त्री को दे। देखिए न, मुझमें क्या है? न मैं खूबसूरत हूँ और न मुझमें कोई गुण है। फिर भी आप जैसा पति मुझे मिला है। ऐसी खुशकिस्मत कौन होगी? मैं तो आपको खुश देखना चाहती हूँ। बस, मेरी केवल यही तमन्ना है। मुझे और किसी चीज का शौक नहीं...।'

मैंने उसका कोई उत्तर नहीं दिया, बल्कि सिर झुकाकर चुपचाप खाता रहा। वह अपने सारे हथियार मेरे सामने डाल देती थी। वह उसकी पुरानी आदत थी, यद्यपि इससे उसका नुकसान ही होता था। आत्म-समर्पण की इसी आदत के कारण शायद मैं उसको महत्त्व नहीं देता रहा था। मैं जब तक खाता रहा, वह मेरे पास बैठी रही। वह बार-बार मुझको देख रही थी। शायद मेरा चेहरा बहुत गम्भीर था। मैं लगातार कुछ न कुछ सोच रहा था। वह मेरे अन्दर झाँकना चाहती थी। शायद उसका अब भी विश्वास था कि मैं उस पर नाराज हूँ और अपनी नाराजी को उससे छिपाने की कोशिश कर रहा हूँ।

खाना खाकर मैं उठ खड़ा हुआ और जाकर अपनी चारपाई पर लेट गया। मैंने अपनी आँखें मूँद लीं। मेरे शरीर के पोर-पोर में दर्द हो रहा था। मैं इस समय रजनी को याद कर रहा था। रजनी के बिना मेरा जीवन सूना हो गया था और मेरे मन में निविड़ अन्धकार फैल गया था। दरअसल कान्ति का अब मेरे लिए कोई महत्त्व नहीं रह गया था। कान्ति से मैं अब बहुत दूर चला आया था। कान्ति के प्रति मेरी सहानुभूति बनावटी थी। रजनी ने मेरा जो अपमान किया था, उसी की

प्रतिक्रियास्वरूप मैं कान्ति के प्रति सहसा इतना कोमल बन गया था। पर इस कृत्रिम सहानुभूति से मैं रजनी की याद को नहीं भूल सकता था, बल्कि उसके लिए मैं और बेचैन हो उठा। आखिर उसने ऐसे प्यार को क्यों झुठला दिया? यह उससे कैसे सम्भव हुआ? मैं यह सब कैसे बरदाश्त करूँगा?

मैंने अपने पायताने किसी के बैठने का अनुभव किया। वह कान्ति थी। वह बोली, 'जरा पैर इधर लाइए...मैं तेल लगा दूँ...।'

'अरे नहीं!' मैं संकुचित हो उठा।

'अरे वाह! मैं आपकी क्या सेवा करती हूँ? आप दिनभर इतना काम करते हैं, इतनी मेहनत करते हैं। आप थक जाते होंगे। मैं रोज ही सोचती थी, पर आलस्य की वजह से मैं कुछ नहीं कर पाती थी। बताइए न, आप भी स्त्री का सुख क्या जानेंगे।' उसने अनुनय-भरे स्वर में कहा।

'नहीं कान्ति, यह न करो। मुझे यह अच्छा नहीं लगता! फिर मैं इस समय चुपचाप सोना चाहता हूँ। तुम तेल लगाओगी तो मुझे नींद नहीं आएगी।' मैंने हल्के स्वर में विरोध किया।

'आपको बहुत अच्छी नींद आएगी। आप अपने शरीर की बड़ी उपेक्षा करते हैं। मर्द का शरीर परवाह करने से ही फलता-फूलता है। आपका शरीर ठीक नहीं होगा तो आप काम-धाम कैसे करेंगे? मैं इस मामले में कुछ भी नहीं सुनूँगी।'

इतना कहकर उसने मेरा एक पाँव अपनी ओर खींच लिया। मैं उसका विरोध नहीं कर सका। वह तेल लगाने लगी। निश्चय ही उसके तेल लगाने और देह दबाने से मुझे बहुत आराम मिला। मैं जानता था कि मुझे खुश करने के लिए वह मेरी सेवा कर रही है। वह देर तक मुझे तेल लगाती रही। उसने सारे शरीर की मालिश की और मेरी पूरी देह को दबाया! पता नहीं कब मुझको नींद आ गयी।

दूसरे दिन से मैंने कान्ति में एक परिवर्तन देखा। उसने बाहर तथा भीतर के कमरों को ठीक से सजाया। फिर उसने अपने को भी सजाया। उसने ट्रंक में रखी साड़ियों में से एक अच्छी साड़ी निकाली। वह खूब सज-धज गयी थी। उसको देखकर मुझे हैरत हो रही थी। शादी के प्रथम दिनों में भी वह कभी इस तरह सजी-धजी नहीं थी। क्या वह मुझको खुश करने के लिए ऐसा कर रही है या उस पर रजनी की बातों का असर हुआ है? शायद दोनों ही बातें थीं और वे एक-दूसरे से संबंधित भी थीं।

ऐसा कान्ति अब रोज करने लगी। वह अब घर को खूब साफ-सुथरा

रखती, उसको ढंग से सजाती, अपने साँझ-सवेरे बन-ठन जाती। रात को जब मैं सोने जाता तो मेरे बदन में मालिश करने पहुँच जाती। मैं उसको मना ही करता रह जाता था, पर वह नहीं मानती थी, बल्कि गिड़गिड़ाकर कहती थी, 'मैं आपके पैरों पर पड़ती हूँ, आप ऐसा न कहिए। यह मेरा धर्म है। आप मुझे अपना धर्म करने दीजिए। मुझे हमेशा चिन्ता लगी रहती है कि आप अपनी देह की परवाह नहीं करते। मैं आपके शरीर में मालिश कर देती हूँ...आपको फौरन नींद आ जाएगी।'

मैं इसके बाद विरोध नहीं कर पाता था। वह बहुत ही कोमलता से देह को दबाती थी-इस तरह कि मुझे मालूम भी नहीं हो पाता था और मुझे आराम भी मालूम होता था। उन दिनों मैं सदा दु:ख में डूबा रहता था जिससे कान्ति बहुत चिन्तित रहती थी। वह मुझको देखकर बेहद डर गयी थी। मेरी तबीयत के बारे में वह मुझसे बार-बार पूछती रहती थी। उसके मन में अब भी यह खयाल था कि मैं उस पर नाराज हूँ। मैं उसके सन्देह का अधिक निराकरण करता था, किन्तु मेरी गम्भीर शक्ल देखकर उसको मेरी बातों पर विश्वास नहीं होता था। मेरा दु:ख कितना भयावह था! पर इसके बावजूद वह जब मेरे शरीर को दबाती थी और मालिश करती थी तो मुझे उससे आराम मिलता था और मुझे नींद आ जाती थी। शरीर का एक अलग तर्क होता है। भारी-से-भारी दु:ख पड़ने पर भी आदमी बहुत दिनों तक भूखा नहीं रह सकता। वह चौबीसों घंटे जगा भी नहीं रह सकता। दु:ख उसको अन्त में थका देता है और अन्त में नींद उसको अपनी गोद में खींच लेती है ताकि वह तरो-ताजा हो सके और दु:ख को नये सिरे से महसूस कर सके। मुझे रजनी के बिना दुनिया की किसी चीज में रुचि नहीं थी, फिर भी मुझे भूख लगती थी और मैं खाता था तथा मुझको नींद लगती थी और मैं सोता था।

कान्ति पर काफी मेहनत पड़ रही थी। वह सदा की तरह चार बजे सवेरे उठ जाती। तभी से उसका काम-धाम शुरू हो जाता था। वह छाती फाड़कर काम करती थी। घर-गृहस्थी की व्यवस्था में किसी प्रकार की त्रुटि न रखने के जोश में उसने और भी बहुत से काम अपने ऊपर ले लिये थे। ऊपर से बच्ची को सम्हालने का काम अलग ही था। उसको दम लेने की फुरसत ही न मिलती थी। मुझसे उसको कभी मदद मिलती ही न थी। मेरी मन:स्थिति वैसी थी ही नहीं। फिर मेरा लालन-पालन ऐसे वातावरण में हुआ था जिसमें पुरुष द्वारा स्त्री को घर-गृहस्थी के काम में मदद की आवश्यकता नहीं समझी जाती थी।

इस सबका परिणाम उसके स्वास्थ्य के लिए अच्छा न हुआ। उसका स्वास्थ्य

दिन-पर-दिन बिगड़ता ही गया। ऊपर से अब वह चिन्ता भी करने लगी थी। वह मेरे लिए चिन्ता कर रही थी। आखिर मैं क्यों इतना गम्भीर रहता था? क्यों मैं सदा पीड़ा में रहता था? मेरी सारी भावनाएँ मेरे चेहरे पर प्रकट हो जाती थीं। ऐसा तो मैं कभी नहीं था। जब मेरी नौकरी नहीं थी और मैं घर पर अपमान एवं हीनता की जिन्दगी व्यतीत कर रहा था, तब भी मेरी ऐसी हालत नहीं हुई थी। मैं सदा गुमसुम बना रहता। इसीलिए जब वह कई बार मुझसे पूछकर हार गयी तो वह चिन्ता करने लगी। क्या मुझे कोई रोग हो रहा है? या मैं किसी बात के लिए चिन्ता करता हूँ? या मैं उससे घृणा करता हूँ? उसके प्रश्नों से मैं उसकी चिन्ता को समझ लेता था।

इन सारी बातों का ही उसके स्वास्थ्य पर बुरा प्रभाव पड़ रहा था। उसके चेहरे पर एक अजीब पीलापन आ गया था। उसकी पसली की हड्डियाँ उभर आयी थीं। गाल की हड्डियाँ भी निकल आयी थीं। इसी बीच उसके पेट में बार-बार दर्द उठने लगा। शाम होते ही वह दर्द बढ़ जाता। उसी में वह सब काम करती जाती थी। रात को बिना खाये वह चारपाई पर लेट जाती और कराहने लगती।

'क्या बात है? तुमको इस तरह दर्द क्यों रहता है? किसी डॉक्टर को बुलाऊँ?' मैं पूछता था।

वह मना कर देती थी, 'नहीं, कोई खास बात नहीं। सब ठीक हो जाएगा..।'

इतना पूछकर मैं निश्चिन्त हो जाता था, पर वह कभी-कभी रातभर कराहती रहती थी। रात का खाना तो उसका लगभग छूट ही गया था। दिन में भी वह बेमन से थोड़ा-बहुत खाती।

एक दिन उसने मुझसे पूछा, 'क्यों जी, क्या मैं पढ़ नहीं सकती?'

मैंने उसके चेहरे की ओर देखा। वह बेचारगी से मुस्कुरा रही थी।

'पढ़ सकती हो। पर उससे फायदा?' मैंने कहा।

'पढ़ने से फायदे बहुत हैं। यह बात तो सभी जानते हैं।'

'पर तुमको क्या फायदा होगा, जरा मैं सुनूँ?'

'आपको भी सन्तोष हो जाएगा कि मेरी बीवी अनपढ़ नहीं है!' वह हँसने लगी।

मुझे उसकी बात पर गुस्सा आया, पर मैंने अपने को संयत करके कहा, 'मुझे इसका शौक नहीं है।'

'क्यों?' वह चौंक पड़ी।

'यूँ ही। जो पढ़ी-लिखी नहीं होतीं, उन स्त्रियों का दिमाग अहंकार में डूबा

नहीं रहता। उनका हृदय पवित्र रहता है। वे किसी को धोखा नहीं दे सकतीं। वे आडम्बर से दूर रहती हैं और एक आदर्श जिन्दगी व्यतीत करती हैं। मैं यह सब अपने अनुभव से कह रहा हूँ।' मैंने दृढ़ स्वर में कहा।

'यह बात सच नहीं है जी। अनपढ़ स्त्रियों में भी एक-से-एक बुरी आदतें हैं और पढ़ी-लिखी स्त्रियों में एक-से-एक अच्छी। अब यही रजनी को लीजिए। वह पढ़ी-लिखी है, नौकरी करती है, पर उसको घमंड छू भी नहीं गया है। वह कितनी अच्छी है! मैं पढ़-लिखकर रजनी की ही तरह बनना चाहती हूँ। मैं अगर पढ़-लिख जाऊँगी तो आपके काम में मदद दूँगी। बताइए न, मैं तो आपको कुछ भी मदद नहीं दे पाती।'

मैं अब अपने क्रोध को जब्त न कर सका। मैं चिल्ला पड़ा, 'रजनी का नाम न लो। वैसी स्त्री का मेरे घर में नाम न लिया जाना चाहिए। मैं वैसी औरतों को खूब अच्छी तरह समझता हूँ। वे अपने स्वार्थ के लिए भयंकर घात कर सकती हैं। तुमने रजनी को समझ क्या रखा है? जब तुम उसके बारे में जानोगी तो तुम्हारी आँखें खुल जाएँगी। मैं नहीं चाहता कि तुम उसका अनुकरण करो। वह बहुत ही गिरी औरत है...।'

मैं क्रोध से हाँफने लगा। मैं रजनी के लिए बुरी तरह तड़प रहा था, लेकिन उसकी तारीफ मुझे बरदाश्त नहीं थी। फिर कान्ति के मुख से ऐसी बातें मुझे और भी बुरी मालूम होती थीं। कान्ति का चेहरा स्याह हो गया था। वह मुझे समझने में असमर्थ थी। एक दिन मैंने रजनी को रुलाने के लिए उसको डाँटा था और आज मैं रजनी की प्रशंसा के लिए उसको डाँट रहा था। यह कैसी असंगत एवं विरोधाभासपूर्ण बात थी?

रजनी के विरुद्ध किसी बात पर कान्ति मन से विश्वास नहीं करती थी। यह उसके चेहरे से प्रकट था। पर यह मेरा क्रोध देखकर कुछ बोली नहीं।

'मेरे सामने रजनी की कभी तारीफ न करना। समझ गयीं न?' यह कहकर मैं वहाँ से चला आया था।

इसके बाद कान्ति ने मुझसे रजनी की चर्चा कई दिनों तक नहीं की। लेकिन जिस दिन उसको सत्यनारायण की कथा सुननी थी, उस दिन उसने रजनी के बारे में पूछा।

'आप जरा रजनी से जाकर कह देते। वह बहुत दिनों से आयी भी नहीं। आज कथा का दिन है, वह जरूर चली आए।'

'फिर रजनी की बात?' मैंने नाक-भौं सिकोड़ी।

'आप कैसी बात करते हैं?' कान्ति ने हल्का-सा प्रतिवाद किया। 'आज

पवित्र दिन है, ऐसी बात मुँह से नहीं निकालनी चाहिए। आज के दिन तो दुश्मन को लोग बुलाते हैं, रजनी तो हम लोगों के बहुत निकट रही है। अगर वह किसी वजह से नाराज है या उसने कोई गलत बात कह दी है तो हमें उसको थोड़े छोड़ देना चाहिए? मैं तो खुद उसके घर जाती और उसको पकड़ ले आती, पर एक तो मुझे उसका घर नहीं मालूम। दूसरे, फुरसत भी नहीं। आप जाकर उसको बुला लाइए। वह रहेगी तो मदद भी बहुत होगी। मैं आपके पैरों पर पड़ती हूँ, उसको जरूर बुला लाइए।'

'वह आजकल यहाँ है नहीं।' मैं बात को टालने के लिए सफेद झूठ बोल गया।

'कहाँ गयी है?'

'कहीं बाहर गयी है। वह कई दिनों से दफ्तर नहीं आ रही है। दफ्तर का कोई कह रहा था कि वह शहर के बाहर किसी अपने रिश्तेदार के यहाँ गयी है।'

'पर हो सकता है कि वह आ गयी हो!'

'नहीं, वह नहीं आयी है। मैं यह निश्चित विश्वास के साथ कह सकता हूँ।'

'बताइए न!' कान्ति उदास हो गयी, 'मैं कई दिनों से सोच रही थी कि उसको बुलावा भेजूँगी। उसके आने से मेरी बड़ी मदद हो जाएगी। मेरे पेट में सवेरे से दर्द है, इसलिए मैं ऐसा कह रही हूँ। और मेरा कौन है यहाँ?'

'पर वह नहीं है तो क्या किया जाय?' मैंने जैसे भारी मजबूरी की बात कह दी हो।

कान्ति ने अकेले ही सब तैयारियाँ कीं और भारी उत्साह एवं श्रद्धा से सत्यनारायण की कथा सुनी। कथा के पहले वह निर्जल व्रत थी। फिर उसने सारे मोहल्ले में प्रसाद बँटवाया। दस ब्राह्मणों को भोजन कराया। इन सभी बातों का उसके स्वास्थ्य पर बहुत बुरा असर पड़ा और वह शाम को बीमार पड़ गयी। उसके पेट में जोर का शूल उठा और वह जोर-जोर से कराहने लगी जैसीकि उसकी आदत नहीं थी।

'देखिए, 'उसने मुझे बुलाकर कहा, 'मेरी तबीयत बहुत खराब है। जाकर किसी डॉक्टर से दवा ले आइए।'

मैं उसके चेहरे को देखकर डर गया। पीड़ा के मारे उसका चेहरा अत्यधिक विकृत हो गया था।

13

मैं रजनी के प्रति घोर प्रतिहिंसा से भरा था। उस दिन रजनी ने मेरा जो अपमान किया था और मुझे जो नीचा दिखाया था, उसको मैं भूल नहीं सकता था और जब तक मैं उसका बदला नहीं ले लेता तब तक मैं चैन से नहीं बैठ सकता था। उसी ने मुझको अपने जाल में फँसाया था। लेकिन उसने कैसे-कैसे आरोप लगाये थे? साथ ही यह भी कहा था कि मेरी बीवी पवित्र स्वभाव की स्त्री है और वैसी स्त्री के प्रति विश्वासघात करके मैंने जघन्य अपराध किया है। ऐसा भारी अन्याय कहाँ हो सकता था? ऐसा जबरदस्त अपमान कौन कर सकता है? उसने अपने पैरों से मुझे अकारण ठोकर मारी थी। अब मेरी हालत उस क्रुद्ध सर्प की तरह थी, जो किसी के प्रहार से घायल हो गया हो।

मेरा और रजनी का साथ देखते-ही-देखते छूट गया था। उस दिन मुझसे लड़ने के बाद वह तीन-चार दिन तक दफ्तर नहीं आयी थी। मैं रोज दफ्तर इस उम्मीद से जाता कि उसको देखकर मैं उसका घोर अपमान करूँगा, परन्तु उसको वहाँ न देखकर मेरी हालत पागलों की तरह हो जाती थी। लेकिन, आखिर वह कब तक नहीं आएगी? वह मेरा इस तरह अपमान करके नहीं बच सकती।

इसके बाद रजनी आयी थी। उसका चेहरा न मालूम कैसा हो गया था, जैसे वह कई वर्षों की मरीज हो। उसने मेरी ओर देखा भी नहीं। और दिन होता तो वह मेरी ओर देखकर मुस्कुरा भी देती, लेकिन वह सिर झुकाये हुए आयी और सिर झुकाये ही काम में लग गयी। मैं उसको एकटक देखता ही रह गया था। उसको क्या हो गया है? कैसे वह इतने बड़े प्यार के अस्तित्व को इनकार कर सकी? उस दिन तो वह मुझे अत्यधिक नफरत से देख रही थी, अब क्यों उसके चेहरे पर मुर्दनी छाई है? जरूर इसकी तबीयत ठीक नहीं है। नहीं तो वह ऐसी हो नहीं सकती। पहले उसके दफ्तर में आते ही कैसा उत्साह छा जाता था! उसको देखकर सभी को खुशी होती थी। इसका कारण यह था कि वह स्वस्थ फुर्तीली और हँसमुख थी। वह उन लड़कियों में भी नहीं थी, जो घुटी-घुटी रहती हैं और पुरुषों से अलग रहने और बचने का ढोंग रचती हैं। वह सबसे मिलती-जुलती थी, सबसे बात करती थी और इतने पर भी एक असम्पृक्ति बनाये रखती थी। उसकी इन्हीं आदतों के कारण उसका कोई अपमान नहीं कर पाता था। लोग उस पर फब्तियाँ नहीं कसते थे या अपनी बातों में गन्दे या अच्छे इशारे कर नहीं सकते थे।

जब से वह मेरे निकट आयी थी, सबका ध्यान इस तथ्य की ओर गया था।

कुछ लोग ईर्ष्या से जल गए थे। उनका सोचना ठीक भी था। जो लड़की किसी के प्रति अधिक घनिष्ठ और आत्मीय नहीं हो सकी, वह कैसे मेरे इतने निकट आ गयी? लेकिन इस घनिष्ठता पर भी रजनी ने सबके प्रति अपना वही व्यवहार जारी रखा। जो लोग उससे या मुझसे नाराज थे, उनसे भी वह बहुत निस्संकोच मिलती थी। इस मिलने-जुलने से लोगों का विरोध भीतर ही दबा रहता और वह विस्फोट न कर पाता।

पर वह अब एकदम बदल गयी थी। उसका चेहरा एकदम उदास था। वह चेहरा एक घनी पीड़ा की काली छाया से एकदम मलिन-सा हो उठा था। मेरा दिल हाहाकार कर उठा। जिस अपमान की वजह से मेरा प्यार मेरे हृदय में दब गया था और जिसके अस्तित्व पर कभी-कभी मैं सन्देह करने लगता था, वही प्यार अब समुद्र के ज्वार की तरह बढ़ आया। उसके प्यार को इतनी शक्ति एवं गहराई से मैंने कभी भी महसूस नहीं किया था। मेरी इच्छा हुई कि मैं चलकर उससे पूँछू, लेकिन मेरी हिम्मत न हुई। अपनी इस मजबूरी पर मेरा दिल रो रहा था।

मैं बार-बार उसकी ओर देखता, इस आशा से कि शायद वह मेरी ओर देखेगी, पर वह सिर झुकाये ही क़ाम करती रही। मुझे अब भी इस पर विश्वास नहीं हो रहा था। उसने एक बार भी मेरी तरफ सिर उठाकर नहीं देखा। यह कैसे हो सकता है? वह इतनी निर्मम कैसे बन सकती है? क्या वह वे दिन भूल गयी, जब वह मेरे आलिंगन में देर तक चहचहाती रहती थी? कभी वह अपने प्यार की तीव्रता से अजीब अस्फुट स्वर में बुदबुदाने लगती थी। कभी-कभी वह अपने आवेग को सम्हाल न सकने के कारण आँसू गिराने लगती थी। उसके प्यार में कोई कृत्रिमता नहीं थी। मैं उसके अन्तर की हल्की-से-हल्की तरंग को महसूस कर सकता था। कैसे मेरे पहुँचने पर वह खुशी से पागल हो जाती थी! वह मुझे अच्छी-से-अच्छी चीजें मँगाकर वह मेरे सामने रख देती थी। फिर वह आग्रह करके ठूँस-ठूँसकर खिलाती थी। वे सब बातें क्या वह इतनी आसानी से भूल गयी? यदि उसके मन में धोखा था, यदि वह मुझसे घृणा करती थी तो यह उसके व्यवहार से क्यों नहीं प्रकट हुआ?

मैं दिनभर इस इन्तजार में रहा कि वह मेरी ओर देखेगी। कभी-कभी मुझे ऐसा लगता कि वह अचानक उठकर मेरे पास आएगी और हँसकर कहेगी, नमस्कार! मैं उसके स्वर के झंकार की कल्पना करने लगा। उसके मीठे और उत्साह-उमंगभरे स्वर को सुने कितने दिन हो गए थे? उसकी वाणी मुझे किस तरह पागल बना देती थी! लेकिन मेरा ऐसा सोचना व्यर्थ हुआ। जब दफ्तर का

समय खत्म हुआ तो वह जैसे आयी थी, उसी तरह चली गयी थी। मैं अपरिसीम निराशा एवं दुःख से भर उठा था। मैं दफ्तर के बाहर निकलकर बरामदे में चुपचाप कुछ देर तक खड़ा रहा।

मुझे इस तरह खड़े देखकर कई लोगों ने मुझे आश्चर्य से देखा। पर लोग घर जाने की जल्दी में थे और किसी को मेरे पास रुकने की फुर्सत नहीं थी पर नरेश नामक एक साथी मुझसे काफी हिला-मिला हुआ था। उसको रजनी के साथ मेरे आत्मीय सम्बन्धों के बारे में पता था। इस बात को लेकर वह कभी मुझसे मजाक भी करता था। वह शादी-शुदा एक शरीफ व्यक्ति था, इसलिए उसको इससे अधिक अन्य किसी बात में दिलचस्पी नहीं थी।

'कहो भाई, यहाँ क्यों खड़े हो?'

उसकी बात का मैंने जवाब नहीं दिया। उसने मुझे अपनी बाँहों में लेकर पूछा, 'सब ठीक-ठाक है?'

'हाँ, ठीक-ठाक है।' मैंने कहा।

'क्यों इस तरह मुँह लटकाये हो? लड़-झगड़ बैठे क्या?' वह हँसा।

'किससे?' मैंने अनजान बनने की कोशिश की।

'बनो मत यार। मैं उड़ती चिड़िया को हल्दी लगा सकता हूँ।'

'मेरी समझ में कुछ भी नहीं आया।'

'अरे वही। वह भी दफ्तर में मुँह लटकाये हुए थी।'

'मुझे कुछ भी मालूम नहीं।' मैं दूसरी ओर देखने लगा।

'यह असम्भव है। जरूर कुछ दाल में काला है। नहीं तो इस मामले में इस तरह नहीं होता। बच्चू, मैं किसी से इश्क नहीं करता, पर मैं इतना बुद्धू थोड़े हूँ कि मैं इसके बारे में कुछ भी न समझूँ।'

'तुम क्या समझे?' मैंने उसकी बात को हँसी में उड़ाने की कोशिश की।

'यही कि तुम लोगों की आपस में खटक गयी है। या तुम लोगों के सम्बन्धों में कोई ऐसी बात हो गयी है जो तुम दोनों को तकलीफ दे रही है। मैं आज तुम दोनों को ध्यान से देखता रहा। मेरा खयाल है, सबका ध्यान तुम लोगों पर गया होगा। कुछ लोग तो खुश भी हुए होंगे कि चलो इन दोनों में फूट तो हुई। कुछ लोग इससे फायदा उठाने की चेष्टा करेंगे। पर यह मत समझना कि मैं भी इससे खुश हूँ। भैया, मैं ऐसी बातों से खुश नहीं होता। मैं तो जानता हूँ कि यह लड़की बुरी नहीं है। इसका व्यवहार सबसे अच्छा रहता है। इसके बारे में कभी कोई शिकायत नहीं सुनी गयी। बस, तुम्हारे पीछे ही मैंने इसको पागल देखा। इस दफ्तर में एक-से-एक खूबसूरत और फैशनेबुल लोग हैं। न मालूम कितने

शहजादे किस्म के लोग आए और गए। बहुत-से अफसर लोग भी इसके पीछे बुरी तरह पड़े रहे, पर इसमें एक ऐसी शान है कि कोई इससे कुछ कह नहीं पाता। इसका कोई अपमान नहीं कर पाता। यह अपना काम दुरुस्त रखती है। लोग दिन भर गप्पें मारते हैं और कम-से-कम काम करने की कोशिश करते हैं, उस समय यह काम में जुटी रहती है। इन्हीं बातों की वजह से लोग इसका आदर करते हैं, इससे डरते हैं। अगर कोई कुछ कह भी देता है और वह अनुचित बात होती है तो वह उसका फौरन उत्तर देती है। इसीलिए इससे लोग मन-ही-मन डरते हैं। मैं यह सब अच्छी तरह जानता हूँ। इस मामले में तुम कितने भाग्यशाली हो। तुमने आते ही इस लड़की को जीत लिया। मैं इतना कह सकता हूँ कि यह लड़की कुछ दिन पहले तक तुम्हारे प्यार में इस हद तक पागल थी कि वह तुम्हारे लिए कोई भी त्याग कर सकती थी। फिर अब क्या बात हुई? पर ऐसी लड़की से बिगाड़ करना ठीक नहीं। यदि तुमने प्यार का रिश्ता कायम किया था तो उसको निभाना चाहिए था। अब यह बात ठीक नहीं।'

मैं उसकी ओर एकटक देख रहा था। उसको लम्बी स्पीच देने की आदत नहीं थी, लेकिन रजनी के व्यक्तित्व में कोई ऐसी बात थी, जिससे वह उसकी तारीफ में यह सब कह गया था। पहले होता तो मैं इन बातों पर कितना खुश होता! कितना गर्व होता मुझको अपने ऊपर? लेकिन अब तो मैं गर्व भी नहीं कर सकता था। मेरे दिल को जैसे कोई तेज छुरे से छेद रहा हो। लेकिन मैं अपने इस दु:ख को प्रकट भी नहीं कर सकता था।

'बोलो...तुम कुछ कहते क्यों नहीं?' नरेश ने पूछा।

'कहूँ क्या? तुम एकदम गलत बात कह रहे हो।' मैंने कठोरतापूर्वक कहा।

'क्या गलत बात है?' नरेश चौंका।

'शुरू से आखिर तक जो कुछ तुमने कहा, वह सब गलत है।'

'यह कि तुम लोगों में झगड़ा हुआ है?'

'हाँ, यह भी।'

'और यह भी कि वह एक अच्छे स्वभाव की लड़की है?'

'हाँ, यह भी गलत है।'

'फिर सही क्या है?'

'कुछ भी नहीं।'

'कोई-न-कोई बात तो जरूर है।'

'कोई बात नहीं।' मैंने हठपूर्वक कहा।

'खैर, जो कुछ भी हो। तुम प्रेमियों की हालत मैं जानता हूँ। आज तुम इस

बात को नकार जाओगे। कल तुम हर बात को स्वीकार कर लोगे।' वह अपनी बात से खुश होकर ठहाके लगा रहा था।

'ऐसी बात नहीं है....तुम देख लोगे।' मैंने और भी कठोरता से कहा।

'तो क्या तुम रजनी से अब कभी नहीं बोलोगे?'

'किसी से बोलने में क्या है? पर तुम्हारा कहना गलत है। तुम्हारी सभी बातें गलत हैं। इससे अधिक मैं कुछ भी नहीं कह सकता। तुम घर जाकर मेरी बातों पर सोचना। तुम लोग सिम्पलटन व्यक्ति हो। तुम लोग जो देख लेते हो, उसी को सच समझते हो। पर ऊपर जो दिखाई देता है, वह सत्य नहीं है। दुनिया में बहुत-सी बातें होती हैं। एक बात के कई कारण होते हैं। जब तक तुम किसी बात को जानते नहीं, उसके बारे में कुछ निश्चित होकर कह भी नहीं सकते। इसीलिए अपने को होशियार नहीं समझना चाहिए और हर बात की तह में पहुँचने की कोशिश करनी चाहिए। तुमने वह कहावत सुनी होगी कि जो चीजें चमकती हैं वे सभी सोना नहीं होतीं। यह एक बहुत बड़ी सच्चाई है। दुनिया में इतनी शान-शौकत है, इतनी चहल-पहल है, इतनी खुशी है, पर इनके पीछे कितना दुःख छिपा है, यह तुम्हें पता है? यदि सुख पाँच प्रतिशत है तो दुःख पचानबे प्रतिशत। इसी तरह लोगों की बातों के बारे में कहा जा सकता है। लोग दिनभर में अपनी न मालूम कितनी तारीफें करते हैं। हर आदमी अपने को देवता साबित करने की कोशिश करता रहता है। पर इसमें कितना सच्चाई है? हम-तुम क्या देवता हैं? जो अपने को देवता कहता है, वह भीतर से कितना शैतान है इसकी कल्पना नहीं की जा सकती। इसीलिए किसी की बात पर विश्वास नहीं किया जा सकता। यह दुनिया शुरू से आखिर तक धोखा-धड़ी से बनी है और यहाँ कुछ भी सच नहीं है। इसीलिए मैंने कहा था कि तुम्हारी बात गलत है।'

मैं सहसा चुप हो गया। वह मेरी ओर आँख फाड़कर देख रहा था। फिर हँसकर बोला, 'तुम तो यार एकदम फिलॉसफर हो गए।'

मुझे इस प्रकार दर्शन बघारने की आदत नहीं थी, लेकिन मेरे दुःख एवं निराशा ने मेरी वैसी हालत कर दी थी। मैं जैसे एक ऊँचाई पर पहुँच गया था और वहाँ से सारी दुनिया को देख रहा था, पर यह कितना बड़ा झूठ था! रजनी ने मेरा अपमान कर दिया था, इसलिए मैं उसके प्यार के अस्तित्व को नकारने में ही लगा था और सारी सच्चाइयों पर पर्दा डालने की कोशिश कर रहा था। लेकिन नरेश इतनी आसानी से छोड़नेवाला जीव नहीं था।

'अच्छा, तुम एक बात सच-सच बताओ।' उसने कहा।

'हाँ, पूछो।'

'एकदम साफ बात है। हाँ या ना में उत्तर देना। क्या यह सच नहीं है कि तुम रजनी को प्यार करते हो?'

'एकदम सच नहीं है।'

'क्या एक फीसदी भी सच्चाई इसमें नहीं है?'

'नहीं।'

'और यह भी गलत है कि वह तुमको प्यार करती है?'

'एकदम गलत है।'

'इसमें भी एक फीसदी की सच्चाई नहीं है?'

'एकदम नहीं है।'

'तुम झूठ बोलते हो।' वह बिगड़ गया।

'झूठ कैसे? क्या तुमको मेरी बातों पर विश्वास नहीं?'

'एकदम नहीं।'

'तो न सही। मैं उस पर जोर थोड़े देता हूँ। एक बात थी, मैंने कह दी। अगर सच बात पर तुम विश्वास नहीं करते हो, तो न करो। तुम जिसको प्यार समझ रहे हो, वह कभी प्यार था ही नहीं। रजनी का स्वभाव ही ऐसा है कि वह सबसे घुलमिल जाती है। इसी को तुमने प्यार समझा था। मैंने भी अपनी शाबाशी के लिए कुछ गलत-सलत बात कह दी थी, पर इसमें कोई सच्चाई नहीं है, मित्र! रजनी सोने की तरह खरी और पवित्र है। उसके साथ मेरे प्यार का सवाल ही नहीं। वह कई बार मुझसे मिली है। वह कई बार मेरे घर गयी है। हमने घंटों एक-दूसरे के साथ बैठकर बातें की हैं। पर हममें कभी प्यार नहीं था। हो सकता है कि इसका प्रदर्शन किया हो, पर रजनी के बारे में तुम ऐसा नहीं कह सकते। हम लोगों में यही तो खराबी है। हम इतने पिछड़े हुए हैं कि किसी लड़की के संग-साथ को बुरी दृष्टि से देखने लगते हैं। यही हमारी असलियत है। हर दोस्ती को इश्क समझ लेते हैं। पर रजनी इससे बहुत ऊँची है और उसकी झूठ-मूठ बुराई नहीं सुन सकता। तुम उसके खिलाफ इस तरह प्रचार नहीं कर सकते। वह सोने की तरह खरी और पवित्र है।'

मैं सहसा गुस्से में जोर-जोर से बोलने लगा। नरेश पहले तो चौंका, फिर यह कहकर कि तुम ठीक कह रहे हो, वहाँ से चलता बना। मैं सहसा इतना क्रुद्ध क्यों हो गया था? क्या मैंने अहंकारवश ऐसा कहा था? या मैं सचमुच रजनी के व्यवहार को भूल गया था? लेकिन असल बात यह थी कि रजनी का प्यार मेरे जीवन की पवित्रतम धरोहर थी। मैं उस प्यार को अपने अन्तर में सुरक्षित रखना चाहता था और उसको सबकी दृष्टि से दूर रखना चाहता था। मैं अब भी उसको

प्यार करता था और मैं इसी तरह उसको प्यार करता जाऊँगा। यदि उसकी खुशी इसी में है तो मैं उससे दूर रहूँगा। मैं उसकी खुशी चाहता था—केवल उसकी खुशी।

लेकिन यह सब क्षणिक था। कोई भी विचार मेरे दिमाग में स्थायी नहीं रहता था। कभी मैं रजनी के प्यार में अभिभूत हो जाता था। कभी मैं दुःख और निराशा में डूब जाता था। कभी मैं प्रतिहिंसा के भाव से भर उठता था और कभी मैं त्याग एवं आदर्श से बहुत ही ऊँचा उठ जाता था। पर मैं यह समझ गया था कि ये रजनी के प्यार के ही विभिन्न रूप थे।

नरेश के मिलने के बाद दूसरे दिन से मैं कार्यालय में काफी खुश रहने की कोशिश करता। मैं साथियों के बीच क़ाफी हलका बनने की कोशिश करता। यह सब मैं अपने को सन्तोष देने के लिए कर रहा था, जैसे मुझे रजनी की जरा भी परवाह नहीं। शायद मैं रजनी को अपमानित करने की कोशिश भी कर रहा था। लेकिन रजनी पर इसका कोई असर नहीं था। वह मेरी ओर देखती भी नहीं। इससे मैं और भी अपमान का अनुभव करता। मैं क्रोध से उन्मत्त हो जाता।

एक दिन सब कुछ बरदाश्त के बाहर हो गया। मैं दिन-रात पागल की जिन्दगी व्यतीत कर रहा था और रजनी निश्चिन्ततापूर्वक हर घटना से निर्लिप्त थी। शाम को जब वह बाहर निकली तो मैं उसके पास जाकर खड़ा हो गया।

'रजनी, एक मिनट के लिए रुको।'

रजनी ने मेरी ओर चौंककर देखा। फिर उसका चेहरा फक पड़ गया।

'क्या है?' उसने धीरे से पूछा।

'मैं तुमसे एक बात पूछना चाहता हूँ!'

रजनी ने इधर-उधर देखा। दफ्तर से अधिकतर लोग निकल गए थे। कुछ निकल रहे थे।

'यह बात पूछने का समय नहीं है।' रजनी ने दूसरी ओर देखते हुए कहा।

'मैं तुम्हारा अधिक समय नहीं लूँगा।'

'पर मुझे फुरसत नहीं है।' उसने कठोरतापूर्वक कहा।

'तुम्हें मेरी बात सुननी ही पड़ेगी।' मैंने हठपूर्वक कहा।

'यदि न सुनूँ तो?'

'सुनना पड़ेगा।' मैंने कहा।

'आप देखिए, मुझे तंग न कीजिए। मैंने उसी दिन जो कुछ कहना था, कह दिया। फिर और क्या कहने को रह गया है?'

'अभी कहने को रह गया है। यह तो तुम्हारी शराफत थी कि तुमने घर

आए व्यक्ति का अपमान किया। मैंने उस दिन कुछ कहा भी नहीं था। लेकिन आज मैं कहे बगैर नहीं रह सकता।'

'तब कहिए....'

'मुझे तुमसे यह पूछना है कि तुमने मेरे जीवन को इस तरह बरबाद क्यों किया? मेरे साथ तुमने इस तरह खिलवाड़ क्यों किया?'

वह कुछ देर तक मुझे घूरती रही। फिर धीरे से बोली, 'यह मेरी इच्छा थी। मैं अपनी इच्छाओं की स्वामिनी हूँ। मुझे जो चीज पसन्द आती है, वही मैं करती हूँ। मैं किसी की गुलाम नहीं हूँ।' वह कटुता से बोली।

'तुमने मेरी इच्छाओं का जरा भी खयाल नहीं किया।'

'कौन दूसरों की इच्छाओं का खयाल करता है?'

'पर तुमसे तो मैंने यह आशा नहीं की थी।'

'हाँ, वह आप क्यों करेंगे?' उसने व्यंग्य से कहा।

उसके बोलने के तरीके से मैं पागल-सा हो गया। मेरी इच्छा हुई कि आगे बढ़कर उसका गला घोंट दूँ। कैसी बातें कह रही है? क्या वे दिन वह भूल गयी, जब वह मेरे चरणों पर गिरकर आँसू बहाया करती थी? पर आज मैं इसका फैसला कर लूँगा। या तो वह जिन्दा रहेगी या मैं। इसने मुझे समझ क्या रखा है? मेरी जिन्दगी को वह ऐसी आसानी से बरबाद नहीं कर सकती।

मैंने कुछ और आगे बढ़कर उसके मुँह पर झुकते हुए धीमे से लेकिन अत्यधिक कटु स्वर में बोला, 'रजनी, तुम मेरी हो...मेरी हो। तुम मुझे प्यार करती हो। इस सच्चाई पर पर्दा नहीं डाल सकतीं। तुम इसको झुठला नहीं सकतीं। रजनी, मुझसे इस तरह कठोरता का व्यवहार न करो। मैं तुमसे कुछ नहीं चाहता। यदि तुम मुझको प्यार नहीं करतीं और अब मुझसे घृणा ही करने लगी हो तो कम-से-कम ठीक से तो बोलो। मैंने तुम्हारा क्या बिगाड़ा है? तुम्हारे लिए मेरा दिल दिन-रात रोता रहता है। मैंने पहले यह नहीं सोचा था। तुम्हारे खयाल को में अपने मन से मिटा नहीं सकता; बल्कि ये खयाल और भी प्रबल होते जा रहे हैं। तुम यह ठीक कहती हो कि मैंने कान्ति के साथ अच्छा व्यवहार नहीं किया। कान्ति का स्वभाव बहुत ही अच्छा है, यह भी मैं जानता हूँ। पर कान्ति को मैंने कभी प्यार नहीं किया। इसमें मेरा क्या दोष? रजनी, मैं तुमको प्यार करता हूँ और करता रहूँगा। तुम उन दिनों की बात सोचो, रजनी। हम घंटों बैठकर किस तरह बातें करते थे! हमारी खुशी का ठिकाना नहीं रहता था। क्या वह सब झूठ है? तुम, रजनी, इस सम्बन्ध में सोचती क्यों नहीं? रजनी, बोलो, क्या वह सब झूठ था?'

'झूठ! एकदम झूठ। आप मुझ पर अन्याय कर रहे हैं और दफ्तर में रोककर मेरी बेइज्जती कर रहे हैं। मैं इस बारे में बात नहीं करना चाहती...।' उसका स्वर रुदन में बिखर गया और। उसने अपनी आँखों पर अपना आँचल रख दिया। वह चार-छः सेकंड तक सिसकती रही। फिर उसने आँसुओं को पोंछकर मेरी ओर देखा। उसके चेहरे पर क्रोध और नफरत उभर आयी थी।

वह बोली, 'झूठ! एकदम झूठ! हमेशा के लिए झूठ! इस सम्बन्ध में मैं बात नहीं करना चाहती!'

इतना कहकर वह आगे बढ़ गयी। मैं सुन्न-सा होकर उसको जाते हुए देखता रहा। उसके कदम धीरे-धीरे उठ रहे थे। मैंने एक क्षण के लिए सोचा कि वह मुड़कर देखेगी, लेकिन ऐसा नहीं हुआ। धीरे-धीरे उसका शरीर आँखों से ओझल हो गया।

14

रजनी से मेरा यह सम्बन्ध पूरी तरह टूट गया और मेरे अन्दर जो बची-खुची उम्मीद थी, वह भी समाप्त हो गयी। मैंने उसकी याद को दिल से निकालने की कोशिश की, पर इससे उसके प्यार ने मेरे दिल में और भी गहरी जड़ें जमा ली थीं, पर इस प्यार को मैं प्रकट नहीं कर सकता। यह प्यार मेरे दिल में बना रहेगा। मैं उसके सामने किस तरह गिड़गिड़ाया था और उसने कैसी निर्दयता से मेरी उपेक्षा की थी? उसका दिल इतना कठोर हो सकता है? आखिर क्यों? आखिर अकारण वह क्यों मुझ पर ऐसा अत्याचार कर सकी?

इसके बाद मैं रजनी के पास कभी नहीं गया। उससे अच्छा था, जहर खा लेना। वह उसी तरह दफ्तर में आती थी। चुपचाप आती थी और चुपचाप चली जाती थी। मेरी ओर देखती भी न थी। कभी भूल से नजर पड़ जाती तो वह दृष्टि जल्दी से दूसरी ओर घुमा लेती, जैसे कभी का परिचय न हो। मैं भी ऐसा ही करता था। पर यह कितना कठिन कार्य था? वह दफ्तर में हो और मैं न देखूँ, यह कैसी अस्वाभाविक बात थी?

इसी तरह कई महीने बीत गए। मुझे अब दफ्तर में जाने की इच्छा न करती। मैं अब इस चक्कर में रहने लगा कि किस तरह यहाँ से अपना तबादला करा लूँ, अब मैं रजनी से दूर जाना चाहता था, क्योंकि उसकी चुप्पी और उपेक्षा बरदाश्त

न होती थी। उसको देखते ही सारी बातें याद आ जाती थीं और कलेजा फटने लगता था। अगर उससे दूर रहूँगा तो धीरे-धीरे उसको भूल जाऊँगा। दुनिया का यही नियम है। कोई दु:ख इतना बड़ा नहीं है। मैं भी इस दु:ख को एक दिन भूल जाऊँगा, इस विश्वास से मैं अपने मन को सन्तोष देने की कोशिश करता।

पर सन्तोष करना इतना आसान न था। तबादले की मेरी कोशिश से भी कोई लाभ नहीं हुआ था। इस तरह मैं निराशाओं में और गहरे डूबता गया। केवल दु:ख भोगने के लिए मेरा जीवन बना था। अपने जीवन को दु:खी से, हीनता एवं अपमान से तथा घोर निराशाओं से मुक्त करने के लिए मैं रजनी की ओर आकर्षित हुआ था। पर वहाँ जाकर मैं और भी दु:ख मोल ले आया। मैं ऐसा कभी नहीं चाहता था। मेरा मन दु:खों से दूर भागता था, पर इसी दु:ख ने मुझे अपने शिकंजे में इस तरह जकड़ लिया था कि उससे छुटकारे की कोई उम्मीद नहीं थी। पर पहले के दु:ख और इस दु:ख में एक अन्तर अवश्य था। उस दु:ख में किसी प्रकार का सन्तोष नहीं था। उसमें हीनता और अपमान था। पर इस दु:ख में इसका गर्व था कि एक लड़की ने मुझे प्यार किया था, भले ही वह कुछ ही समय के लिए हो। वह दु:ख केवल उस जमीन की तरह था, जिसमें कुछ नहीं उपजता, केवल काँटे-काँटे ही उपजते हैं। पर इस दु:ख ने मेरे दिल को उपजाऊ बनाया था। उसने मुझे यह महसूस कराया था कि मैं भी एक इन्सान हूँ। मैं भी किसी को प्यार कर सकता हूँ और उसका प्रतिदान प्राप्त कर सकता हूँ। रजनी के प्यार ने मुझे हीनताओं से ऊपर उठा दिया था। एक बार उस प्यार को प्राप्त करके मैं सदा-सदा के लिए अपनी हीनताओं से अलग हो गया था।

पर घर में कान्ति की हालत दिन-पर-दिन खराब होती गयी थी। उसको कभी दस्त होने लगते थे। कभी उसके पेट में जोर का दर्द उठने लगता था। वह कुछ घरेलू दवाएँ करके सन्तोष कर लेती थी। मैं भी उसपर ठीक से ध्यान नहीं देता था। कई बार सोचा कि चलकर किसी डॉक्टर से दिखाऊँ, पर वह कोई जोर नहीं देती थी, इसीलिए मैं टालता रहा। अपनी उपेक्षा करने की उसको ऐसी आदत थी। अगर मुझे कुछ हुआ होता तो वह जमीन-आसमान एक कर देती।

अपनी तकलीफ में भी उसने अपने से मुझसे एक बार भी न कहा था कि मुझे तकलीफ है; बल्कि वह मेरे लिए ही चिन्ता करती थी। कितनी भी तकलीफ में हो पर वह मेरे लिए समय पर नाश्ता और खाना अवश्य तैयार कर लेती थी और आग्रहपूर्वक खिलाती थी। लेकिन वह कुछ चिन्ता अवश्य कर रही थी। शायद वह मेरे ही बारे में हो। चिन्ता करना उसका स्वाभाविक भी था। मैं स्वयं घर में आता था और पागलों की तरह आचरण करता था। कभी मैं घंटों चुप बैठा

रहता और न मालूम क्या-क्या सोचता रहता। कभी मैं टहलने लगता। बरामदे या आँगन में मैं देर तक टहलता रहता। कभी मैं चादर से मुँह ढककर लेटा रहता। देर तक मैं इसी तरह लेटा रहता। कान्ति से भी मैं ठीक से बोलता न था। वह कभी-कभी मेरी ओर खुशी से लपककर आती थी, लेकिन मैं दूसरी ओर देखने लगता। वह कुछ पूछती तो उलटा-सीधा जवाब दे देता।

जब मैं इस तरह चुपचाप बैठ जाता तो वह भी एक कोने में सिर झुकाकर बैठ जाती थी। वह न मालूम क्या-क्या सोचती थी। उसकी चिन्ताएँ उसके चेहरे पर प्रकट थीं। वे चिन्ताएँ इधर और घनी हो उठी थीं।

एक दिन जब मैं दफ्तर से आया तो वह दर्द से कराह रही थी। वह पेट के बल लेटी हुई थी। मुझे देखकर उसने उठने की कोशिश की। मैंने उसे गौर से देखा। वह कैसी हो गयी थी! उसके शरीर में कुछ नहीं था। अचम्भा था कि वह इतने दिनों से कष्ट उठा रही है, पर उसने मुझसे कुछ नहीं कहा और न ही मैंने उससे पूछा। अपने दुःख के सामने किसी दूसरे का दुःख कितना छोटा लगता था!

'तुम लेटी रहो। मैं देख रहा हूँ कि कई महीने से तुमको तकलीफ रहती है, पर तुम इसकी कोई दवा नहीं करतीं?'

'सब ठीक हो जाएगा।'

'क्या इसी तरह ठीक हो जाएगा?'

'हाँ....ऐसा क्या हमेशा रहता है? समय-समय की बात होती है। जब समय आएगा तो अपने-ही-आप खत्म हो जाएगा।'

'पर यह सोचना तुम्हारा गलत है। इससे जान चली जाएगी।'

'तो क्या हुआ? मैं आपके चरणों में मरूँगी, इससे अधिक मुझे क्या चाहिए?'

'ये बेकार बातें हैं। चलो, मैं कल तुमको डॉक्टर से दिखाता हूँ।'

'सच कहती हूँ मैं, अब पता नहीं क्यों मेरी जिन्दा रहने की इच्छा नहीं करती। बस, मुझे एक ही बात की तकलीफ रहेगी कि मुझसे आपको कोई सुख नहीं प्राप्त हुआ।'

मैं ऐसी बात से चिढ़ गया। मुझे किसी के दुःख-तकलीफ की बात अच्छी नहीं लगती थी। मैं अपने दुःख में यह सोचता था कि दूसरे मुझसे काफी मजे में हैं। दूसरे मुझसे अधिक दुःख में हैं, इससे मेरे अहंकार को जैसे चोट पहुँचती भी।

मैंने चिढ़कर कहा, 'क्यों बेकार के नखरे की बात करती हो? मैं क्या बात कर रहा हूँ और तुम क्या बात कर रही हो? जीने को किसकी इच्छा करती है?

सब तो यही कहते हैं, पर सभी जिन्दा देखे जाते हैं। मुझे ऐसी बातें पसन्द नहीं...।'

'नहीं जी, मैं मजाक नहीं करती, सच कहती हूँ। पर छोड़िए इस बात को। जाने दीजिए। मुझे ऐसी बात नहीं कहनी चाहिए।' वह चुपचाप दूसरी ओर देखने लगी।

'अच्छा, उठो, डॉक्टर के यहाँ चलने के लिए तैयार हो जाओ...अभी। फौरन।' मैंने कहा।

'नहीं। कुछ देर में ठीक हो जाएगा। अभी गर्म पानी करूँगी और उसकी सेंक लगाऊँगी।'

'अच्छा, आज देख लेता हूँ। कल ऐसी ही हालत रही तो डॉक्टर के यहाँ चलना पड़ेगा।'

दूसरे दिन भी उसकी हालत कोई अच्छी नहीं थी, पर उसने मुझसे न कुछ कहा और न मैंने उससे चलने के लिए कहा। इस तरह मैं टालता रहा और वह भी चुप लगाये रही। वह अब तकलीफ में रहती, पर मेरे सामने कराहना बन्द कर देती। इस तरह दिन बीतते गए।

कान्ति ने मुझसे कई बार रजनी के बारे में पूछा था। वह कहती, 'क्या बात है, अब रजनी नहीं आती यहाँ?'

रजनी का नामोल्लेख से ही मैं गम्भीर हो जाता था। मैं उसके प्रश्न को टालने की कोशिश करता। कभी उसकी बात का जवाब नहीं देता। कभी संक्षिप्त उत्तर देता, मैं नहीं जानता। पर वह उसको ले आने की जिद करती। कहती, आपसे दफ्तर में तो भेंट होगी?' मैं कुछ टाल-मटोल की बात कर देता था। वह चुप हो जाती थी। लेकिन दो-तीन दिन बाद वह ऐसै ही प्रश्न पूछने लगती थी। ऐसे प्रश्नों से मुझे बड़ी परेशानी मालूम होती थी। मुझे गुस्सा मालूम होने लगता था। रजनी को मैं भूलना चाहता था। मैं उसके बारे में किसी से कोई बात नहीं करता था, न उसके बारे में कुछ सुनना चाहता था।

एक दिन जब मैं घर आया तो कान्ति बैठी रो रही थी। मुझे उसके रोने पर बड़ा गुस्सा आया। मैं अपनी ही समस्याओं में उलझा रहता था, इसलिए जब कोई दूसरी समस्या आ जाती तो मैं इसी तरह क्रुद्ध हो जाता था।

'क्या बात है? क्यों इस तरह रो रही हो?'

'कोई बात नहीं...यूँ ही रुलाई आ रही है।'

'आखिर कोई बात हो?'

'मुझे पता नहीं क्यों अम्माँ की याद आ रही है।'

'तो इसमें रोने की क्या बात है? मैंने तो वहाँ चिट्ठी लिखी थी, पर उसका कोई उत्तर नहीं आता तो मैं क्या करूँ? उन लोगों ने तो शादी कर दी, फिर कौन किसकी फिक्र करता है?'

शादी के बाद कान्ति एक बार दस-पन्द्रह दिन के लिए अपने घर गयी थी, फिर वह चली आयी थी। वह इसलिए चली आयी थी कि मुझको तकलीफ होगी। चूँकि मैंने बचपन में बहुत कष्ट उठाये थे इसलिए वह मुझको अकेले छोड़ना नहीं चाहती थी। वह मुझे किसी प्रकार का दुःख नहीं देना चाहती थी। उसके बाद उसके बड़े भाई साहब एक बार आए थे।

पर कान्ति अपने मायकेवालों की शिकायत कैसे सुनती? उसने कहा, 'ऐसी बात नहीं, कोई बात पड़ गयी होगी तभी जवाब नहीं आया। नहीं तो भाई साहब हमेशा चिट्ठी लिख देते हैं।'

'तो तुम वहाँ जाना चाहती हो? कहो तो मैं वहाँ पहुँचा दूँ?'

'नहीं...यूँ ही आज उनकी याद आने लगी। मुझे बचपन की याद आती रही। कैसी निश्चिन्तता के दिन थे? किसी तरह की चिन्ता नहीं थी। यही सब सोच रही थी।'

'कहो तो किसी को बुला लाऊँ?'

'नहीं...नहीं। मैं किसी को कष्ट नहीं देना चाहती। पता नहीं, वे लोग किस हालत में हों?'

'तो तुम्हारी जैसी इच्छा। पर यह रोना-धोना बन्द करो। मुझे इससे बड़ी चिढ़ है।'

कान्ति जल्दी-जल्दी अपने आँसू पोंछने लगी। मैं उसका दुःख समझ रहा था। वह मेरे व्यवहार से अपने को अकेला महसूस कर रही थी। मैं उसकी कैसी उपेक्षा कर रहा था? उससे मैं न ठीक से बोलता था और न ही मैं उसको किसी काम में मदद देता था। बस, मैं पैसे कमाकर उसको दे देता और वह उन्हीं पैसों में महीने भर का खर्चा चलाती थी। फिर मुझे किसी बात की चिन्ता नहीं करनी पड़ती थी। ऊपर से उसकी किसी मामूली बात पर भी उपेक्षा और कटुता से जवाब देता था। कभी मैंने उसके पास बैठकर कोई अन्तरंग बात न की होगी। कभी उसके साथ मिलकर घर-गृहस्थी की कोई योजना नहीं बनायी थी। उसको कभी अपने साथ घूमने नहीं ले जाता था—न बाजार और न सिनेमा-थियेटर। उसको दिन-रात घर-गृहस्थी की चक्की में पिसना पड़ता था। न कोई संग, न साथ। फिर उसकी तबीयत ऊबती तथा घबराती हो, इसमें आश्चर्य ही क्या था?

इसी तरह दिन बीतते गए थे। कुछ दिनों से कान्ति को दस्त हो रहे थे, पर उसने कुछ बताया नहीं था। लेकिन एक दिन मैं घर विलम्ब से आया। रात हो गयी थी। मैं भीतर गया तो कान्ति दिखायी नहीं पड़ी। केवल कमरे में बच्ची जोर-जोर से रो रही थी।

मैंने आँगन में झाँककर देखा। तब भी कान्ति दिखायी न पड़ी। मैंने पुकारा, 'अरे कहाँ हो भाई? यहाँ बच्ची को अकेले छोड़ दिया है और अपने गटरगश्ती करने चली गयी हो।'

पर कोई जवाब नहीं मिला। मैं तेजी से घर के अन्दर गया। मैं गुस्से से भरा हुआ था। कान्ति गुसलखाने के सामने पड़ी थी। उसकी आँखें बन्द थीं और अकड़ी हुई थी। मैं एकदम घबरा गया। क्या यह मर गयी?

मैंने आगे बढ़कर उसकी नब्ज देखी। नब्ज अनियंत्रित गति से चल रही थी। मैंने पानी लाकर उसके मुँह पर छिड़का। इतने पर भी उसको होश नहीं हुआ। मैं बेहद घबरा गया था। आखिर किसको पुकारूँ? मुहल्ले में मैं किसी से मिलता-जुलता नहीं था, बल्कि सबसे अलग-थलग रहता था। मैंने उसकी नाक दबाकर देखा।

कुछ देर में उसने आँखें खोलीं। आँखें खोलते ही वह कराहने लगी।

'क्या बात है कान्ति?' मैंने उसके चेहरे पर झुककर कहा।

'कुछ नहीं...।' उसने उठने की कोशिश की, पर उससे उठा नही गया।

'रहो, मैं उठाता हूँ।'

मैंने उसको पकड़कर उठाया। मैं उसको गोद में उठाकर ले जाना चाहता था, पर उसने इशारे से मना कर दिया। फिर मैंने उसके हाथ और कंधे को पकड़कर उठाया। उसने खड़ी होकर अपने से चलने की कोशिश की, लेकिन उससे चला नहीं गया तो उसने मेरा हाथ पकड़ लिया। उसका बदन काँप रहा था। उसके शरीर में जरा भी शक्ति नहीं थी, और जोर लगाने से वह काँप रही थी।

कमरे में आकर वह लेट गयी। बच्ची अब भी रो रही थी। मैंने उसको गोद में उठा लिया और चुप कराने लगा। कान्ति आँखें बन्द करके कराह रही थी। बच्ची अब चुप हो गयी तो मैं कान्ति के पास आकर बैठ गया। मेरी घबराहट अब भी दूर नहीं हुई थी।

'कहो कान्ति, तुम्हारी अब कैसी तबीयत है?' मैंने उससे धीरे से पूछा।

'ठीक नहीं है।...आप रजनी को बुला दीजिए।'

'रजनी को?' मेरे मुँह से आश्चर्य से निकला, 'रजनी क्या करेगी? मैं तुमको डॉक्टर के यहाँ ले चलता हूँ।'

'नहीं, उसको बुला दीजिए। मेरी यह प्रार्थना मत ठुकराइए। मेरी तबीयत ठीक नहीं है। रजनी आकर सम्हाल लेगी। वह घर को बहुत अच्छा सम्हालती है।...मैं जानती हूँ कि वह मुझसे नाराज है, पर मैं उसको मना लूँगी। वह मेरा कहना मान जाएगी...वह बहुत ही अच्छी है।'

'पर तुम्हें हो क्या गया है, जरा मैं भी सुनूँ? गुसलखाने के सामने तुम कैसे बेहोश पड़ी थीं?'

'क्या बताऊँ...कई दिन से मुझे दस्त हो रहे थे। मैंने सोचा कि ठीक हो जाएगा। आज सवेरे से ही बड़ी तकलीफ थी। पेट में बहुत दर्द था। कई बार दस्त के साथ खून भी आया। शाम को हालत इतनी खराब हो गयी कि मुझसे कोई काम नहीं किया गया। मैं दूध भी गर्म नहीं कर सकी बिटिया को पिलाने के लिए। आपके आने के पहले बहुत लम्बा दस्त भी हुआ। खून भी आया। मुझमें कुछ भी ताकत नहीं रह गयी थी। जब गुसलखाने से हाथ-मुँह धोकर बाहर निकली तो मुझे पता नहीं कैसी सनसनाहट होने लगी। एक बार जोर का चक्कर आया। फिर चारों ओर अँधेरा छा गया...।'

वह जल्दी-जल्दी बोलने की कोशिश कर रही थी, पर वह थककर कराहने लगी। फिर कुछ देर बाद बोली, 'इसलिए मैं कहती हूँ कि रजनी को बुला दीजिए। मैं खाना भी नहीं बना सकी हूँ...वह आकर सम्हाल लेगी।'

'मुझे भूख नहीं है। चलो डॉक्टर के यहाँ...।'

'चलूँगी डॉक्टर के यहाँ। पर आप उसको बुला दीजिए न।'

'उसको बुलाने से कोई फायदा नहीं। बेकार है।'

'मैं आपके पैरों पड़ती हूँ। मेरा कहना मानिए।'

'तुम बेकार की जिद कर रही हो।' मुझे क्रोध आ रहा था।

'जिद ही समझिए, पर उसको बुला दीजिए न। मेरा मन कहता है कि वह आएगी तो सब सम्हाल लेगी।'

15

मैंने नहीं सोचा था कि मुझे रजनी के घर फिर जाना पड़ेगा, पर कान्ति ने मुझसे इस तरह गिड़गिड़ाकर प्रार्थना की थी, जैसे वह मृत्युशैया पर पड़ी हो और यह उसकी अन्तिम इच्छा हो। मुझे मन पर पत्थर रखकर रजनी के यहाँ जाना पड़ा।

पर मुझे अचम्भा यह हो रहा था कि कान्ति बार-बार रजनी की चर्चा क्यों करती है? रजनी तो उसको एक बार भी पूछने नहीं आयी थी, लेकिन यह उसकी याद इस तरह क्यों कर रही है? ऐसी बीमारी की हालत में भी वह रजनी को याद की थी! आखिर उसको रजनी पर इतना क्यों विश्वास था?

लगभग साढ़े सात का समय था। मेरा मन पीछे भाग रहा था, लेकिन मेरे पाँव रजनी के घर की ओर बढ़े जा रहे थे। मेरे शरीर में जैसे खून नहीं था। मेरे अन्दर भय एवं आशंकाओं के अलावा कुछ नहीं था। कैसी अपमानजनक परिस्थिति यह थी! रजनी ने मुझे कुत्ते की तरह दुरदुराया था। उसने मेरे प्यार को निर्ममतापूर्वक ठुकराया था। मेरा दिल रोज ही उसके लिए रोता था, जबकि वह सुखपूर्वक जीवन व्यतीत कर रही थी। उसको क्या चिन्ता थी कि मेरी क्या हालत है! पर उससे मदद की भीख माँगने मुझे फिर जाना पड़ रहा था। मेरा मन विद्रोह कर उठा। यदि रजनी ने फिर दुर्व्यवहार किया और कान्ति के पास चलने से इनकार किया तो मैं क्या करूँगा? मेरी इच्छा हुई कि मैं लौट चलूँ और जाकर कान्ति से झूठ-मूठ कह दूँ कि रजनी ने इनकार कर दिया। लेकिन मुझे कान्ति की गिड़गिड़ाहट याद आयी। यदि कान्ति को कुछ हो गया तो मुझे उसकी यह प्रार्थना न मानने का कितना दुःख होगा?

रजनी और उसकी माँ कमरे में बैठी थीं। रजनी कुछ पढ़ रही थी। मुझे देखकर वह चौंक उठी। रजनी के चेहरे पर न मालूम कैसा पीलापन छा गया। मैंने रजनी की माँ को नमस्कार किया। मैं जाकर कान्ति का सन्देश फौरन कहना चाहता था, पर मेरे मुँह से सहसा कोई आवाज न निकली।

'कहो बेटा, क्या बात है, क्यों इस तरह घबराये हुए हो? सब ठीक है न?' रजनी की माँ ने पूछा।

'माता जी, कान्ति की तबीयत बहुत खराब है। जरा रजनी को भेज दीजिए मेरे यहाँ। कान्ति ने हाथ जोड़कर प्रार्थना की है रजनी को भेजने के लिए...'

'क्या हुआ उनको?' रजनी ने काँपती आवाज में पूछा।

'मैं दफ्तर से पहुँचा तो वह गुसलखाने के सामने पड़ी थी। मैं डॉक्टर के यहाँ ले जा रहा था, पर उसने पहले रजनी को बुलाने के लिए कहा। मैं खुद कष्ट देने के खिलाफ था, लेकिन कान्ति ने जिद करके मुझे यहाँ भेजा। आपकी बड़ी कृपा होगी, यदि आप रजनी को कुछ देर के लिए वहाँ भेज दें...।' मैंने रजनी की माँ से ही कहा। मैंने महसूस किया कि मेरा स्वर स्वयं काँप रहा है।

'हाँ-हाँ। रजनी, जाओ बेटी! कहो तो मैं भी चलूँ?'

'नहीं। अगर कोई बात होगी तो आपको बुला लूँगा।'

रजनी तैयार होने के लिए कमरे में चली गयी। कुछ देर बाद वह आयी। हम दोनों बाहर निकल पड़े। रजनी की माँ ने बार-बार याद दिलाया कि कोई बात होने पर मुझे अवश्य बुला लेना।

बाहर निकलकर मैंने एक रिक्शा कर लिया। मैं अपने शरीर को सिकोड़कर बैठा था। रजनी की ओर मैं नहीं देख रहा था। रजनी मेरी ओर बार-बार देख रही थी, यह मैंने महसूस किया। पर तब भी मैंने उसकी ओर नहीं देखा और न हीं मैं कुछ बोला।

'क्या उनके पास और कोई है?' रजनी ने पूछा।

'नहीं।' मैंने सामने देखते हुए कहा।

इसके बाद हम दोनों में कोई बात नहीं हुई। रजनी भी अपने सामने देखने लगी। कुछ देर बाद हम घर पहुँच गए।

कान्ति अब भी लेटकर कराह रही थी। बच्ची सो रही थी। रजनी कमरे में पहुँचते ही जल्दी से कान्ति के पास चली गयी। रजनी ने उसके चेहरे पर झुककर कहा, 'कैसी तबीयत है जीजी?'

'तुम आ गयीं, रजनी? तुम मुझसे इतना नाराज कैसे हो सकी? क्या मैंने कभी तुम्हारे दिल को दुखाया है?'

'ऐसा न कहिए, जीजी! मुझसे बहुत गलती हो गयी।' रजनी रोने लगी।

'रोओ न बहन! मैं जानती हूँ कि तुम्हारे दिल में मेरे खिलाफ कुछ भी नहीं है। मैं तुमको जानती हूँ। तुम मेरी छोटी बहन हो। बात यह है रजनी, कि मेरी तबीयत बहुत खराब है। बहुत दिनों से मैं बरदाश्त करने की कोशिश कर रही थी, लेकिन अब मुझमें कुछ है नहीं, रजनी। आज मेरी हालत इतनी खराब हुई कि मैं खाना भी नहीं बना सकी। तुम इस घर को कुछ दिनों के लिए सम्हाल दो। इनको किसी तरह की तकलीफ न होने पाये।'

कान्ति थककर चुप हो गयी। उसने अपना हाथ रजनी की गोद में रख दिया। रजनी सिसकने लगी। फिर उसने जल्दी से अपनी आँखें पोंछकर कहा, 'आप किसी तरह की चिन्ता न कीजिए। इतने दिनों तक मैं आपके पास नहीं आयी, इसके लिए मैं अपने को कभी भी क्षमा नहीं करूँगी। आप जरूर अच्छी हो जाएँगी। आपको कुछ नहीं हुआ है। चलिए, मैं आपको डॉक्टर के पास ले चलूँ।'

'नहीं, तुम यहीं रहो। ये हमको डॉक्टर के यहाँ ले चलेंगे। तुम खाने के लिए कुछ बना देना। बच्ची को दूध गर्म करके पिला देना। इसकी किस्मत भी बड़ी खराब है। कोई सुख नहीं पा सकी यह माँ से। तब तक हम डॉक्टर के यहाँ

से आ जाएँगे।'

'आप किस डॉक्टर के पास ले जाएँगे इनको?' रजनी ने मुझसे कहा।

'तुम ही बताओ। मैं तो यहाँ के लिए नया हूँ।'

'आप डॉक्टर चटर्जी के पास ले जाइए। वह रात में दस बजे तक बैठते हैं, लेकिन उनके यहाँ पहले ही जाना पड़ता है। टिकट मिलता है। आप फौरन चले जाइए। जाकर रिक्शा ले आइए, तब तक मैं जीजी को तैयार करती हूँ।' रजनी ने आदेशात्मक स्वर में कहा।

मैं फौरन रिक्शा ले आने के लिए चला गया। मैं जब आया तो रजनी ने कान्ति को तैयार कर दिया था।

'तुम अकेले रहोगी? मुहल्ले के किसी औरत से कह दूँ? वैसे कोई खतरा नहीं है यहाँ। सभी भले लोग हैं।' कान्ति ने कहा।

'आप चिन्ता न करें। मुझे कोई डर नहीं है।' रजनी ने लापरवाही से उत्तर दिया।

हम रिक्शे पर बैठ गए। रिक्शा चला तो मुझे रजनी के व्यवहार पर अचम्भा हो रहा था। मुझे तो पहले विश्वास ही नहीं था कि रजनी मेरे घर आएगी। फिर उसका व्यवहार एकदम बदल गया था। वह कुछ महीने पूर्व मुझसे किस तरह कठोरता से पेश आयी थी! लेकिन उस कटुता का कोई भी अवशेष उसके चेहरे पर नहीं था। वह विनम्रता, कोमलता एवं करुणा की मूर्ति बनी हुई थी। कान्ति के पास आकर वह किस तरह सुबकती रही! आखिर उसमें कौन-सा परिवर्तन हो गया था? लेकिन मेरी समझ में कुछ नहीं आया।

'देखिए न, इस रजनी में कोई जादू है।' कान्ति ने रास्ते में कहा।

'क्या बात है?'

'इसके आते ही मुझे बड़ा इत्मीनान हो गया। जैसे अब मुझे घबराने की कोई जरूरत नहीं है।'

'तुमने बेकार उसको कष्ट दिया।' मैंने कहा।

'पता नहीं, मुझे क्या हो गया था। मुझे ऐसा लगा कि मैं अब जिन्दा नहीं रहूँगी। ऐसा खयाल आने पर मुझे पता नहीं क्यों उसी का खयाल आया। हमारा यहाँ कोई है भी तो नहीं। उस बार बच्ची के होने में किस तरह उसने सम्हाला था? वह किस तरह मुझसे हिल-मिल गयी थी? यही सब बातें मेरे दिल में आयी थीं। मुझे वह बहुत अच्छी लगती है। एकदम सगी बहन की तरह व्यवहार करती है। कुछ दुबली जरूर हो गयी है पहले से...।'

मैं कुछ नहीं बोला। मुझे रजनी का रोना याद आ रहा था। किस तरह

सिसक रही थी? इसी तरह कई बार वह मुझको पकड़कर रोयी थी! वह कितनी कोमल और साथ ही कितनी कठोर हो सकती है! पर वह इस तरह कैसे बदल गयी? उसका व्यवहार देखते-ही-देखते एकदम बदल गया था। क्या ऐसा सम्भव है कि उसके दिल में अब भी मेरे लिए प्यार मौजूद है? अगर ऐसा न होता तो वह कैसे यहाँ आती और उसकी माँ भी कैसे यहाँ आने की इजाजत उसको देती? इसका अर्थ यह था कि उसने मेरे साथ जो रुखाई का व्यवहार किया था, वह अपनी माँ के संकेत पर नहीं। और न ही उसने मेरी कोई शिकायत अपनी माँ से की थी। उसकी माँ शायद यही समझती हो कि हम लोगों के बीच अब भी वैसा ही सम्बन्ध कायम है! तभी उन्होंने उसको निस्संकोच भेज दिया था। इसका साफ अर्थ यही था कि रजनी मुझे अब भी प्यार करती है। किसी परिस्थिति के वश होकर उसने मेरे साथ रुखाई का व्यवहार किया था, लेकिन अब वह अपने व्यवहार पर पश्चात्ताप कर रही है। उसी पश्चात्ताप को प्रकट करने के लिए वह इतनी तत्परता से यहाँ आयी थी और कान्ति को देखकर इस तरह रोयी थी।

यह सब सोचते ही बेहद व्याकुल हो उठा। उसके लिए मैं झूमने लगा। मेरा मन उसके लिए बेहद व्याकुल हो उठा। उसके लिए मेरा प्यार कितना अधिक था, यह सोचकर मुझे आश्चर्य होने लगा। साथ ही इस पर अपार गर्व भी हुआ कि मैं उसको प्यार करता हूँ।

डॉक्टर के यहाँ हम लोग बहुत जल्दी पहुँच गए थे। अभी मरीज आना शुरू ही हुआ था। मैंने टिकट ले लिया, पर अभी डॉक्टर के आने में डेढ़ घंटा बाकी था। मैंने कान्ति को एक बेंच पर लेटाना चाहा, पर उसने कहा कि उसकी हालत पहले से अच्छी है और वह लेटेगी नहीं, बल्कि बैठेगी।

मैं कुछ देर तक उसके पास बैठा रहा, पर मेरा मन रजनी के पास उड़ रहा था। मुझे ऐसा लग रहा था कि यदि मैं इस समय रजनी के पास चलूँ तो वह आगे बढ़कर उसी तरह मुझसे लिपट जाएगी और अपने पुराने व्यवहार के लिए पश्चात्ताप करेगी। यदि उसके मन में पश्चात्ताप का भाव पैदा न होता तो वह मेरे यहाँ आयी ही न होती।

सहसा मुझे क्या हो गया। मैं उठ खड़ा हुआ। मैंने कान्ति से कहा, 'यहाँ एक मेरा मित्र रहता है। उसका डॉक्टर चटर्जी से बहुत अच्छी जान-पहचान है। उसको मैं बुला लाता हूँ। वह आ जाएगा तो डॉक्टर बहुत अच्छी तरह से तुमको देखेंगे। तुम घबराओगी तो नहीं?'

'नहीं, आप जाइए।' कान्ति ने कहा।

'पर अगर अकेले में कोई घबराहट हो या परेशानी हो तो कहो, मैं रुक जाऊँ। यह न हो कि उधर जाऊँ और इधर तुम्हारी परेशानी बढ़ जाए। तुम यदि लेट जाओगी तो तुमको बड़ा आराम मिलेगा। तुम लेट क्यों नहीं जातीं? मैं कम्पाउण्डर से कहे जाता हूँ। वह तुम्हारा खयाल रखेगा। मैं अभी आता हूँ।'

'आप जाइए न। मैं पहले से आराम का अनुभव कर रही हूँ। कोई बात होगी तो मैं कम्पाउण्डर से खुद कहूँगी। घबराने की कोई बात नहीं। आप इत्मीनान से हो आइए।'

मैं उसको वहीं पर छोड़कर चल पड़ा। मेरे पैर काँप रहे थे। हृदय की गति तेज हो गयी थी। मैं आशंकाओं तथा उम्मीदों की लहरों पर झूल रहा था। कहीं रजनी मेरे साथ पहले ही जैसा व्यवहार न करे। यह सोचते ही मेरा मन निराशाओं से भर उठता और मेरी इच्छा करती कि वापस लौट चलूँ। लेकिन कुछ ही क्षणों बाद मेरे हृदय में उम्मीदों का ज्वार उठता और मैं रजनी के लिए पागल हो उठता।

मैंने घर पर पहुँचकर दरवाजा खटखटाया। रजनी ने फौरन दरवाजा खोला। मुझको अकेला देखकर वह बेहद डर गयी। उसका चेहरा स्याह पड़ गया। उसको लगा कि कान्ति अब इस दुनिया में नहीं है, इसलिए मैं उसको बुलाने आया हूँ।

'कहिए, कैसी तबीयत है उनकी?' उसने डरे हुए स्वर में पूछा।

'अच्छी तो है। मैं जल्दी में यहाँ पैसे छोड़ गया था। वहाँ जाकर बड़े चक्कर में पड़ा। खैर, कान्ति की तबीयत पहले से सम्हली हुई है। उसी के कहने से मैं आया हूँ। मजबूरी भी थी। अभी डॉक्टर के आने में बहुत देर है। मैंने उसका नम्बर ले लिया है और वह बेंच पर लेटी हुई है।' मैंने झूठ-मूठ कहा।

'मैं तो आपको अकेला देखकर बेहद डर गयी थी। आपको रुपयों की कमी पड़े तो मेरे पास रुपए हैं। मैं अपने साथ लेती आयी हूँ। आप किसी बात का संकोच न करें।'

'नहीं, मेरे पास हैं। मैं तो भूल गया था।' मैंने उसकी ओर देखा।

वह मेरी ओर एकटक देख रही थी। वही प्यार-भरी आँखें, जो मुझे उन्मत्त बना देती थीं और जिनके लिए मैं इतना व्याकुल रहता था।

'आप नाराज हैं न?' रजनी ने धीरे से पूछा।

मेरे दिल में जैसे कोई रोशनी जल उठी। मैं इससे अधिक कुछ सोच न सका। मैंने आगे बढ़कर उसको अपने आलिंगन में ले लिया। वह सिसकने लगी। फिर उसने अपने को जल्दी ही मुक्त कर लिया।

वह रोती हुई बोली, 'मैं आज अपने को रोक नहीं सकी। मैंने सोचा था कि

आपसे कभी नहीं बोलूँगी, लेकिन आज आपका घबड़ाया हुआ चेहरा देखकर मेरे दिल के जैसे टुकड़े-टुकड़े हो गए। मैंने उस दिन आपसे रुखाई का व्यवहार किया, आप पर मैंने अन्याय किया। पर अपने ऊपर भारी अन्याय करके मैंने यह सब किया था। मैं रोज ही आपके लिए रोती थी। रात में देर तक रोती रहती थी। मुझे खाना-पीना कुछ भी अच्छा नहीं लगता था। नींद नहीं आती थी। जानते हैं, यह सब क्यों हुआ?' उसने आँसुओं में डूबी दृष्टि से मुझको देखकर पूछा।

मैंने कोई जवाब नहीं दिया, बल्कि उसको एकटक देखता रहा।

वह बोली, 'मैं आपको पहले ही दिन प्यार करने लगी थी। आपको जब देखा तो मुझे ऐसा लगा कि जैसे जिस पुरुष की मुझे तलाश थी, वह आखिर मुझे मिल गया। पहले मुझे यह मालूम भी न हुआ कि आपकी शादी हो चुकी है। पर यदि मालूम भी होता तो मैं आपको प्यार करने से न रुकती। आपके सम्पर्क में आने पर यह प्यार दिन दूना रात चौगुना बढ़ने लगा। मेरी खुशी का अन्त नहीं था। मुझे किसी बात की चिन्ता नहीं थी। मैं आपको केवल प्यार करती थी और इससे अधिक मुझे कुछ चाहिए भी नहीं था। भगवान जानता है कि वह प्यार मेरे दिल में अब भी ज्वाला की तरह जल रहा है। मैंने उसको दबाने और खत्म करने की कई बार कोशिश की, लेकिन वह उलटे और तेजी से जलने लगा है। खैर, कुछ दिन बाद मेरी मुलाकात कान्ति जीजी से हुई। मैंने जब से सुना कि आपकी शादी हो गयी है, तब से मैं उनको देखने के लिए बेचैन रहने लगी। मैं उनको देखकर यह इत्मीनान करना चाहती थी कि वह बदसूरत और स्वभाव की बुरी हैं। इसलिए मैं अकेले आपके घर पहुँच गयी। खूबसूरत तो वह नहीं, लेकिन उनके स्वभाव को देखकर मैं हैरत में आ गयी। उनके दिल में कोई मैल नहीं। बच्चों की तरह सरल स्वभाव। वह मुझसे इस तरह मिलीं जैसे उनसे मेरा बहुत दिनों का सम्बन्ध और जान-पहचान है। मैंने भी उनके साथ वैसा ही व्यवहार किया। हम दोनों ही बहुत तेजी से निकट आए। उनकी अच्छाई मुझे मन से अच्छी नहीं लगी, क्योंकि मैं चाहती थी कि वह बदसूरत तथा दुष्टा हो, जिससे मुझे आपसे प्यार करने का सन्तोष प्राप्त हो, पर मुझे आधा ही सन्तोष मिला। लेकिन यही बहुत काफी था, और चूँकि मैं उस समय उसको ठीक से समझ नहीं सकी, इसलिए मैंने उसको पूर्ण सन्तोष की तरह ग्रहण किया। फिर भी मैं उनकी उपेक्षा न कर सकी। वह मुझे इस तरह विश्वास करती थीं और मुझसे इस तरह प्यार का बर्ताव करती थीं कि मैं उनके पास आकर अपनी सभी बुराइयाँ भूल जाती थी और उनकी होकर रह जाती थी। उनकी सेवा करने से मुझे कभी सन्तोष नहीं होता था, और मैं उनके लिए अधिक-से-अधिक करने को आतुर रहती, यद्यपि

स्वस्थ रहने पर वह मुझको बहुत कुछ करने न देतीं। पर मुझे उस समय यह समझ में न आया था कि उनका स्वभाव एक ऐसी स्त्री की तरह है और शायद जीवन भी, जिनका मैं दुनिया में अत्यधिक प्यार करती हूँ। क्या आप समझ गए कि वह कौन है?'

'मैं नहीं समझा।' मैंने कहा।

'वह हैं मेरी माँ।

'माँ?' मेरे मुँह से फुसफुसाये स्वर में आवाज निकली।

'हाँ। वही हैं। कान्ति जीजी का स्वभाव ठीक मेरी माँ की तरह है। मेरी माँ भी ऐसे ही निर्मल स्वभाव की हैं। वह भी बहुत जल्दी सबका विश्वास कर लेती हैं पर पहले यह मुझे मालूम नहीं हुआ। और न ही मुझे किसी बात की चिन्ता थी। लेकिन दिन-पर-दिन मेरा प्यार बढ़ने लगा और मैं दिन-रात आपके खयालों में डूबी रहने लगी तो मुझे उनके प्रति भारी ईर्ष्या की भावना उत्पन्न हुई। यह भावना पहले भी थी लेकिन अब तो जैसे वह विस्फोट कर उठी। इस ईर्ष्या की वजह से मैं कान्ति जीजी के पास जाकर घमंड से फूल उठती। मुझे पता नहीं कैसा क्रोध आता। मैं उनकी आलोचना करने लगी। उनको उपदेश देकर अपनी श्रेष्ठता कायम करने की कोशिश करती। पर वह मेरी बातों पर इसी तरह हँसती रहतीं। मुझे कोई नादान बच्ची समझतीं। मुझे इस पर और भी गुस्सा आता। मैं उनका और अपमान करने की कोशिश करती। इसका भी वह बुरा नहीं मानतीं। मैं आप पर पूर्ण अधिकार करने को व्याकुल थी। लेकिन उस दिन...।' उसकी आँखों से और भी तेजी से आँसू गिरने लगे, जिससे उसका बोलना बन्द हो गया और वह उनको आँचल से पोंछने लगी।

'हाँ; उस दिन क्या हुआ?' मैंने उससे पूछा।

'उस दिन जब वह मेरी बात पर हँसी थीं तो मुझे बड़ा गुस्सा आया था। लेकिन उनके निर्मल व्यवहार का मुझ पर बहुत ही गहरा असर पड़ा था और मैं रोने लगी थी। बात यह थी कि दो-चार दिन पहले से ही मैं समझ चुकी थी कि मैं उन पर घोर अन्याय कर रही हूँ। उस दिन मेरा मन बहुत ही दु:खित था। मैं अपने होश में नहीं थी। आपने मुझे बुलाया, तब भी मैं आपके पास नहीं आयी। घर पहुँचकर मैं चारपाई पर गिर पड़ी। फिर मैं सब कुछ समझ गयी थी। मुझे ऐसा प्रतीत हो रहा था कि मैं उनके साथ वैसा ही अन्याय कर रही हूँ, जैसा मेरी माँ के साथ हुआ था।'

'माँ के साथ?' मैं आतंक से बोला।

'हाँ, माँ के साथ। मेरे सामने यह बात दिन की तरह स्पष्ट होती गयी कि वह

मेरी माँ की ही तरह सीधी-सादी हैं और उनके साथ मैं घोर अन्याय कर रही हूँ। समानता के इस एहसास ने मुझे एक ऐसे पक्षी की तरह घायल कर दिया, जो शिकारी की चोट खाकर जमीन पर गिरकर तड़फड़ाने लगता है। आप नहीं जानते, मेरी माँ ने बहुत दुःख उठाया है। उनको किसने दुःख नहीं दिया है? उनकी सिधाई का, सच्चाई का सबने फायदा उठाया। आपसे आज सभी बातें सच कह रही हूँ। आपसे मुझे क्या छिपाना? आपसे यह सब मैं छिपाना चाहती थी, पर आपको देखकर मेरा निश्चय बालू की दीवार की तरह भरभराकर गिर पड़ा। मेरे मन में यह लालच पैदा हुआ कि मैं आपको सारी बातें समझा दूँ, जिससे आप मुझको गलत न समझें। हाँ, तो मैं अपनी माँ की बात कर रही थी। मेरी माँ की सच्चाई और सिधाई का मेरे पिता जी ने बड़ा नाजायज फायदा उठाया था। माँ उनका बेहद विश्वास करती थीं। वह उनको प्यार भी बहुत करती थीं। माँ उनके लिए कोई भी कुर्बानी कर सकती थीं। वह उनकी हर गलती और ज्यादती को क्षमा कर सकती थीं और कर देती थीं। माँ के इसी दुःख ने मुझे व्यावहारिक बनाया है। मुझे किसी का अन्याय बरदाश्त नहीं होता। मैं बेहद सतर्क रहती हूँ और मुझे कोई धोखा नहीं दे सकता। पर यहाँ तो मैं खुद अन्याय कर रही थी...।'

उसके आँसू अब भी गिर रहे थे। वह उनको रूमाल से पोंछती जा रही थी। मैं पत्थर का बुत बना उसकी ओर देख रहा था। उसने आगे कहा, 'माँ की इस सिधाई का पिता जी ने गलत मतलब लगाया। वह अपने को पूर्ण स्वतन्त्र समझने लगे। माँ का स्वयं विश्वास था कि पुरुषों को स्वतन्त्र रहना चाहिए और उनकी हर ज्यादती क्षम्य है। मुझे इस विचार से बहुत नफरत है। प्यार-मुहब्बत समानता के स्तर पर ही सम्भव होता है। माता जी पिता जी की हर गलती को नजर अन्दाज कर देतीं तथा उनका यह अधिकार भी समझतीं, इसलिए पिता जी माता जी को बहुत ही हीन और नगण्य समझने लगे। इतना तो खैर कोई बात नहीं थी, पर वह आगे बढ़ गए, और किसी स्त्री को प्यार करने लगे। शराब तथा अन्य नशे उनके बेहद बढ़ गए। मुझे बहुत-सी बातें याद हैं। वह नशे में आते थे और माता जी से गाली-गलौज करते थे। कभी-कभी हाथ छोड़ देते थे। माता जी इन सबको बरदाश्त करती थीं। मुझे उस समय भी इससे बड़ी नफरत होती थी। माता जी का रोना मुझे बहुत ही बुरा लगता था। इसके बाद पिता जी की प्रेमिका भी घर में आने लगी थी। पिता जी उसको जबरदस्ती ले आते थे। वह भी शराब में धुत्त रहती थी और माता जी के साथ गाली-गलौज और मारपीट करती थी। इसी को नरक कहते हैं। माता जी के लिए वह जिन्दगी नरक के समान थी। यह

सब पता नहीं कितने वर्ष तक चला। माँ घर के अन्दर जमीन पर लेटकर रो-रोकर सिर धुनती रहती थी। मैं उनके पास खड़ी होकर खुद रोने-चिल्लाने लगती थी। मुझ पर कितना भय और आतंक छाया रहता! पिता जी मुझको भी प्यार नहीं करते थे। मुझे वह देख कर लाल-लाल आँखों से घूरने लगते थे। मैं उनके पास से फौरन खिसक जाती थी। फिर एक दिन पिता जी की अचानक हृदय की गति रुक जाने से मृत्यु हो गयी थी।'

'मृत्यु?'

'हाँ, मृत्यु! ऐसी जिन्दगी का नतीजा इसी तरह निकला। हम लोगों पर घोर विपत्ति पड़ी, पर इससे पहले क्या अच्छी हालत थी? उस दिन आपके यहाँ से आकर मैं यही सब सोच रही थी। मुझे कान्ति जीजी की हालत ठीक मेरी माँ की तरह लगी। और मैं उनके साथ वैसा ही व्यवहार करने जा रही थी, जैसा व्यवहार पिता जी की प्रेमिका मेरी माँ के साथ करती थी। मैं अपने से नफरत करने लगी थीं। यह कैसा अभिशाप था! जिन बातों से मैं मन से घृणा करती थी, उन्हीं बातों को मैं व्यवहार में ला रही थी। मेरे सामने बार-बार कान्ति जीजी का चेहरा आ जाता। उनका निर्मल और पवित्र स्वभाव। उनकी हर चीज बरदाश्त करने की आदत। यह आदत कितनी बुरी है! यह एक रोग है। बरदाश्त की एक सीमा होती है। मैंने उसी समय निश्चय कर लिया कि कान्ति जीजी के साथ ऐसा व्यवहार कभी नहीं करूँगी, चाहे इसके लिए अपने प्यार का गला भी घोंटना क्यों न पड़े। और मैंने अपने प्यार का गला घोंटने का ही निश्चय किया। यह कितना कठिन था। यह मेरे लिए आत्महत्या के समान था। अपने ऊपर कितना बड़ा अन्याय करके मैं आपसे वे बातें कह सकीं। और आपका मुँह देखकर मेरे दिल के सैकड़ों टुकड़े हो गए थे। मैंने यह निश्चय करके ही जाना कि मैं आपको कितना प्यार करती हूँ। एक-एक मिनट काटना मेरे लिए मुश्किल था। लेकिन मैंने यह सब बरदाश्त करने का निश्चय कर लिया था। मैंने कई बार आत्महत्या का निश्चय किया। यह घोर निराशा और दु:ख की वजह से ही होता था। पर माँ की वजह से मैं यह भी नहीं कर सकती थी। मैं दिल पर पत्थर रखकर दफ्तर जाती थी। मैं आपके प्रति कठोरता का ढोंग करती थी, पर मेरा दिल आपके लिए सदा बेचैन रहता था। मैं आपसे अधिक-से-अधिक दूर रहना चाहती थी, ताकि मेरा निश्चय ढहने न पाये। लेकिन यह भी साफ न हुआ और जब आपने कान्ति जीजी की बीमारी का समाचार सुनाया तो मेरा निश्चय डिग गया। मैं उनकी इच्छा को टाल नहीं सकती थी। मैं उनकी मन-ही-मन बहुत ही इज्जत करती थी। जब मैं यहाँ पहुँची तो मैं अपने होश में नहीं थी।'

रजनी की आँखों से फिर तेजी से आँसू गिरने लगे थे। मैं सहसा बोला, 'रजनी, मेरी वजह से तुमको इतनी तकलीफ हुई।'

'नहीं, इसमें आपका दोष नहीं। यह किसी का दोष नहीं। सबसे पहले तो मैं ही आपके प्रति आकर्षित हुई थी। मैंने ही आपको अपनी ओर खींचा था। मैं आपको शुरू से ही बेहद प्यार करने लगी थी। और यह प्यार हमेशा बना रहेगा। इसको जीवन-भर मैं अपने से अलग नहीं कर सकती। पर इससे अधिक मैं क्या कर सकती हूँ? मैं कान्ति जीजी पर किसी प्रकार का अत्याचार-अन्याय देख नहीं सकती।'

'तो क्या तुम्हारा यही विश्वास है रजनी, कि मैं कान्ति पर अत्याचार-अन्याय करता हूँ?'

'मैं यह नहीं कहती। आपके बारे में मैंने कभी यह नहीं सोचा। मैं सारा दोष अपने को देती हूँ, क्योंकि मैंने ही आपको सबसे पहले प्यार करना शुरू किया था और अब भी कर रही हूँ। लेकिन मैं कान्ति जीजी को अपनी ओर से कोई दुःख नहीं देना चाहती थी, क्योंकि वह मेरी माँ की तरह निर्मल स्वभाव की थी। इसीलिए मैंने आपसे अलग रहने का निश्चय किया।'

'अब भी तुम्हारा यही निश्चय है?'

'हाँ, मैं इस निश्चय से हट नहीं सकती। आप उन पुरानी बातों को भूल जाइए।'

'लेकिन रजनी, ऐसी बातों में किसी का दोष नहीं। किसी के दुःख और सुख के लिए कोई जिम्मेदार नहीं है। मैं तुम्हारे साथ धोखा नहीं करना चाहता, मैं तो केवल तुमसे प्यार करता हूँ। तुम मेरी हो, सदा के लिए मेरी हो, हम दोनों एक दूसरे के लिए पैदा हुए हैं। हम एक-दूसरे को कितना प्यार करते थे? मेरा मन तो यही कहता है कि हम दोनों को कोई शक्ति अलग नहीं कर सकती।' यह कहकर मैं उसकी ओर आगे बढ़ा।

वह भय से मुझे देखने लगी। फिर पीछे हटती हुई बोली, 'नहीं...अब मुझे न छुइएगा। आप यही समझिए कि रजनी मर गयी। आप मुझे स्पर्श कीजिएगा तो मुझे जिन्दा न पाइएगा।'

'क्या तुम यही कहती हो?' मैंने रुककर रुआँसे स्वर में पूछा।

'हाँ, मैं यही कहती हूँ।' वह बोली।

'आखिरी निश्चय है तुम्हारा?'

'जी हाँ।'

'ठीक है रजनी, मेरी ओर से अब कोई शिकायत नहीं सुनोगी। मैंने तुमको

अपने दिल की सारी शक्ति से प्यार किया। वही प्यार मेरे जीवन को सदा गौरवान्वित करेगा, क्योंकि इसके पहले मैंने किसी को प्यार नहीं किया था और न किसी ने मुझको प्यार किया था। मैं तुम्हारा इस अर्थ में भी कृतज्ञ हूँ कि तुमने मुझे कान्ति को देखने की एक नयी दृष्टि दी। कान्ति की मैंने बहुत उपेक्षा की है, यद्यपि कान्ति ने ही मुझको आदमी बनाया है। उसी ने अपने सारे गहने बेचकर मुझे पढ़ाया-लिखाया। कान्ति के प्रति अब मुझसे व्यवहार की कोई गलती नहीं होगी, हालाँकि मैं उसको प्यार नहीं कर सकता। प्यार तो मैंने केवल एक ही को किया है और वह तुम हो। तुम कितनी ऊँची हो, वह मैं आज जान सका हूँ। ऐसी ऊँचाई पर पहुँचने की मुझमें योग्यता नहीं है, पर भविष्य में मैं तुम्हारी ऊँचाई तक पहुँचने की कोशिश करूँगा।'

इतना कहकर मैं उसकी ओर बिना देखे कमरे से बाहर निकल आया।

16

डॉक्टर चटर्जी से कान्ति की दवा होने लगी। उन्होंने कहा कि वायुगोला है, जल्दी ही ठीक हो जाएगा। लेकिन उसकी दवा से कोई लाभ नहीं हुआ, बल्कि उससे हालत और बिगड़ गयी। इस तरह उस डॉक्टर की दो महीने तक दवा चली और उसका नतीजा यह निकला कि कान्ति ने स्थायी रूप से चारपाई पकड़ ली। वह हाड़-मांस ही रह गयी थी। उसकी आँखें गहरे गड्ढों में धँस गयी थीं। गाल पिचक गए थे। उसके चेहरे पर एक अजीब भयावह दीनता फैल गयी थी।

रजनी ने उसकी सेवा में जमीन-आसमान एक कर दिया था। वह एक तरह से मेरे घर पर ही रहती थी। सारी घर-गृहस्थी के काम-धाम वही करती थी। किसी प्रकार की कोई शिकायत नहीं। वह घंटों कान्ति के पास बैठी रहती और उसके बदन को सहलाती रहती। वह कान्ति के लिए बेहद चिन्तित रहती।

मुझे रजनी के प्रति बड़ा संकोच होता था। मैं चाहता था कि रजनी कोई काम-धाम न करे, पर उसको रोका नहीं जा सकता था। मैंने घर और ससुराल पत्र लिख दिया था। घर से तो पिता जी का जवाब आ चुका था कि माता जी की तबीयत खराब है, वह नहीं आ सकतीं। पर ससुराल से कोई जवाब नहीं आया था। मुझे यह सोचकर डर लगता था कि यदि रजनी न होती तो क्या होता?

कभी-कभी कान्ति रजनी से कहती थी, 'रजनी, तुम पहले जमाने में मेरी

माँ थीं। तुमने मेरी जो सेवा की है, उसको मैं जन्म-जन्म तक नहीं भूलूँगी।'

'आप जीजी, यह सब न सोचिए। मैं यह सब न करूँगी तो कौन करेगा?'

'पर रजनी बहन, मैं अब अच्छी नहीं हो पाऊँगी।'

'आप जरूर अच्छी होंगी। मेरा मन कहता है कि आप जरूर अच्छी हो जाएँगी।'

'तुम्हारा मन कहता है?'

'हाँ, मेरा मन कहता है।'

'तब तो मैं जरूर अच्छी हो जाऊँगी। तुम बहुत सही सोचती हो। तुम्हारे सोचने में कोई गलती हो ही नहीं सकती।'

'आप घबराइए नहीं। हो सकता है कि एक डॉक्टर की समझ में बीमारी न आयी हो, पर यहाँ तो एक-से-एक डॉक्टर हैं। मैं आपको उनके पास ले चलूँगी, किसी बात की चिन्ता न कीजिए। दुःख-तकलीफ में हमेशा आशा रखनी चाहिए।'

रजनी की बातों से उसको ढाढस होता था या नहीं, यह मैं नहीं जानता पर यह चुप होकर आँखें मूँद लेती थी। रजनी उसकी ओर दुःख से देखती रहती थी। रजनी करुणा की मूर्ति बनी हुई थी। रजनी को मैं शरीर से ही सुन्दर समझता था, पर उससे अधिक सुन्दर उसकी आत्मा थी। मैं उसकी अत्यधिक इज्जत करने लगा था। मैं उसकी अन्य कामों में मदद करने की चेष्टा करता। वह भरसक मना कर देती पर काम इतने अधिक थे कि उसको सहयोग लेना ही पड़ता था। हम कभी घंटों एकसाथ अकेले रहते थे। कभी रसोई में और कभी आँगन में कोई अन्य काम करते हुए। पर हम मुश्किल से एक-दूसरे की ओर देखते थे। मुश्किल से हममें कभी बात होती थी। जैसे हमारे सम्बन्धों के बीच एक मर्यादा की रेखा खींच दी गयी हो और उस रेखा का हम दोनों में से कोई भी उल्लंघन नहीं करना चाहता हो।

एक दिन रजनी ने मुझसे कहा, 'आप जीजी को अस्पताल में भर्ती करा दीजिए। वहाँ उनकी अच्छी देखभाल होगी। उनकी हालत ठीक नहीं है। मेरा खयाल है, वह डॉक्टर ठीक से मर्ज समझ नहीं पाया है।'

'हाँ, मुझे भी ऐसा ही लगता है। मैंने घर से लोगों को बुलाया था, पर अभी तक कोई आया नहीं।'

'आप इसकी चिन्ता न कीजिए। सबकी परेशानियाँ होती हैं। दूर का मामला है, आने-जाने में देर हो ही जाती है, पर आप घबराइए नहीं। हम लोग तो हैं ही। अगर और लोगों की मदद की जरूरत होगी तो मैं अपनी कुछ सहेलियों

को बुला लूँगी। आपको तो एकदम घबड़ाना नहीं चाहिए।'

'रजनी, मैं घबड़ाता नहीं। तुम्हारी परेशानी की बात सोचता हूँ।'

'परेशानी तो होती ही है। दु:ख-बीमारी में तो सबको परेशानी होती है, पर उससे क्या कोई बाज आता है? सबसे मुख्य चीज है मरीज को बचाना। हमको हर शर्त पर कान्ति जीजी को बचाना है।

'रजनी, मैं कोई कोशिश उठा न रखूँगा। तुम लोगों का सहारा बहुत बड़ा है।'

'आप अस्पताल कब ले चलेंगे इनको?'

'कल सवेरे ले चलूँगा।'

'हाँ, जरूर ले चलिए। एक ही डॉक्टर पर कैसे निर्भर रहा जा सकता है? मेरी माता जी भी यही कहती थीं।'

'ठीक है...तो कल...।'

'हाँ, आपको रुपयों की जरूरत पड़ेगी।'

'नहीं, रुपए हैं। उसकी कोई बात नहीं।'

'वाह, इतने रुपए आपके पास हैं कहाँ? इतना खर्च कर रहे हैं, क्या मैं आपकी हालत नहीं जानती?'

'नहीं, रुपए हैं।'

'खैर, ठीक है। पर रुपयों की चिन्ता जरा भी न कीजिएगा। रुपए जितने लगेंगे, लगाए जाएँगे। मेरे पास काफी रुपए हैं। माता जी के पास भी रुपए हैं। इसलिए मैंने कह दिया। कहीं से कर्ज-वर्ज लेने की जरूरत नहीं। आप मुझसे लेकर खर्च कीजिएगा, और बाद में जब होगा, दीजिएगा।' वह अधिकारपूर्ण स्वर में बोल रही थी।

'पर रजनी...'

'नहीं, कुछ नहीं। मैं आपकी कोई नहीं, पर जीजी के लिए यह सब मुझे करने दीजिए। मैं नहीं चाहती कि उनको कुछ हो। मैं उनको जल्दी-से-जल्दी अच्छा देखना चाहती हूँ। मुझे विश्वास भी है कि वह अच्छी हो जाएँगी। रुपए-पैसे का मामला ऐसा होता है कि आदमी संकोच करता है और काम बिगड़ जाता है। और कभी-कभी समय पर रुपए नहीं मिल पाते, या लोग काफी ब्याज पर सूद देते हैं। यह सब करने से क्या लाभ? मेरे रहते आपको यह करने की जरूरत नहीं। मेरे पास यथेष्ट रुपए न होते तो मैं न कहती। बस, इस बात को आप गाँठ बाँधकर रख लीजिए। आप कोई संकोच नहीं कीजिएगा न?' उसके स्वर में स्नेहपूर्ण हठ की झनकार थी।

'नहीं।' मैंने आज्ञाकारी बालक की तरह कहा।

'तो कल अस्पताल जरूर इनको ले चलना है।'

'हाँ, जरूर।'

17

कान्ति को अस्पताल में दाखिल करा दिया गया। जाँच-पड़ताल शुरू हो गयी। डॉक्टर ने बताया कि कान्ति के पेट में ट्यूमर है। उसकी दवा होने लगी। बच्ची के लिए कान्ति को बड़ी चिन्ता थी, लेकिन रजनी ने कहा कि चिन्ता करने की कोई बात नहीं, मैं उसकी उसी तरह देखभाल करूँगी, जिस तरह आप स्वयं करती हैं। रजनी की माँ भी कई बार अस्पताल में आयीं और उन्होंने कान्ति को आश्वासन दिया कि मैं बच्ची को और उसके बाप को किसी प्रकार का कष्ट नहीं होने दूँगी।

रजनी बच्ची को अपने घर ले गयी। कुछ ऐसे ट्रंक और सामान भी अपने घर उठा ले गयी, जो महँगे थे। फिर सारी व्यवस्था उसके घर में ही होने लगी। मैं दोनों जून वहीं खाना खाने लगा। कान्ति के लिए भोजन वहीं तैयार होने लगा। मैंने रजनी को कुछ रुपए देने चाहे पर वह इस पर बहुत नाराज हो गयी। उसने कहा कि ऐसे संकट के समय रुपए देने की जरूरत नहीं है। क्या मैं कान्ति की कोई नहीं? कान्ति के लिए मैं कोई भी कुर्बानी कर सकती हूँ, क्योंकि कान्ति मेरे लिए माँ और बड़ी बहन के समान हैं। इसमें कहीं एहसान का प्रश्न नहीं आता। यदि आपने कुछ देने की कोशिश की तो उससे मुझे बड़ा दुःख होगा। यही नहीं, रजनी ने मेरे हाथ में जबरदस्ती दो सौ रुपए रख दिये और मेरे कहने पर भी यह कहते हुए वापस लेने से इनकार कर दिया कि इसका हिसाब-किताब बाद में होगा।

उसकी माँ तथा उसका स्वभाव एक ही समान था। उन दोनों का स्वभाव बहुत ही निर्मल था। कहीं भी मैल नहीं। कहीं भी दुराव नहीं। बच्ची के आने से उसकी माँ बहुत प्रसन्न थीं! उससे उनका समय भी खूब कटता था। उसका गू-मूत साफ करने में उनको कुछ भी संकोच नहीं होता था। रजनी की मुस्तैदी, फुर्ती और शक्ति को मैंने अपनी आँखों से देखा। उस पर मुझे हैरत होती थी। दूसरों के लिए वह कैसे यह सब करती थी? अस्पताल में उनमें से हमेशा

कोई-न-कोई रहता। रात में मैं ही वहाँ रहता था। दिन में उसकी माँ रहती थीं। वह बच्ची को लेकर वहाँ चली जातीं। और शाम को रजनी चली जाती और उस समय तक रहती थी, जब तक खाना लेकर मैं चला नहीं जाता था। इतना वे लोग कर रही थीं, लेकिन चेहरे पर कभी कोई शिकन नजर नहीं आती थी। वे हमेशा मुस्कुराती रहती थीं। उन्होंने कभी एक बार भी यह नहीं कहा कि आपके घरवाले क्यों नहीं आ रहे हैं।

रजनी तथा उसकी माँ के व्यवहार ने मुझ पर गहरा असर डाला। दुःख भोगने पर भी उनका जीवन कैसे उच्चादर्शों से प्रेरित है जबकि मुझ पर जो दुःख पड़ा, उसका मैं दुनिया में प्रचार करता ही फिरता रहता हूँ तथा अपने को हीन और अभागा मानता हूँ। दरअसल मैं घोर स्वार्थी, निकम्मा तथा आलसी हूँ। मेरे सामने जीवन का क्या उद्देश्य है? एक बार मैं क्रान्तिकारियों के साथ रहा था, वह भी देश के लिए नहीं, बल्कि अपने स्वार्थ के लिए। घर के वातावरण से मुक्त होने के लिए मैं उनके दल में शामिल हुआ था और जब सब पकड़े जाने लगे तो मैं वहाँ से भाग चला। दुनिया में इतना दुःख और कष्ट है, क्या उससे मेरा ही दुःख-कष्ट बड़ा है? शादी के बाद भी मैं कैसी घोर निराशा में पड़ा था! अगर उस समय कान्ति ने मुझे सहारा न दिया होता तो मैं उस स्थिति से उबर नहीं सकता था।

मुझे अपने से घृणा हो गयी और मैं कान्ति के मामले में बहुत ही शर्म और अपराध-भावना का अनुभव करने लगा। रजनी से भी मैं मुँह चुराता था। रजनी भी शायद यह समझती है कि मेरी उपेक्षा से कान्ति की ऐसी हालत हो गयी है। इस समय भी मैं कान्ति के लिए क्या कर रहा हूँ? सभी कुछ तो रजनी और उसकी माँ कर रही हैं। मैं केवल एक जून खाना पहुँचा देता हूँ और रात में अस्पताल में सोता हूँ या कान्ति के पास बैठा रहता हूँ।

रजनी के साथ अकसर मुझे अकेले रहने का अवसर मिलता। हम कभी-कभी कमरे में बैठे रहते। पर मुझे उसकी ओर देखने में बड़ा ही संकोच होता था। रजनी कभी मुझे चिन्ता से देखती थी, पर मैं झट दूसरी ओर दृष्टि घुमा लेता था। रजनी मेरा भी बहुत खयाल करती थी। वह मुझको समय पर नाश्ता कराने तथा खाना खिलाने का बहुत ध्यान रखती। वह भरसक मुझे काम नहीं करने देती।

'आप बहुत दौड़-धूप कर रहे हैं। आराम भी कर लीजिए।'

'मुझसे अधिक तो तुम कर रही हो। दफ्तर भी करती हो और यह सब भी सम्हालती हो।'

'नहीं, आप आराम नहीं कीजिएगा तो आपका शरीर गिर जाएगा। दुःख-तकलीफ

में घबराना नहीं चाहिए...सब भगवान ठीक करेगा। वह मुझे ढाढ़स बँधाने की कोशिश करती।

मैं उसकी ओर देखता था। उसकी और मेरी आँखें टकराती थीं। उसकी आँखों से दु:ख और चिन्ता झाँकती थी। पर वह झट दूसरी ओर चेहरा घुमा लेती ओर वहाँ से चलती बनती या किसी काम में व्यस्त हो जाती। मैं भी अपने किसी कार्य से उसको शिकायत का मौका नहीं देना चाहता था। उसका प्यार उसी तरह मेरे दिल में पुष्पित और पल्लवित होकर लहलहा रहा था, लेकिन मैं नहीं चाहता था कि इसके अस्तित्व का जरा भी उसको पता चले।

वस्तुत: रजनी के प्यार ने त्याग की अनिवार्यता में श्रद्धा एवं पूजा का रूप धारण कर लिया था। मैं भी अकेले में उसका खयाल करके एक काल्पनिक त्याग एवं आदर्श की दुनिया में उड़ने लगता था। मेरी आँखों से झर-झर आँसू गिरने लगते थे। मैं सोचता कि वह दिन कब आएगा जब मैं रजनी के लिए कुछ कर सकूँगा। मुझे अगर उसके लिए अपना जीवन भी कुर्बान करना पड़े तो मुझे बहुत खुशी होगी। एक समय था जब मैं रजनी के शरीर और सौन्दर्य के लिए व्याकुल रहता था, लेकिन अब मैं उसकी आत्मा को, उसकी ऊँचाइयों को, उसके गुणों को अपने हृदय में महसूस किया करता था। उसके व्यक्तित्व ने मेरे सारे जीवन को बदल दिया था। मुझे अब अपने स्वार्थ और अपने सुख का खयाल नहीं था, बल्कि अब मैं अपने जीवन को ऊँचा उठाकर उसको दूसरों की सेवा में लगाना चाहता था। मैं जानता था कि इसी उपाय से मैं रजनी को प्रसन्न कर सकता हूँ। इसी में रजनी की खुशी थी, और जिस बात में रजनी की खुशी थी, वही मैं करना चाहता था—उसके अलावा कुछ नहीं।

कान्ति की दशा में कोई सुधार नहीं हो पा रहा था, बल्कि उसमें गिरावट ही आती जा रही थी। उसके पेट में भीषण दर्द रहता था। उसका खाना-पीना एकदम कम हो गया था और वह हड्डी का ढाँचा रह गयी थी। बोलते वक्त वह कितनी दयनीय लगती थी! उसको देखकर मेरा कलेजा मुँह को आता था। रजनी भी बहुत दु:खी रहती थी। वह ऊपर से सबके लिए उत्साह के दो-चार शब्द कह देती। कान्ति को हमेशा ढाढ़स देती। उसके पास बैठकर उसके बालों को सहलाती। उसके हाथ और पैरों को सहलाती। मेरे ढाढ़स के लिए भी वह एक-दो शब्द कह देती। पर जब वह अकेली बैठी रहती तो उसके चेहरे को देखकर मुझे बड़ा दु:ख होता। उसके चेहरे से वह हँसी-खुशी गायब हो चुकी थी। वह अकसर गम्भीर रहती। प्रसन्नता के लिए वैसे उसको फुरसत भी नहीं थी। सवेरे से लेकर रात तक उसे काम-धाम में लगा रहना पड़ता था। उसका

चेहरा पीला पड़ गया था और उस पर पहले जैसी ताजगी नहीं दिखायी देती थी।

रजनी दफ्तर से छूटकर सीधे अस्पताल जाती थी। फिर जब मैं खाना लेकर आता था तो कुछ देर बाद वह घर जाती थी। मैं एक दिन आया तो बेहद थका था। उसके पहले की रात मैं सो नहीं सका था, क्योंकि उस रात कान्ति को बड़ी तकलीफ रही थी और उसके सिरहाने बैठकर उसके बालों को सहलाता रहा था। तब मैं उसके जिन्दा रहने की भगवान से प्रार्थना करने लगा था। मुझे उसका त्याग, उसका प्रेम, उसकी इन्सानियत-सब कुछ याद आते रहे। मैं सच्चे हृदय से चाहने लगा था कि वह शीघ्र ही स्वस्थ हो जाय। तब मैं उसको इज्जत से रखूँगा। उसको किसी प्रकार की तकलीफ नहीं होने दूँगा। मैं शौक-शृंगार का ध्यान रखूँगा, उसको घुमाने और सिनेमा दिखाने ले जाऊँगा। मैं रजनी को दिखा दूँगा कि मैं नीच नहीं, मैं कायर नहीं, बल्कि मुझमें भी एक इन्सान का दिल है और मै ऊँचा उठ सकता हूँ। रजनी ने अपने आदर्श चरित्र से मुझे यह रास्ता दिखाया था और उसी के आदर्शों के अनुरूप मैं बनना चाहता था। ये ही सब बातें मैं उस पहलेवाली रात को सोच रहा था।

जब मैं खाना लेकर आया तो रजनी और कान्ति कुछ बातें कर रही थीं। मुझे देखकर वे चुप हो गयीं और मेरी ओर देखने लगीं।

'कैसी तबीयत है?' मैंने पूछा।

'कल से तो ठीक है, जी।' कान्ति ने कहा।

मैं पास में रखे एक स्टूल पर बैठ गया। रजनी दूसरे स्टूल पर बैठ गयी थी। फिर वे बातें करने लगीं। बातें कान्ति ही कर रही थी, रजनी सुनती जा रही थी। वे सब कान्ति के बचपन की बातें थीं। मैं उन बातों को कई बार उसी के मुँह से सुन चुका था। मैंने जाँघ पर दाएँ हाथ की कोहनी जमाकर तथा उसी हाथ की हथेली पर मुँह को टिकाकर आँखें मूँद लीं। कुछ ही देर बाद मैं ऊँघने लगा।

कुछ देर बाद जब मेरी नींद खुली तो मैंने आँखें खोलीं। पर जो दृश्य मैंने देखा, उससे मैंने फौरन आँखें बन्द कर लीं। कान्ति ने अपने शरीर पर पड़ी चादर को हटा दिया था और अपने ब्लाउज को खोलकर अपने मांस-विहीन शरीर को दिखा रही थी। उसका रहने का ढंग सदा शालीन और संयत रहा था। वह कभी ऐसी हरकत नहीं करती थी, जिससे किसी को आघात लगे। किसी दूसरे से दया की भीख माँगते हुए मैंने उसको नहीं देखा। पर उसकी बीमारी तथा दुर्बलता ने उन समस्त गौरवशाली भावनाओं का अन्त कर दिया था। उसकी एक-एक हड्डी गिनी जा सकती थी। उसकी छातियाँ सूख गयी थीं। फिर उसने रजनी का हाथ अपने हाथ में लेकर उसको अपने शरीर पर घुमाया। मेरा कलेजा बैठा जा रहा

था। रजनी अपने होंठ पर होंठ दबाये अपने को रोकने की कोशिश कर रही थी; लेकिन अब वह अपने को रोक नहीं सकी और बुरी तरह सिसकने लगी।

'अरे, यह क्या? तुम रो क्यों रही हो? मैं तो यह दिखा रही थी कि देखो, मैं कैसी हो गयी हूँ। रजनी, अब मेरा कष्ट बहुत बढ़ गया है और मैं इसको बरदाश्त नहीं कर सकती। मेरी वजह से तुमको कष्ट हो रहा है। रजनी, एक बात कहूँ?'

'हाँ, कहिए...।' रजनी ने रोते हुए कहा।

'यूँ ही...। मेरी इच्छा करती है कि तुमको अपने पास से न जाने दूँ और तुमसे हमेशा बातें करती रहूँ।'

'मैं कल से रात में खुद यहीं रहूँगी और कल से इनको घर पर ही रहने को कहूँगी।'

'रजनी, मुझे यहाँ डर लगता है। मैं घर चलना चाहती हूँ, पर डॉक्टर मानते नहीं।'

'क्या कहते हैं वे?'

वे ऑपरेशन करने को कह रहे है, पता नही क्या हो! ऑपरेशन ही में मर गयी तो क्या होगा?'

'ऐसा कुछ नहीं होगा। आप जल्दी अच्छी हो जाएँगी। आपको ऐसा नही सोचना चाहिए।'

ऑपरेशन के समय तुम मेरे पास ही रहना। रहोगी न?'

हाँ...क्यों नहीं रहूँगी?'

'रजनी, मेरी वजह से सबको बड़ा कष्ट उठाना पड़ रहा है।'

'जीजी, आप ऐसा न सोचिए। दुःख-कष्ट सब पर आता है।'

रजनी लगातार रोये जा रही थी। मुझे खुद जोरों की रूलाई आ रही थी और मैं दाँत पर दाँत जमाये उसको रोकने की कोशिश कर रहा था। मैंने अपनी आँखें एकदम बन्द कर ली थीं। शायद उन्होंने सोच लिया था कि मैं बैठे-ही-बैठे सो रहा हूँ। पहले उन्होंने इसकी परीक्षा कर ली होगी, तभी तो इस तरह निश्चिन्ततापूर्वक बातें कर रही थीं। कान्ति ने अब जीने की आशा ही छोड़ दी थी। मुझे उसके लिए बड़ा दुःख हो रहा था। मैं एक अपराध-भाव में डूब-उतरा रहा था। क्या मेरी वजह से यह सब नहीं हुआ है? काश, मैं अपनी जान देकर उसके प्राण की रक्षा कर सकता! पर ऐसी बातें सोचना कितना आसान है! पर ऐसा सोचा हुआ होता कहाँ है?

'रजनी, इनका खयाल रखना। इन्होंने बहुत कष्ट सहा है।' कान्ति ने कुछ

देर चुप रहकर कहा।

'जीजी, आप इसकी चिन्ता न कीजिए।'

'रजनी, मेरा दिल कहता है...मैं बचूँगी नहीं। मुझसे इनको कुछ भी सुख नहीं मिला। मेरी एक बच्ची है। मैं जानती हूँ कि तुम बहुत समझदार, नेक और ऊँची भावनाओं वाली लड़की हो। मेरे बाद इन लोगों को तुम्हें ही सम्हालना है।'

'जीजी...ऐसा न कहिए...।' रजनी की आँखों से और तेजी से आँसू गिरने लगे।

'मैं सब जानती हूँ, रजनी! ये तुमको बहुत मानते हैं। पहले मैं यह नहीं समझती थी। फिर यह घर में गम्भीर और दुःखी रहने लगे-तब भी मुझे कुछ समझ में नहीं आया। पर रात में एक दिन इनको सपने में बड़बड़ाते हुए सुना। ये तुम्हारा नाम लेकर अपने प्यार की कसमें खा रहे थे। फिर कई बार इनके मुँह से मैंने ऐसी ही बड़बड़ाहट सुनी। मैं सन्न रह गयी थी। मुझे बड़ा दुःख हुआ। मुझे सब कुछ समझ में आ गया था। मैं समझ गयी कि क्या बात है। शुरू से हर बात मेरी शंका को सिद्ध करने लगी।...पहले मुझे बड़ा गुस्सा आया।...मैं ईर्ष्या से जलने लगी।...पर रजनी, बाद में मैंने इस पर ठीक से सोचा।'

'जीजी...।' रजनी ने मना करना चाहा, पर रूलाई के मारे उसके मुँह से कोई आवाज न निकली।

'हाँ रजनी, मैंने इस पर सोचा। इसमें किसी का दोष नहीं। रजनी, यह सब मेरा दोष है...मेरी किस्मत का दोष है। मैं समझ गयी थी कि मैं इनके योग्य नहीं हूँ...और इन्होंने मुझे कभी प्यार नहीं किया। ऐसा सोचना कितना कष्टदायक था!...पर रजनी, मैं इनको कोई दुःख नहीं देना चाहती थी। भगवान जानता है, इनकी खुशी ही मेरी अपनी खुशी थी। मैंने अपने को बड़ा धिक्कारा। एक तो इन्होंने बचपन में इतना कष्ट सहा फिर मेरे आने से इनके सारे सपने चकनाचूर हो गए थे।...इसके बाद मैं तुम्हारे प्रति कृतज्ञता का अनुभव करने लगी। हाँ, तुम्हीं ने इनके मन को जोड़ा था। तुम्हीं से इनको वह सुख मिला, जो इनको कहीं न मिला। मैं तुमको जानती थी। मैं तुमको दिल से मानती थी।...मैं तो यह देख चुकी थी कि तुम कितनी अच्छी हो...।'

'जीजी, भगवान के लिए चुप रहिए। आपका सोचना गलत है। मुझसे पहले गलती हो गयी थी, बाद में मैंने अपने को अलग कर लिया था, क्योंकि मैं आपको उतना ही प्यार करने लगी थी, जितना अपनी माँ को। मैं आपको जरा भी कष्ट देना नहीं चाहती। आप मेरे लिए पूज्य हैं। छोटी समझकर आप मेरी गलतियों को क्षमा कर दीजिए। आप इस तरह न सोचिए। आप जरूर अच्छी हो

जाएँगी। आपको अच्छा होना पड़ेगा। मैं आप ही की तरह ऊँचा उठूँगी और आपसे कहीं दूर चली जाऊँगी। आप यह सब नहीं सोच सकतीं...आप यह सब नहीं सोच सकतीं...आप यह सब नहीं सोच सकतीं।'

रजनी अब बुरी तरह सिसक रही थी। मेरी इच्छा हो रही थी कि मैं उठकर वहाँ से भाग जाऊँ और किसी कुएँ में गिरकर अपने जीवन का अन्त कर लूँ। पर मैं कुछ नहीं कर सका, बल्कि उसी तरह बैठा सोने का ढोंग करता रहा।

'अच्छा, तुम ठीक कहती हो। तुम जैसा कहती हो, वैसा ही करूँगी।' कान्ति ने कहा।

'आप यह सब नहीं सोचेंगी न?'

'नहीं।'

कान्ति ने हँसने की कोशिश की, जिसके प्रयास में उसके चेहरे पर कैसी ही बेचारगी और गिड़गिड़ाहट के भाव उभर आए थे। फिर वह चुपचाप सामने देखने लगी। मैं अपने को बहुत ही गिरा हुआ महसूस कर रहा था। तो यह सब कान्ति को मालूम था? इसी चिन्ता में उसने अपने शरीर को घुला डाला। लेकिन इसके बाद मैं अपने अन्दर एक विचित्र साहस, दृढ़ता, गम्भीरता एवं व्यापक मानवता का अनुभव करने लगा। नहीं, मैं कान्ति को मरने नहीं दूँगा। मैं उसको अवश्य बचा लूँगा। मैं एक भारी दायित्व महसूस करने लगा। ऐसा दायित्व मैंने कभी भी महसूस नहीं किया था। मेरे अन्दर जैसे कोई पुकारकर कह रहा था कि वह अवश्य ही बच जाएगी।

18

पर मैं जल्दी ही समझ गया कि उस रात को मैंने जो दायित्व महसूस किया था, वह अपनी अपराध-भावना को छिपाने का ही प्रयास था। अब क्या हो सकता था? और मैं उसको कैसे बचा सकता था? इसमें कोई सन्देह नहीं कि मेरा पश्चात्ताप वास्तविक था, लेकिन ऐसी प्रबल पश्चात्ताप की भावना उसी समय आती है, जब हर काम बिगड़ गया होता है और कुछ भी सुधार करना सम्भव नहीं होता। कान्ति के लिए मेरा दिल रो रहा था। उसके जीवन के लिए मैं कुछ भी करने को तैयार हो जाता, पर अब कुछ भी किये नहीं हो सकता था।

कुछ दिन बाद उसके पेट का ऑपरेशन हुआ था। ऑपरेशन के तीन-चार

दिन बाद तक वह ठीक रही। ऐसा लगा कि उसकी हालत में सुधार हो जाएगा। वह स्वयं आशावादी हो चली। मैं इन दिनों अपना अधिक-से-अधिक प्यार उस पर प्रकट करने की कोशिश करता। उसको हिम्मत बँधाता। उससे कहता कि पुरानी बातें भूल जाओ। तुम अच्छी हो जाओ फिर हम एक नयी दुनिया बसाएँगे, जिन्दगी को नये सिरे से शुरू करेंगे। मेरी बातों से वह खुश होती थी, मेरी ओर स्नेह से देखती थी। फिर वह स्वयं जीना चाहने लगी। उसको आशा हो गयी थी कि मैं अब आगे उसको प्यार करूँगा। मैंने उसको दूसरे शब्दों में इसी तरह का संकेत दिया था और रजनी उससे बार-बार ऐसी ही बातें कहती थी।

ऑपरेशन के बाद उसने एक बार मेरे ही सामने रजनी से कहा, 'रजनी, मैं अब मरना नहीं चाहती। अब जिन्दा रहना चाहती हूँ। मैं अच्छी हो जाऊँगी न?'

'हाँ-हाँ, आप जरूर अच्छी हो जाएँगी। अब क्या, आप कुछ ही दिनों में उठकर चलने लगेंगी आपका ऑपरेशन तो एकदम सफल हो गया है। डॉक्टर भी मुझसे यही कह रहे थे।' रजनी गद्गद हो बोली।

'चलो, जब अच्छी हो जाऊँगी तो तुमको खूब अच्छी-अच्छी चीजें बनाकर खिलाऊँगी।'

'जरूर। मैं तो रोज बनवाकर खाऊँगी।'

इसी बीच मेरे ससुराल से मेरे बड़े साले साहब तथा सास आयीं। इसके पहले साले साहब एक बार और आए थे और फिर लम्बी छुट्टी लेने तथा किसी औरत को अपने साथ ले आने के लिए चले गए थे। मेरे पिता भी एक बार आकर देख गए थे।

पर ऑपरेशन के पाँच-छः दिन बाद कान्ति की तबीयत एक दिन सहसा काफी गम्भीर हो गयी। दर्द बहुत बढ़ गया। रात का समय था। मैं और रजनी दोनों ही मौजूद थे। बड़े साले साहब खाना लेकर आने वाले थे क्योंकि सास के आने से खाना अब मेरे घर गें ही बनने लगा था। रजनी दौड़ी-दौड़ी डॉक्टर के पास गयी और उनको बुला ले आयी। डॉक्टर ने दर्द कम करने की दवा दी। फिर बड़े डॉक्टर आए। उन्होंने खून चढ़ाने के लिए कहा।

खून चढ़ने के बाद कान्ति ने रजनी से कहा, 'तुम बैठ जाओ...।'

रजनी एक ऊँची लम्बी कुर्सी पर बैठ गयी।

फिर वह बोली, 'तुमको चाय बहुत पसन्द है, तुम बाहर से पकौड़ी-चाय मँगा लो।'

'मेरी इच्छा नहीं...।' रजनी ने कहा।

'अच्छा, दूध पी लो।'

'कुछ भी इच्छा नहीं है पीने-खाने की।'

मैंने गौर किया कि कान्ति की जबान लटपटा रही है।

अचानक कान्ति ने रजनी से कहा, 'तुमने मेरे लिए क्या किया?'

रजनी का चेहरा स्याह पड़ गया। फिर वह रोने लगी, 'हाँ जीजी, मैं तुम्हारे लिए कुछ भी न कर सकी। बोलो, मैं कैसे आराम दूँ तुम्हें?'

'अच्छा, एक गिलास पानी पिलाओगी?'

डॉक्टर ने पानी पिलाने को मना किया था, इसलिए रजनी ने कान्ति के मुँह में बर्फ के कुछ टुकड़े दिये।

'क्या तुम पानी नहीं पिला सकतीं?' कान्ति ने गिड़गिड़ाकर कहा।

'डॉक्टर ने मना किया है।' रजनी ने रोते हुए कहा।

'अच्छा जैसा कहो।'

वह चुप हो गयी और ऊपर छत की ओर एक अजीब नासमझी-भरी आँखों से देखने लगी।

'एक गिलास पानी पिला दो।' वह फिर बोली।

'नहीं, पानी मना है।' रजनी ने बर्फ देने की फिर कोशिश की, पर उसने मना कर दिया।

वह बोली, 'गाड़ी में जो औरत थी...वह कैसी बदतमीज थी।...अच्छा, तुम बाहर से चाय मँगा लो।'

रजनी बुरी तरह रोने लगी। मेरी आँखों से भी झर-झर आँसू गिर रहे थे। रजनी ने कहा, 'जीजी, अब न बोलिए, नुकसान करेगा।'

'वे कहाँ हैं?' उसने पूछा।

रजनी ने मेरी ओर इशारा किया। मैं आगे बढ़ आया और झुककर बोला, 'तुम घबराओ नहीं...अच्छी हो जाओगी...।'

उसने एक बार मेरी ओर देखा। फिर वह छत की ओर देखने लगी।

'अच्छा, एक गिलास पानी पिला दो। नहीं पिलाओगी?'

'बर्फ ले लो न। तुम तो मेरा कहना नहीं मानती।' रजनी ने कहा।

'अच्छा, ठीक है, जो तुम कहोगी, वह मानूँगी। पर तुम क्या मेरा कहना मानोगी?'

'हाँ।'

'तुम शादी करोगी न?'

रजनी बुरी तरह सिसक रही थी। मैं अपने होंठों को दाँत से काट रहा था।

'एक बात कहूँ?' कान्ति ने फिर कहा।

'जीजी...अधिक न बोलो...।'

उसने जीभ निकालकर अजीब गिड़गिड़ाते हुए स्वर में कहा, 'ऐं...सुन लो...।'

'अच्छा, कहो...।'

'मैंने अपनी बच्ची के लिए कुछ नहीं किया। मैं उसको पाल-पोस नहीं सकी। तुम्हारे सिवाय उसका कोई नहीं। इनका भी तुम्हारे अलावा कोई नहीं। तुम इन दोनों को स्नेह से रखना...एक गिलास पानी...जल्दी...।'

'अभी देते हैं पानी, जीजी। बर्फ ले लो...।'

वह बोली नहीं। उसने मुँह फेर लिया था। उसकी आँखें पत्थर की तरह स्थिर थीं। मैंने समझा कि वह नाराज हो गयी हैं।

'जीजी, पानी ले लो...।' रजनी ने कहा।

पर कोई जवाब नहीं मिला।

'जीजी! जीजी! जीजी!'

कान्ति ने लटपटाई जबान में कहा, 'पा...नी।'

इसके बाद वह खामोश हो गयी। उसकी आँखों की सफेदी में काली-काली चित्तियाँ उभर आयीं। मैं और रजनी दोनों डॉक्टर के पास भागे। डॉक्टर चाय पी रहे थे। रजनी डॉक्टर की मेज पर जाकर गिर पड़ी। डॉक्टर जल्दी-जल्दी आए। मेरे साले साहब आ गए थे। रजनी लौटकर चिल्लाने लगी, 'जीजी, पानी लो...पानी ले लो।'

मैंने उसको पानी पिलाने की कोशिश की, लेकिन पानी उसके मुँह से गिर पड़ा। डॉक्टर ने उसकी परीक्षा की और मजबूरी में अपना सिर लटका लिया। सभी रो रहे थे। रजनी उसकी खाट पर मुँह रखकर बिलख-बिलखकर रो रही थी। बड़े साले साहब फर्श पर गिरकर फूट-फूटकर रो रहे थे। मैं चिल्लाता हुआ बाहर भागा, बरामदे से नीचे उतरकर एक ईंट का बड़ा टुकड़ा उठा लिया और उससे अपने सिर पर मारने लगा। मेरे सिर से खून गिरने लगा। मैं और भी प्रहार करने जा रहा था पर किसी ने पीछे से मेरा हाथ पकड़ लिया। मैंने पीछे मुड़कर देखा, वह रजनी थी। वह रोते हुए कह रही थी, 'हिम्मत रखिए...हिम्मत रखिए...दु:ख में हिम्मत रखना चाहिए...।'

इसके बाद उसकी बात रुदन में डूब गयी। उसने मेरे हाथ से ईंट का टुकड़ा छीनकर फेंक दिया। फिर वह मुझे हाथ का सहारा देकर उठाया और मुझे डॉक्टर के पास ले गयी।

19

काली अँधेरी रात थी। ताँगे पर मैं, साले साहब और रजनी बैठे रो रहे थे। कभी-कभी मैं चिल्ला पड़ता। मुझे कान्ति की एक-एक बात याद आ रही थी। मैंने उसके साथ कौन अन्याय नहीं किया था? मेरे चिल्लाने पर साले साहब मुझे समझाने लगते। वे खुद रो रहे थे, पर उनकी बातें मेरे कानों में प्रवेश नहीं कर पाती थीं। कभी-कभी साले साहब चिल्लाने लगते। उनको दुःख था कि वह अपनी बहन के लिए कुछ नहीं कर पाये। वे दोनों किस तरह साथ-साथ बढ़े थे। वे एकसाथ खेले-कूदे थे। उन्होंने साथ खाया था, मारपीट की थी और सुख के न मालूम कितने दिन साथ-साथ बिताये थे। पर वह चुपचाप मर गयी। उसने कभी किसी की शिकायत नहीं की। उसने कभी किसी को दुःख न दिया। वह सब-कुछ सहती रही, सब कुछ सहती रही। चिल्ला-चिल्लाकर साले साहब यही सब कह रहे थे। तब मैं उनको समझाने लगता। पर सबकी मनःस्थिति ऐसी थी कि कोई किसी को समझा नहीं सकता था। रजनी तो आँचल में मुँह छिपाकर सिसकती जा रही थी।

सहसा रजनी ने अपने आँसू पोंछ लिये और अपना सिर उठाया। उसने आत्म-नियन्त्रण की कोशिश करते हुए कहा, 'हमको इस तरह चिल्लाना नहीं चाहिए। घर पर माता जी हैं, अगर हम रोएँगे तो वह अपने को कैसे सम्हाल पाएँगी?'

'दुनिया ऐसी ही है।' साले साहब ने कहा।

अस्पताल से घर पहुँचकर मैंने दरवाजा खटखटाया। मेरी सास ने किवाड़ खोले। मैंने रुलाई रोकने की भरसक कोशिश की, पर उसमें मुझे सफलता नहीं मिली। साले साहब का भी यही हाल था। मेरी सास सब कुछ समझ गयीं। उन्होंने छाती पीटते हुए पूछा, 'अरे, क्या हुआ रे?'

रजनी ने आगे बढ़कर कहा, 'माता जी, यह हिम्मत से काम लेने का समय है। भगवान का नाम लीजिए।'

'अरे क्या हुआ? मेरी बिटिया को क्या हुआ? तुम लोग साफ-साफ कहते क्यों नहीं?' अम्मा ने रोते हुए कहा।

'अम्मा, कान्ति इस दुनिया में नहीं रही।' साले साहब ने चिल्लाते हुए कहा।

'अरे मेरी बेटी...मेरी सो...ना...।' मेरी सास माथे पर हाथ मारकर जमीन पर बैठ गयीं।

'माता जी, धैर्य रखिए...समय आने पर सब को जाना पड़ता है। भगवान की यही मरजी थी...।' रजनी उनके पास बैठकर उनको चुप कराने लगी।

'अरे मेरी सोना...तुझे कभी सुख नहीं मिला...अरे, तेरे बदले मैं क्यों नहीं मर गयी?'

अम्मा जोर-जोर से रोने लगीं। मैंने उनको चुप कराया, 'अम्मा चुप रहिए...।'

पर अम्मा की आँखों से लगातार आँसू गिर रहे थे। हम सभी रो रहे थे। कान्ति कितनी अच्छी थी! वह इस दुनिया की नहीं थी। उसका हृदय अत्यधिक कोमल था। वह दूसरों को जरा भी दुःख नहीं देना चाहती थी! उसकी जैसी स्त्री कहाँ मिलेगी? मैं उसको कभी भी नहीं भूल पाऊँगा और उसकी याद को अपने दिल में सदा सँजोये रहूँगा।

पर मैं ऐसा क्यों सोच रहा हूँ? कान्ति के सुख-दुःख का मैंने कब खयाल किया? उसकी माँ मेरी सास अभी दो दिन पहले उसके स्वभाव के बारे में बता रही थीं। जब उसकी शादी नहीं हुई थी तो वह घर का सारा काम खुद कर लेती थी। वह पूरी बारात को खिला देती थी। उसकी बहनें सारा काम उसी पर थोपकर स्वयं गप-सड़ाका करती रहती थीं। जब वह बीमार पड़ती तो चुपचाप चारपाई पर लेट जाती। पहले तो किसी को पता ही लगने नहीं पाता था कि वह बीमार है। जब हालत अधिक खराब हो जाती, तभी लोग जान पाते थे। तब भी वह किसी को परेशान नहीं करती थी। चीखती-चिल्लाती कभी नहीं थी। इसीलिए उसको ठीक से तीमारदारी भी नहीं हो पाती थी। जो अधिक चीखता-चिल्लाता हो, उसी की लोग अधिक परवाह करते हैं। पर घर का कोई बीमार पड़ जाता था तो कान्ति की शान्ति भंग हो जाती थी। वह रात भर रोगी के सिरहाने बैठी रहती थी। उसको चैन नहीं आता था। वह चाहती कि रोगी को अधिक से अधिक आराम किस तरह पहुँचाए। ऐसी देवी के लिए मैंने क्या किया? उसको मैंने क्या आराम दिया? बल्कि वस्तुतः मैं हत्यारा हूँ। कान्ति के मरने की जिम्मेदारी केवल मुझ पर है।

सास जी की हालत बहुत खराब थी। वह सहसा वहाँ से उठीं और चिल्लाते हुए घर के अन्दर भागीं। कमरे के अन्दर जाकर वह जमीन पर अपने सिर को पटकने लगीं। रजनी भी दौड़ती हुई-सी उनके साथ गयी थी। उसने मेरी सास को अपने अँकवार में ले लिया। सास ने पहले छटपटाकर रजनी की गिरफ्त से अपने को मुक्त करने की कोशिश की, लेकिन रजनी में ताकत की कमी नहीं थी। वह जबरदस्ती उनको रोके रही।

'माता जी, हिम्मत ले आइए... ।'

हम लोग भी वहाँ पहुँच गए थे। साले साहब अपनी माँ के पास बैठकर

समझाने लगे थे। पर वह अधिक नहीं समझा पाये और स्वयं गला फाड़कर रोने लगे थे। मुझे यह सब बरदाश्त नहीं हुआ और मैं वहाँ से भाग खड़ा हुआ।

सवेरे कान्ति की लाश अस्पताल से आयी। साले साहब उसको लेकर आए थे। मेरी हिम्मत उनके साथ जाने की नहीं पड़ी थी। बड़े साले साहब निश्चय ही अपनी बहन को अत्यधिक प्यार करते थे। वह मजबूरियों के कारण बहन की बीमारी में पहले नहीं पहुँच पाये थे जिसका उन्हें सख्त सदमा पहुँचा था। परन्तु इस समय तक उन्होंने अपने को सम्हाल लिया था। इस समय उनकी आँखों में एक बूँद आँसू भी नहीं था। वह किसी को न देख रहे थे और न पहचान रहे थे। उनके अलावा सभी रो रहे थे—यहाँ तक कि मेरे दफ्तर तथा मोहल्ले-टोले के जो लोग आए थे, वे भी आँखें पोंछ रहे थे। कान्ति की आँखें वैसी ही थीं, जैसे वह अभी बोल देगी। रजनी को पानी वाली बात सोचकर बड़ा दु:ख हो रहा था। यदि वह पानी पिला देती तो क्या हो जाता? इससे बुरा क्या हो सकता था? यह उसकी आखिरी इच्छा थी। हो सकता है कि यदि वह पानी पिला देती तो कान्ति अच्छी हो जाती! जब रजनी अपने को सँभाल नहीं पाती तो यही रो-रोकर कहती। यद्यपि वह अत्यधिक धैर्य और समझदारी का परिचय दे रही थी और हर अवसर पर उपस्थित रहकर सबको ढाढ़स और हिम्मत बँधाने से बाज नहीं आ रही थी। दु:ख सब पर पड़ता है। जब दु:ख पड़ता है तो हम सोचते हैं कि उसको हम बरदाश्त नहीं कर पाएँगे। पर शायद दु:ख की अनिवार्य नियति के कारण हम एक सीमा से आगे नहीं बढ़ पाते। उस सीमा से आगे बढ़ने पर है मृत्यु। और मृत्यु ऐसी चीज है, जिससे हम सामान्यत: घृणा करते हैं, इसलिए जिन्दगी-भर बचने की कामना करते रहते हैं और मृत्यु को पराजित करने का ही प्रयास करते हैं। शायद इन्हीं कारणों से आदमी दु:ख में एक सीमा से आगे नहीं बढ़ता और उससे ऊपर उठ जाता है। जो व्यक्ति नहीं सँभलता, वह दु:ख को अवास्तविक और हास्यास्पद बना देता है।

श्मशान घाट से जब हम लौटकर आए तो जैसे घर काट रहा था। हम चुपचाप आँगन में बैठ गए। रजनी की माँ तथा पड़ोस की दो तीन औरतें भी घर में आ गयी थीं। मैंने महसूस किया कि रजनी मुझे चुपचाप देख रही है। पर मैंने उसकी ओर नहीं देखा। मुझे बार-बार कान्ति की याद आ रही थी। कभी उसका स्वस्थ शरीर तथा निर्दोष चेहरा मेरी आँखों के सामने नाचने लगता। जब पहली रात उससे मुलाकात हुई थी तो वह एकदम सिकुड़कर बैठी हुई थी। जब मैंने उसका घूँघट उठाया तो उसने अपना मुँह हाथों में छिपाने की कोशिश की। उसको देखकर मुझे निराशा हुई थी, परन्तु यह उसके प्रति कितना बड़ा अन्याय था! इसके बाद उसने मेरी विमाता के अन्याय किस तरह बरदाश्त किये और

मेरी किस तरह हिम्मत बढ़ाई। मैंने उसको कभी प्यार नहीं किया, लेकिन यह समझते हुए भी वह मुझे अपना सम्पूर्ण प्यार देती रही। रोग-शैया पर पड़कर वह कितनी दयनीय हो उठी थी! पर उसने अपनी तकलीफ कभी नहीं कही। खास तरह से उसने मुझसे तो कुछ भी नहीं कहा। मैं उसके योग्य कहाँ था कि वह मुझ पर विश्वास करती। काश, वह अपनी कोई इच्छा कहती और मैं उसको पूरा कर सकता। यह सब सोचकर मेरा कलेजा मुँह को आता था।

शाम को रजनी से मेरी मुलाकात अकेले में हुई। साले साहब बाहर गए थे। सास रसोईघर में बिछी खाट पर औंधी पड़ी सिसक रही थीं। मोहल्ले की अन्य औरतें भी अपने-अपने घर चली गयी थीं। रजनी की माँ भी घर की देखभाल करने चली गयी थीं। मैं अपने कमरे में चुपचाप बैठा था। रजनी मेरे पास आकर खड़ी हो गयी।

मैं समझ गया कि वह रजनी है, पर मैं कुछ भी नहीं बोला।

वह धीरे से बोली, 'आप इतनी चिन्ता न कीजिए।'

मैंने कोई जवाब नहीं दिया।

'आपको अभी बहुत-कुछ देखना है। आपको बहुत बड़ी जिम्मेदारी सम्हालनी है।'

'रजनी, मुझे कान्ति की एक-एक बात याद आती है।'

'हाँ...यह तो स्वाभाविक ही है।'

'रजनी, मैंने उसके साथ घोर अन्याय किया।'

'यह अब न सोचिए। यह सब बेकार की बातें हैं। जो कुछ बीत गया है, उसको भूलने की कोशिश करनी चाहिए।'

'मैं अपना दुर्व्यवहार भूल नहीं पाता।'

रजनी ने मेरे कंधे पर स्नेह से हाथ रखा। बोली, 'आपको यह सब नहीं सोचना चाहिए।'

'रजनी, क्या तुम एक बात बताओगी?' मैंने सहसा सिर उठाकर पूछा।

'हाँ, पूछिए।' रजनी ने अत्यधिक तटस्थ भाव से कहा।

'सच-सच कहना।'

'मैंने कभी आपसे कुछ झूठ भी कहा है?'

'तुम्हारी कान्ति से बातें तो होती थीं?'

'हाँ।'

'हर तरह की बातें?'

'हर तरह की बातें तो शायद नहीं हो पाती थीं, लेकिन फिर भी उन्होंने मुझसे कोई भी राज की बात नहीं छिपायी। मैं ऐसा ही सोचती हूँ। पर आपको

यह सब सोचकर क्या करना है? इस समय आप अपने मन में धीरज रखें। जब आपका मन कुछ सँभल जाएगा तो हम बातें कर लेंगे।'

'इसका मतलब है, तुम नहीं बताना चाहतीं।'

'आप ऐसा क्यों कहते हैं? मैं आपसे कुछ छिपाकर रख नहीं सकती।'

'तब मैं तुमसे एक बात पूछना चाहता हूँ—केवल एक।'

'अच्छा, पूछिए।'

'देखो, छिपाना नहीं।'

'हाँ-हाँ, कहिए।'

'सच बताना, क्या कान्ति मुझसे घृणा करती थी मन-ही-मन?'

'घृणा?' रजनी चौंक उठी।

'हाँ, घृणा।'

'यह आपने कैसे सोचा?'

'जब तक कान्ति जिन्दा रही, मैंने उसकी परवाह नहीं की, लेकिन उसके मरने पर मुझको एक अजीब दुःख और भय ने दबोच लिया है। मुझे लगता है, कहीं ऐसा तो नहीं है कि वह अपने हृदय में मेरे प्रति एक घृणा लेकर गयी है?'

'ऐसा नहीं है।' रजनी ने दृढ़ स्वर में कहा।

'सच कहती हो?'

रजनी का मुख कठोर हो गया था। वह बोली, 'उनके बारे में मैं ऐसा सोच भी नहीं सकती।'

'मैं भी नहीं सोचता रजनी! मेरे दिल में एक अजीब दहशत पैदा हो गयी है। उसको दहशत कहो या जो कुछ कहो, पर यह एक ऐसी तीव्र भावना है कि मैंने यह प्रश्न पूछकर शायद तुमको कष्ट पहुँचाया। पर तुम मुझको गलत न समझो। आज कान्ति की बात सोचकर मुझे उसके सभी गुण याद आ रहे हैं। मैं उसके केवल प्यार से ही परिचित रहा हूँ। उसने मेरे प्रति कभी घृणा प्रकट ही नहीं की। सदा वह समान भाव से मुझको अपना प्यार देती रही। आज मेरे मन में उसके प्यार के लिए मोह पैदा हो गया है। इस मोह की वजह से मेरे दिल में यह भय पैदा हुआ है कि कहीं ऐसा तो नहीं कि ऐसी महान विचारों और हृदयवाली नारी अपने दिल में घृणा लेकर इस दुनिया से गयी। उचित यही था कि वह मुझसे घृणा करती क्योंकि मैं उसके ही योग्य था लेकिन इतने पर भी मैं इस सौभाग्य को छोड़ने को तैयार नहीं कि कान्ति जैसी नारी मुझको प्यार करती रही। मैं जानता हूँ कि यह मेरा अनर्गल बकवास है। इसका कोई अर्थ नहीं। इसकी वजह से जो सत्य है, उस पर पर्दा नहीं डाला जा सकता। शायद मैं अपनी भावना तुम पर

प्रकट नहीं कर पा रहा हूँ।'

'नहीं, मैं समझ गयी।'

'क्या समझ गयीं?'

'यह पश्चात्ताप का एक दूसरा रूप है पर आपको इस तरह परेशान होने की जरूरत नहीं है।'

'पर मेरा दिल नहीं मानता, रजनी!'

'पर आपका सोचना गलत है। ऐसा सोचना उनके प्रति अन्याय भी है। एक तो उनका स्वभाव ऐसा था कि वह किसी से घृणा कर ही नहीं सकती थीं। मैं उनके निकट रहकर यह बात जितनी अच्छी तरह समझ सकी हूँ, उतनी अच्छी तरह कोई भी नही समझ सका है। फिर आपको तो सबसे अधिक प्यार करती थीं। उनका जीवन केवल आपके लिए ही था और आखिरी समय उनको आपके बारे में ही चिन्ता थी।'

'कुछ कहा था?'

'हाँ, कहा था।'

'क्या कहा था?'

'बहुत कुछ। उन थोड़ी-सी बातों से मैं बहुत कुछ समझ गयी थी। उनको सबसे बड़ा दुःख यह था कि वह आपको कोई सुख नहीं दे पायीं, आपको खुश नहीं कर पायीं।'

'कान्ति ने क्या स्वयं ऐसा कहा था?'

'बातों से पता लगता था।'

'और क्या-क्या कहा था उसने?'

'कुछ और भी बातें कही थीं...मुझे ठीक से याद नहीं आ रही हैं। सोचकर बताऊँगी।'

'तुम टाल रही हो।'

'नहीं, टाल नहीं रही हूँ।'

'फिर बताती क्यों नहीं?'

'सोचकर याद करूँगी, फिर बताऊँगी।'

'रजनी, मैं तुम्हारे हाथ जोड़ता हूँ, तुम मुझे बता दो।'

'मैं और कुछ नहीं बताऊँगी। बता भी नहीं सकती। और कोई बात पूछें तो बताऊँगी। इस तरह मुझे याद नहीं आ रहा है। आपने एक बात पूछी और मैंने बता दी।'

'पर रजनी, कान्ति ने मुझसे कभी कुछ नहीं कहा।'

'आपसे वह कुछ कह नहीं सकती थीं। वह आपको अपनी भी बात से किसी प्रकार तकलीफ देना नहीं चाहती थीं। उनको यह सोचकर बहुत तकलीफ होती थी कि आपने बचपन में बहुत कष्ट उठाया है। इसलिए वह आपको सुखी देखना चाहती थीं।'

'यह सब मेरी ही वजह से हुआ। इसमें सब मेरा दोष है।'

'आपका कोई भी दोष नहीं है।'

'मेरा ही दोष है रजनी!'

'आपका दोष कतई नहीं।'

'फिर किसका दोष है?'

'किसी का नहीं।'

'किसी का तो जरूर है।'

'हाँ है, लेकिन इस पर सोचने से फायदा क्या है?'

'सोचने में हर्ज क्या है?'

'खैर, मैं यह जानती हूँ कि इसमें आपका दोष नहीं है।' रजनी कुछ उत्तेजित नजर आयी।

'सब कुछ मेरा ही दोष है।' मैं अपनी जिद पर बना रहा।

'आप जानते हैं कि दुःख-सुख सबके जीवन में आता है?' रजनी ने कहा।

'हाँ, जानता हूँ।'

'आप यह भी जानते हैं कि दुःख से लड़ा जाता है?'

'हाँ, यह भी जानता हूँ।'

'हर स्थिति से उबरने का एक रास्ता होता है। हर दुःख से ऊपर उठने का एक ढंग होता है। जो इसकी कोशिश करता है, वह उठ भी जाता है।'

'हाँ, ठीक है।'

'फिर स्थितियाँ भी बहुत-सी होती हैं। कुछ स्थितियाँ एकदम विपरीत भी होती हैं?'

'हाँ, जरूर होती हैं। यह तो मैं खूब अच्छी तरह जानता हूँ।'

'फिर दोष किसको दिया जाय?'

'पर इससे मेरे प्रश्न का क्या सम्बन्ध है?'

'अगर आप सोचें तो है।'

'मेरी समझ में नहीं आता।'

'तो जाने दीजिए। इसको समझने की जरूरत भी नहीं।' रजनी ने गम्भीर स्वर में कहा।

‘तुम नाराज हो गयीं?’

‘नहीं तो।’ रजनी दूसरी ओर देखने लगी।

‘रजनी, मेरा मन बहुत खराब हो गया है। इसीलिए मैं यह सब कह रहा हूँ।’

‘मैं तो इसीलिए कह रही हूँ कि आपको अपना मन खराब नहीं करना चाहिए।’

‘अच्छा, जाने दो इन बातों को।’

‘मैं इस सम्बन्ध में कभी आपसे बात करूँगी, पर आज नहीं।’

‘लेकिन कब करोगी?’

‘जब उपयुक्त समय आएगा।’

‘ठीक है....।’

‘बस, मैं यही कहना चाहती हूँ कि आप धैर्यपूर्वक रहिए। दुनिया में जो कुछ अच्छा है, उसको हम अवश्य याद करते हैं और याद करेंगे। पर अगर कहीं दोष है, कहीं गलतियाँ हैं, तो उनका भूल जाना ही अच्छा है। इसी से उन भूलों का परिष्कार होता है। यह एक साधारण सिद्धान्त और समझ की बात है। मैं यह नहीं मानती कि हर बात में अपने को आदमी दोषी समझे। सदा हीनता और अपराध भाव से ग्रस्त रहने को मैं बरदाश्त नहीं कर पाती। मैं सदा आगे बढ़ने को ही जिन्दगी मानती हूँ। चलनेवाला आदमी अगर रास्ते में ठोकर खाकर गिर पड़ता है तो वह वहीं पड़ा नहीं रह जाता बल्कि उठकर आगे चल देता है। वह वहीं बैठकर यह नहीं सोचता कि मेरी ही गलती से यह ठोकर लगी। सम्भव है कि गलती हो, सम्भव है कि न हो। आखिर जब रास्ते में पत्थर रख दिया जाता है तो उससे ठोकर लगने की सम्भावना तो होगी ही। पत्थर के दोष पर या जिसने रास्ते में पत्थर रख दिया है, उसके दोष पर आखिर कौन विचार करेगा? किसी भी समस्या को हल करने के लिए, किसी भी निर्णय पर पहुँचने के लिए केवल एक ही पक्ष की बातों पर विचार करके संतुष्ट नहीं हुआ जा सकता। तब सभी पक्षों की बातों पर गम्भीरतापूर्वक विचार करना होता है। आखिर आप यह बात क्यों नहीं समझ पाते?’

‘मैं यह सब नहीं समझ सकता, रजनी!’

‘क्या नहीं समझ सकते?’ रजनी का चेहरा फक पड़ गया।

‘जो कुछ तुमने कहा है।’

‘ठीक है...फिर कहना ही क्या है।’ रजनी ने रुखाई से कहा। फिर उसका शरीर काँपने लगा और वह मुँह झुकाकर रोने लगी। वह तेजी से कमरे के बाहर चली गयी।

20

मेरे साले साहब कई दिनों तक मेरे साथ रहे थे। सास भी रही थीं। तेरही के पहले तो वह कुछ नहीं बोले, पर उसके बाद वह मेरी ओर घूरकर देखने लगे। मुझे कुछ समझ में नहीं आया कि वह क्यों ऐसा कर रहे हैं। मुझे लगा कि वह कुछ कहना चाहते हैं, पर जब मैं उनकी ओर उत्सुकतापूर्वक देखता तो वह सिर झुका लेते।

कभी वह कहते, 'मैं कल चला जाऊँगा।'

मैं क्या कहता? मैं जानता था कि वह चले जाएँगे। फिर मैं उन्हें रोक भी कैसे सकता था? वैसे रोकने का परिणाम कुछ नहीं निकलेगा, यह भी जानता था। इसीलिए मैं चुप लगा जाता। मेरी समझ में कुछ भी नहीं आता था। यह घर–गृहस्थी कैसे चलेगी, आगे क्या होगा, इसके बारे में मैं कुछ भी न सोचता था। मेरा मन अब भी दुःख से भरा था और मैं अब उसी में डूबा रहना चाहता था। कभी-कभी मैं निश्चय करता कि जीवन में मैं अब किसी स्त्री के निकट नहीं जाऊँगा और अपनी जिन्दगी इसी तरह गुजार दूँगा।

पर साले साहब कहकर दूसरे दिन भी नहीं जाते थे। अभी उनकी छुट्टी कुछ दिनों की बाकी थी, इसीलिए वह मेरे साथ रहकर शायद मुझको आश्वासन देना चाहते थे। इसके लिए मैं उनका कृतज्ञ था। दुःख में कौन किसका साथ देता है? मेरे पिता अभी जिन्दा थे, विमाता जिन्दा थीं, विमाता का लड़का—मेरा भाई भी था। पर इस दुःख के समय उनमें से कोई भी मेरे पास नहीं आया था। इससे मुझे बड़ा कष्ट हुआ था, यद्यपि मुझे उनसे कोई भी आशा नहीं करनी चाहिए थी। क्या वे सहानुभूति का एक पत्र भी नहीं लिख सकते थे?

एक दिन मैं शाम को घर में बैठा था तो साले साहब मेरे पास आए। वह बाहर घूमने गए थे। वह मेरे पास आकर बैठ गए। मैंने उनकी ओर नहीं देखा।

'अब आपका क्या प्रोग्राम है?' उन्होंने मुझसे सहसा पूछा।

'प्रोग्राम?' मैं चौंका।

'हाँ, प्रोग्राम।'

'मैं कुछ नहीं समझा। मेरा प्रोग्राम क्या होगा?' मैंने किंचित रुखाई से कहा।

'आखिर आपने कुछ सोचा कि कैसे क्या होगा?'

'मैंने तो कुछ नहीं सोचा।'

'कुछ तो सोचना ही पड़ेगा। यह मजबूरी है। मुझे कान्ति के मरने का बहुत

दुःख है, पर मैं सब कुछ घोलकर पी गया। क्या किया जाय साहब? इस बेहयाई के अलावा क्या चारा है? किसी आत्मीय के मरने के बाद भी हम जिन्दा रहते हैं। हम उसको धीरे-धीरे भूल जाते हैं। जो हमारे बीच अब नहीं है और जो कभी भी नहीं आएगा, उसके बारे में सोच--सोचकर तिल-तिल घुलने से कोई लाभ नहीं। जो बीत गया, वह बीत गया। हमें आगे की बात ही सोचनी पड़ती है। आगे की जिन्दगी कैसे कटेगी? छोटी बच्ची है। जिम्मेदारियों से बचा भी तो नहीं जा सकता...।'

वह रुक गए और मेरी ओर चुपचाप देखने लगे। मैं उनकी बात कुछ-कुछ समझ रहा था पर मैंने कोई उत्तर नहीं दिया।

वह बोले, 'इन्सान करे क्या? मुझे तो आपको देखकर चिन्ता होती है। इसीलिए रोज सोचता हूँ कि आपको छोड़कर घर चला जाऊँ, पर जा नहीं पाता। सहसा हिम्मत जवाब दे जाती है....।'

'मेरी समझ में कुछ नहीं आता।' मैंने संक्षिप्त उत्तर दिया।

'हाँ, सो तो है ही। मैं भी वही कह रहा हूँ। मैं इस समय आपको इस तरह न छेड़ता, पर क्या करूँ, मजबूरी है।'

'मेरे लिए आप लोग चिन्ता न करें....कुछ दिनों बाद सब ठीक हो जाएगा।' मैंने कहा।

'अरे वाह! चिन्ता कैसे न करें? जैसे पहले आपके लिए मन में चिन्ता बनी रहती थी, वैसी तो अब भी बनी हुई है। क्या किया जाय? यह तो सम्बन्ध है, यह सम्बन्ध कभी टूट थोड़े सकता है? कान्ति के मरने के बाद भी यह सम्बन्ध उसी तरह कायम रहेगा, बल्कि...'

मैंने उनको उत्सुकता से देखा।

वह दूसरी बात कहना चाहते थे, पर टाल गए। उन्होंने बात बदल दी, कहा, 'आप चलिए न हम लोगों के साथ।'

'कहाँ?'

'हमारे साथ। आप यहाँ अकेले रहेंगे तो बेचैन रहेंगे, हम लोगों के साथ रहेंगे तो दुःख को भूलने में मदद मिलेगी। सब समय-समय की बात है। समय सभी दुःखों को कम कर देता है। आपके रहने से हमको भी कुछ ढाढ़स मिलेगा। दुःख तो मिल-जुलकर ही कटता है और मिल-जुलकर ही काटना चाहिए। जब आपका मन कुछ सम्हल जाएगा तो आप चले आइएगा।'

'मैं दफ्तर से छुट्टी बहुत ले चुका हूँ।'

'छुट्टी तो अभी बाकी होगी आपकी?'

'हाँ, है तो।'

'तब ले लीजिए छुट्टी।'

'नहीं, इस समय मैं कहीं भी नहीं जाऊँगा।'

'आप सोच लीजिए। हमारी तो यही इच्छा थी कि आप चले चलिए। सबसे अच्छा यही रहेगा।'

'अच्छा, सोचूँगा। इस समय दिमाग काम नहीं करता।'

'ऐसे समय में दिमाग काम नहीं करता। जब अपना दिमाग काम नहीं करता तो दूसरों के दिमाग से काम करना चाहिए—दूसरों की राय पर चलना चाहिए। मैं आपसे उम्र में बड़ा हूँ। मुझे आपकी चिन्ता सदा रहती है। मैं जो कुछ कहूँगा, आपके भले के लिए कहूँगा। आप सब कुछ मुझ पर छोड़ दीजिए। किसी बात की चिन्ता न कीजिए। आप काफी खर्चे में पड़ चुके हैं, उसकी भी चिन्ता न कीजिए। सब कुछ ठीक हो जाएगा...।'

वह जिस तरह मुझे समझा रहे थे, उस पर मुझे बड़ा आश्चर्य हो रहा था। उनकी बातों में हठ और आग्रह की ध्वनि थी।

'सोचूँगा।' मैंने केवल इतना ही कहा।

'सोचिएगा...और मुझे कल ही अपने फैसले के बारे में बता दीजिए।'

उनकी बातों में कोई अस्वाभाविकता नहीं थी। मैं अब यहाँ अकेला पड़ गया था, और निश्चय ही वहाँ जाने से मेरा मन थोड़ा-बहुत सम्हल जाएगा। वह मेरे हित की ही बात कर रहे थे, पर इस समय मैं सबसे दूर रहना चाहता था। लोग सहानुभूति भी प्रकट करते थे तो मुझे दुख होता था। मेरा मन पश्चात्ताप की अग्नि में जलने लगता था। मैं अकेले रहकर अपने जीवन के बारे में पूरी तरह सोचना चाहता था। अब मुझे किसी की सहायता और सहानुभूति की जरूरत नहीं थी।

दूसरे दिन साले साहब ने फिर घेरा, 'कहिए, कुछ सोचा?'

'हाँ, सोच लिया है।' मैंने संक्षिप्त उत्तर दिया।

'क्या सोचा?'

'मैं कहीं नहीं जाऊँगा। मैं यहीं रहूँगा।'

'यह आपका अन्तिम फैसला है?'

'हाँ, अन्तिम फैसला है। दफ्तर में काम है, और छुट्टियाँ इतनी कम बाकी हैं कि मैं उनको अब जमा ही रखना चाहता हूँ। शायद आगे उनकी जरूरत पड़े। आप चिन्ता न करें। मैं अब ठीक हूँ। मुझे कोई परेशानी नहीं है। और जो कुछ रह भी गयी है, वह कुछ दिनों बाद दूर हो जाएगी। रही गृहस्थी की बात, तो उसका

इन्तजाम करना ही पड़ेगा। कोई नौकरानी आदि मिल जाएगी तो बच्ची को सम्हाल लेगी। कोई-न-कोई इन्तजाम तो होगा ही। बस, आप मुझे इस समय माफ कर दीजिए...फिर बाद में आऊँगा।'

'ठीक है, अगर आपकी तबीयत नहीं करती तो न सही। जैसी तबीयत हो, वैसा ही करना चाहिए। हाँ, तो और कुछ सोचा आपने?

'और क्या?'

'अरे, यही आगे के बारे में।'

'आगे के बारे में क्या सोचूँ?'

'यही कि यह गाड़ी अकेले कैसे चलेगी?' उन्होंने स्पष्ट संकेत किया।

'गाड़ी चलेगी। गाड़ी रुकेगी नहीं।'

'फिर भी कैसे चलेगी, छोटी-सी बच्ची है...।'

'उसका इंतजाम हो जाएगा। आप कोई चिन्ता न करें।'

'चिन्ता कैसे न करूँ? अब तो मेरी चिन्ता आप ही में लगी हुई है।'

'मेरी समझ में कुछ नहीं आता। आगे जो आएगा, वह देखा जाएगा।'

'देखिए, मैं कुछ कहना चाहता हूँ...।' वह बोले।

'कहिए।'

'हाँ, यह आपके और हमारे दोनों के हित में है। आप सब कुछ मुझ पर छोड़ दीजिए। मैं सब ठीक कर लूँगा।'

'पर मैं इसके बारे में सोचना भी नहीं चाहता।'

'चाहता कौन है? पर मजबूरी सब कराता है। इसीलिए मैं कह रहा हूँ। आदमी को अपना सामाजिक कर्तव्य निभाना होता है, जिसके प्रति मैं बार-बार आपका ध्यान आकृष्ट कर रहा हूँ।'

'आप कहना क्या चाह रहे हैं?'

'मैं यही कहना चाहता हूँ कि आपकी अपनी गृहस्थी फिर बसा लेनी होगी। इसके अलावा कोई चारा नहीं और दुनिया में सभी ऐसा करते हैं।'

'मैं इससे दूर रहना चाहता हूँ।'

'आखिर क्यों?'

'इसी तरह।'

'इस समय आपका मन ठीक नहीं है, इसीलिए आप ऐसा कह रहे हैं। पर आगे चलकर यह समस्या आपके सामने आएगी।'

'जब आएगी तब देखी जाएगी। पर यह कौन-सा वक्त है इस समस्या पर बातचीत करने का?'

'यह समय नहीं है, मैं भी जानता हूँ, पर इस समस्या से बचा नहीं जा सकता।'

'ठीक है, जब समय आएगा तब देखा जाएगा। पर इस समय मैं इस पर सोचना भी नहीं चाहता।'

'लेकिन मैं इसी समय आपसे बात कर लेना चाहता हूँ। यह मजबूरी है। मैं जब दूर चला जाऊँगा तो बातें ठीक से नहीं हो पाएँगी।'

मैं आश्चर्य में था। वह आखिर क्या कहना चाहते हैं? यह मैं जानता हूँ कि वह मेरी शादी की ओर इशारा कर रहे हैं, पर उनको मेरी भावनाओं की जरा भी परवाह नहीं है। यह भी कोई बात हुई? अभी कुछ दिन पहले मेरी पत्नी मरी है, जो उनकी बहन थी। पर उन्होंने जैसे अपनी बहन की स्मृति को अपने दिमाग से निकाल बाहर कर दिया हो। मुझे उन पर बहुत क्रोध आया, जिसको मैंने दबाने की कोशिश की। क्रोध में मैंने कुछ भी उत्तर नहीं दिया, पर वह माननेवाले नहीं थे। वह बोले, 'मैं चाहता हूँ कि आप मेरे सामने ही एक फैसले पर पहुँच जाएँ। फैसला आप इसी समय कर लें और जब इसका समय आएगा...।'

'किस चीज का समय?' मैंने अनजान बनने की कोशिश की।

'आपको बच्ची का पालन-पोषण तो करना है न?'

'हाँ, क्यों नहीं?'

'फिर वह कैसे होगा?'

'यह भविष्य की बात है। कुछ-न-कुछ होगा ही।'

'मैं चाहता हूँ कि हमारा सम्बन्ध टूटे नहीं बल्कि वह और भी दृढ़ हो। कान्ति की याद बनाये रखने के लिए यह जरूरी है। मैं जानता हूँ कि इस प्रकार की बात करने का यह कोई समय नहीं है, पर इस समस्या से बचा नहीं जा सकता। आप जानते ही हैं कि बच्ची का पालन-पोषण करनेवाली ऐसी होनी चाहिए जो बच्ची की ठीक से देखभाल कर सके। यही सब सोचकर मैं आपसे आग्रह कर रहा हूँ।'

'आप साफ-साफ क्यों नहीं कहते?'

'मेरी बात साफ है। आप इस समय शादी का फैसला कर लीजिए...फिर जब समय आएगा तभी वह होगी। पर इस समय फैसला कर लेने से मेरे दिल को इत्मीनान हो जाएगा। हमारा और आपका सम्बन्ध ऐसा है जिसको कोई शक्ति तोड़ नहीं सकती। यही मैं चाहता हूँ। इसी में हम सबकी भलाई है...बच्ची की भलाई है। बोलिए, आप तैयार हैं न?'

'मैं कुछ समझ नहीं पाता।' मुझे खासी हैरानी हो रही थी।

'मैं चाहता हूँ कि आप नीलम से शादी करने को तैयार हो जाएँ।' साले साहब ने सिर झुकाकर कहा।

'नीलम से?' मैं आसमान से गिरा। मैंने इधर अपना ध्यान दौड़ाया ही नहीं था यद्यपि अब मुझे समझ में आ गया कि उनका संकेत शुरू से ही काफी स्पष्ट था।

'हाँ, नीलम ही एक ऐसी लड़की है, जो इस स्थिति के सर्वथा अनुकूल है। वह सब कुछ सम्हाल लेगी। वह हर दृष्टि से ठीक रहेगी। उसके हाथ बच्ची का लालन-पालन हो जाएगा।'

'मैं अभी इस सम्बन्ध में कुछ नहीं कह सकता। मैंने अभी तक इस बारे में सोचा ही नहीं है।'

'पर आपको सोचना चाहिए। हमारी और आपकी भलाई इसी में है। नीलम बहुत हिम्मती और समझदार लड़की है, वह सब कुछ सम्हाल लेगी। आप तो नीलम को खुद जानते हैं। देखिए, आप इस प्रस्ताव को स्वीकार कर लीजिए, यही मेरी आपसे विनती है। इसमें कोई अनुचित बात भी नहीं है। ऐसा हमेशा होता आया है। आप सोच लीजिए...।'

'अच्छा, देखा जाएगा।'

'नहीं...आपको अवश्य ही इस सम्बन्ध में सोचना पड़ेगा। सोचिएगा न?'

'अच्छा, सोचूँगा...।'

मैं अधैर्य और गुस्सा के कारण वहाँ से उठकर चला आया। कैसी असभ्यता और तुच्छता है? बहन के मरने के कुछ दिन बाद ही इस प्रकार की बातें! उनकी अपनी एक बहन के मरने की चिन्ता थोड़े ही है। उनको तो इस बात की फिक्र है कि उनकी दूसरी बहन की शादी किस तरह हो। किस तरह उनके सिर से एक और बला टले। इसीलिए वह इस तरह घेर-घार मचाये हुए हैं। यह भी कोई बात हुई? मैं इसे बरदाश्त नहीं कर सकता। मैं ऐसा गिरा हुआ नहीं हूँ कि पत्नी के मरने के बाद ही अपने विवाह की बात सोचूँ।

मैं बाहर बाजार में घूमता रहा। पर मन-ही-मन में साले साहब की बात सोच रहा था। नीलम! नीलम बुरी तो नहीं। शादी में उसको देखकर मैं कितना विचलित हो गया था? वह कितनी शोख और सुन्दर है! स्वभाव में भी वह कान्ति की तरह नहीं है। उसके स्वभाव में एक तेज है, उसका व्यक्तित्व प्रबल है, उसका शरीर भी लम्बा, छरहरा और स्वस्थ है। शौक-शृंगार से भी उसको प्रेम है। वह अधिक पढ़ी-लिखी है। उसमें कमी क्या है? यदि साले साहब ने मेरी शादी का प्रस्ताव मेरे सामने रखा है तो उन्होंने गलती ही क्या की है? नीलम

अपनी बहन का खयाल करके बच्ची का ठीक से लालन-पालन करेगी। मैं स्वयं भी बहुत दिनों तक नीलम के लिए व्याकुल रहा करता था। नीलम भी मेरे प्रति आकर्षित थी, ऐसा मैंने कई बार अनुभव किया था। बस, उसको अवसर नहीं मिला। यदि मैं नीलम के प्रेम में पड़ गया होता तो क्या होता?

पर इसी समय मुझे रजनी का खयाल आया। रजनी अब भी मेरे अन्तर में मुस्कुरा रही थी। वहाँ उसी का अधिकार था। मैंने रजनी के खयाल को मिटाने की कितनी कोशिश की, लेकिन उसका प्यार मेरे दिल में और भी गहरी जड़ें जमाता गया। इस संकट के दिनों में रजनी का त्यागमय रूप मैंने देखा था। उसको मैं कभी भूल नहीं सकता। वह दिन-रात मेरे साथ रही थी। मेरी उसने यथाशक्ति मदद की थी। उसने कुछ भी उठा नहीं रखा था। साथ ही वह अपने प्यार को भी छोड़ने को तैयार हो गयी थी। यदि कान्ति अच्छी हो गयी होती तो रजनी अवश्य ही मुझसे सदा के लिए दूर चली जाती। वह कान्ति की बेहद इज्जत करती थी। यदि इज्जत न करती तो वह कभी इतना कष्ट न उठाती। रजनी में कितनी दृढ़ता थी! इस मामले में वह कान्ति से किसी भी हालत में कम न थी। वह अन्याय को बरदाश्त नहीं कर सकती थी। इस संकट-काल में वह मेरे और भी निकट आ गयी थी।

यह सब सोचकर मेरा हृदय अजीब व्याकुलता और प्यार से भर उठा। रजनी ने इधर आना कम कर दिया था। वह मुझसे छिप रही थी, ऐसा मुझे लग रहा था। वह जब मेरे यहाँ आती भी तो मुझसे दूर भागती रहती। मैं भी दूसरी चिन्ताओं में व्यस्त रहता, इसलिए उसकी बात ही कम सोचता। पर यह उसके प्रति कैसा अन्याय था? मेरी इच्छा हुई कि इसी समय मैं रजनी के घर चल चलूँ और उसके पास चुपचाप बैठकर अपने हृदय में प्यार की गहराई को नापूँ। चलकर उसको अपने मन की बात बताऊँ। उसको अपनी समस्याओं से परिचित कराऊँ।

उससे जाकर कहूँ कि मैं केवल उसी का हूँ। नीलम से शादी करने का कोई सवाल ही नहीं उठता।

मेर पाँव उसी के घर की ओर चल पड़े। मैं जब पहुँचा तो घर में केवल वही थी। मुझको देखकर उसके चेहरे पर अजीब पीलापन छा गया। वह व्यस्ततापूर्वक उठ खड़ी हुई। मैं कमरे में जाकर बैठ गया। चुपचाप।

वह भी मेरे पास कुर्सी खींचकर बैठ गयी।

'माता जी कहाँ हैं?' मैंने पूछा।

'बाजार गयी हैं।'

फिर मेरे मुँह से कुछ भी न निकला। मैं कितनी बातें सोचकर आया था, पर

मेरे मुख से कोई आवाज न निकली। वह भी चुप रही। कभी-कभी वह मेरी ओर दृष्टि उठाकर देख लेती।

'चाय पीएँगे?' उसने पूछा।

'नहीं।' मैंने कहा।

फिर चुप्पी। हम देर तक उसी तरह बैठे रहे। सहसा मैं उठ खड़ा हुआ।

'जा रहा हूँ।'

'जा रहे हैं?' उसके चेहरे का रंग उड़ा हुआ था।

'हाँ।'

'बैठिए न।' उसने आग्रहपूर्वक कहा।

'नहीं, चलूँगा।'

'कोई खास बात थी?'

'खास बात?' मैंने उसकी आँखों में देखा, 'खास बात क्या होगी?'

मैंने देखा कि रजनी की आँखें डबडबा आयी थीं। उसने आँखें दूसरी ओर फेर लीं।

'चलिए, मैं आपको पहुँचा देती हूँ।' उसने भरे हुए गले से कहा।

'नहीं। तुम तकलीफ न करो।'

'तकलीफ की बात नहीं...चलिए मैं चलती हूँ।'

'नहीं, नहीं...मैं चला जाऊँगा।'

यह कहकर मैं तेजी से घर के बाहर निकल गया और रजनी जहाँ की तहाँ खड़ी रह गयी। मैंने पीछे मुड़कर नहीं देखा। मुझे अपने ऊपर बड़ा क्रोध आ रहा था। मैंने उससे बातें क्यों नहीं की? क्या मैं उससे अपने मन की बातें नहीं कह सकता था? यदि उससे न कहता तो किससे कहता? पर उसके सामने पहुँचकर मैं शब्दों से ऊपर उठ गया था, ऐसा ही मुझे महसूस हो रहा था। उसके पास रहकर मन में कितनी हिम्मत और दृढ़ता आती थी!

दूसरे दिन साले साहब ने मुझे फिर घेरा। उन्होंने पूछा, 'आपने कुछ सोचा?'

'हाँ, सोच लिया है।'

'क्या सोचा है?'

'बस वही, जो मैंने आपसे कहा था।'

'यही न कि शादी इस समय नहीं होगी, जब समय आएगा तभी होगी। इससे कौन इनकार करता है? मेरा भी तो यही विचार है। इस समय शादी का कोई प्रश्न ही नहीं उठता। यह तो एक साल बाद ही हो सकेगा। तो ठीक है।'

'मैंने यह नहीं कहा था।' मैंने रुखाई से कहा।

'आपने यही तो कहा था, जहाँ तक मुझे याद है।'

'जी नहीं। मैंने यह कहा था कि जब समय आएगा तो देखा जाएगा।'

'वही बात हुई...वही बात हुई।'

'वह बात कैसे हुई?'

'फिर क्या हुआ? क्या आप कभी शादी करेंगे ही नहीं?'

'कर सकता हूँ।'

'फिर किससे कीजिएगा? अगर किसी दूसरी जगह करने का विचार हो तो वह भी कह दीजिए और नहीं, तो वह भी कह दीजिए। मैं तो इस सम्बन्ध में सच्ची ही बात जानना चाहता हूँ।'

'मुझे आपका प्रस्ताव मंजूर नहीं है।'

'आप नीलम से शादी नहीं करना चाहते?'

'मैं इस समय अपने दिमाग को शादी की बातों से मुक्त रखना चाहता हूँ।'

'तो ठीक है...आप अपने दिमाग को मुक्त रखिए। फिर जब आप इस सम्बन्ध में विचार करने लगें तो मेरी बातों पर विचार कीजिएगा।'

'नहीं...मैं नीलम से शादी नहीं करूँगा।'

'कारण?'

'कारण कुछ भी नहीं। यूँ ही। मैं अपने को इस सम्बन्ध में कहीं भी बँधा नहीं रखना चाहता।'

'फिर भी कुछ खास कारण तो होगा ही। नीलम में कोई दोष हो? उसमें कोई बुराई हो?'

'नीलम में कोई बुराई नहीं। उसकी जैसी लड़की कम ही देखने में आती हैं...उसमें सभी गुण हैं वह हर दृष्टि से योग्य है, पर मैं उससे शादी नहीं करूँगा।'

'आप इस समय परेशान हैं, इसलिए आप कुछ समझ नहीं पा रहे हैं, लेकिन आप बाद में समझेंगे कि मेरी बातों में कितना वजन था।'

'मैंने सोच लिया है।'

'आपने अपनी गृहस्थी और बच्ची के भविष्य के बारे में सोच लिया है?'

'हाँ, सोच लिया है।'

'क्या सोचा है?'

'यही कि भगवान उसके लिए कोई-न-कोई इन्तजाम अवश्य करेंगे।'

'आप बहुत गलत सोचते हैं। आपसे मैं एक बार फिर कहना चाहता हूँ कि आप ठीक से सोच लीजिए। नीलम जैसी लड़की की शादी में हम लोगों को कठिनाई नहीं होगी। हम उसकी अच्छी-से-अच्छी शादी कर सकते हैं, लेकिन मैं

केवल आपके ही हितों के लिए यह कह रहा हूँ। इससे आपकी घर-गृहस्थी ठीक से चल जाएगी, बच्ची का लालन-पालन हो जाएगा और हमको भी संतोष होगा। संतोष इस बात का होगा कि आप कान्ति से सम्बन्धित थे और वह सम्वन्ध अब भी कायम है। संतोष इस बात का होगा कि कान्ति की बच्ची को कोई दुःख नहीं है। यही सब बातें सोचकर मैंने यह कहा है। मैं जानता हूँ कि आप सोचेंगे कि बहन के मरने के कुछ दिन बाद ही मैं ऐसी चर्चाएँ छेड़ रहा हूँ। मेरी यह बड़ी इच्छा है कि नीलम से आपकी शादी हो जाय, क्योंकि हम आपके सम्बन्ध को तोड़ना नहीं चाहते। इस सम्बन्ध का हमारे मन में मोह है। आशा है, आप मेरी प्रार्थना को स्वीकार करेंगे।'

'मैं भी यही प्रार्थना करूँगा कि आप मुझसे आग्रह करके अपनी जबान खाली न करें। मैं आपकी इज्जत करता हूँ, पर इस सम्बन्ध में मैं मजबूर हूँ।'

'यह आपका आखिरी फैसला है?'

'हाँ, आखिरी फैसला है।'

'यह धोखा है।'

'धोखा किस बात का?'

'धोखा ही है। जिस बात की उम्मीद हो, उसका पालन न हो तो वह धोखा ही है।'

'अगर धोखे की बात कही जाय तो यह बात बहुत दूर पहुँच जाएगी।'

'क्या पहुँच जाएगी? मैंने आपको क्या धोखा दिया है?'

'तो मैंने ही आपको क्या धोखा दिया है?'

'शुरू से आखिर तक धोखा। कान्ति इतनी बीमार रही, पर हमको कभी नहीं बताया गया कि वह इस कदर बीमार है। हर बात छिपाई गयी और इस तरह मेरी बहन की जान चली गयी।'

साले साहब पागलों की तरह प्रलाप कर रहे थे। उनका मुख क्रोध और दुःख से तमतमा रहा था। उनका सारा शरीर काँप रहा था। उनकी आँखें कपाल पर चढ़ गयी थीं।

'क्या आप आकर उसकी जान बचा लेते?'

'हाँ, मैं बचा लेता। मैं उसकी अच्छी दवा कराता। मैं उसको कलकत्ता-बम्बई लेकर जाता। मुझे पैसों की परवाह नहीं थी। मैं अपना घर और गाँव की जमीन बेच देता, पर उसकी बड़े-से-बड़े डॉक्टर से चिकित्सा कराता।'

'कहना आसान है, करना मुश्किल है।'

'आपने करने का मौका ही नहीं दिया।'

'अवश्य मौका दिया। आपके पास कई चिट्ठियाँ लिखी गयीं, पर आपने उनकी परवाह नहीं की। अगर आपको अपनी बहन की परवाह होती तो आप पहली चिट्ठी पर चले आते पर आप तो उस समय पहुँचे जब बचने की उम्मीद नहीं थी। आते ही आपने बहाना करना शुरू कर दिया कि यह हो गया है, वह हो गया है। काम न करने का बहाना तो हमेशा तैयार हो सकता है, पर काम करनेवाले हमेशा काम करते हैं और अब मुझ पर अनाप-शनाप आरोप लगाते हैं, वह भी उस समय जबकि मैंने आपका प्रस्ताव स्वीकार नहीं किया। अगर मैं आपका प्रस्ताव स्वीकार कर लेता तो आप प्रसन्न हो जाते और मेरी भूरि-भूरि प्रशंसा करते। तब मुझसे अच्छा कोई न होता। तब आप यह कहते कि मैंने दवा-दारू में कोई कोर-कसर नहीं उठा रखी। आपको क्या पता कि हमने क्या किया! मौके पर तो यहाँ कोई पास ही नहीं फटका और जब समय निकल गया तो सभी आकर रोब गाँठने लगे। मैं यह सब बरदाश्त नहीं कर सकता।'

मैं सहसा बेहद उत्तेजित हो गया था। क्रोध से मेरा भी शरीर काँपने लगा।

'मुझसे आप न बनिए। मुझे सब कुछ मालूम है।' साले साहब ने काफी विष उड़ेल दिया।

'क्या मालूम है?' मैंने चुनौती दी।

'मुझे सब कुछ मालूम है। अगर कह दूँ तो आपको बहुत तीता लगेगा।'

'तीता क्या लगेगा? आपकी हिम्मत ही नहीं है कहने की।'

'अब जाने दीजिए...।'

'क्यों जाने दूँ? जब आप कहेंगे तो मेरी जबान में भी ताला नहीं लगा है।'

'तो कह दूँ?'

'हाँ-हाँ, शौक से कहिए।'

'आप नीलम से इसलिए शादी नहीं करने को तैयार हैं कि आपका सम्बन्ध उस लड़की से है।'

'किस लड़की से?'

'अब आप अनजान न बनिए।'

'अनजान नहीं बन रहा हूँ। आप बताइए।'

'वही लड़की...क्या नाम है, रजनी।'

मैं समझ गया था कि उसका संकेत किधर है। पहले तो मैं कुछ हतप्रभ हो गया। फिर मैं सम्हल गया। मैं अब हीनता की जिन्दगी को स्वीकार नहीं करूँगा जिसकी वजह से मैं अपने आप एक घृणास्पद आडम्बर से ढका हुआ था। फिर भी साले साहब का व्यवहार कितना अशोभनीय था! वह देखते-ही-देखते कैसे

अशोभनीय स्तर पर उतर आए थे, मुझे अत्यधिक संकोच का अनुभव हो रहा था। फिर मैं सहसा उत्तेजित हो गया। रजनी पर मैं किसी प्रकार का लाँछन बरदाश्त नहीं करूँगा। साले साहब ने जिस तरह मुँह सिकोड़कर यह बात कही थी, उससे स्पष्ट था कि रजनी के बारे में उनका क्या विचार है।

'अब आप जबान सम्हालकर बोलिए...।' मैंने कहा।

'हाँ, मैं जबान सम्हालकर बोल रहा हूँ। मैं झूठ नहीं बोल रहा हूँ। अगर मेरी बात गलत है तो कहिए।'

'आप तो राजा हरिश्चन्द्र के अवतार हैं।'

'आप जो कहिए, पर मैंने सही बात कही है।'

'एकदम झूठ!'

'तो क्या यह गलत है कि आपका उस लड़की से कोई सम्बन्ध नहीं है?'

'इससे आपको मतलब?'

'मतलब क्यों नहीं है? मतलब है। मेरी बहन इतनी कम उम्र में मर गयी, मुझसे कोई मतलब ही नहीं है?'

'मैं कह देता हूँ, आप इस नीचे स्तर पर मत उतरिए।'

'नीचे स्तर की बात नहीं। यह सच्चाई है।'

'सत्तर चूहा खाकर आप चले हैं सच्चाई की बात करने?'

'मेरे बारे में आप यह नहीं कह सकते।'

'आपको मैं खूब जानता हूँ। आपकी नस-नस पहचानता हूँ।'

'क्या पहचानते हैं, जरा मैं भी सुनूँ।'

'आपको मैं पहचानता हूँ। खूब पहचानता हूँ।'

'यह कहने से काम नहीं चलेगा। कोई बात हो तो बताइए।'

'एक नहीं, सौ-सौ बातें हैं।'

'एक भी बात हो।'

'आप पहले नम्बर के स्वार्थी है।'

'मैंने आपसे कौन-सा स्वार्थ सिद्ध किया है?'

'आप झूठे और धोखेबाज हैं।'

'अरे जाइए, मुझको झूठा और धोखेबाज कहनेवाला कोई नहीं है दुनिया में। मुझे जो झूठा और धोखेबाज कहता है, उसकी मैं जबान निकाल लेता हूँ।'

'आपने अपनी एक बहन की जिन्दगी चौपट की, और अब दूसरी बहन की जिन्दगी चौपट करने पर तुले हुए हैं।'

'बहन की जिन्दगी? यह आप कह सकते हैं?'

'हाँ, यह मैं कहता हूँ। आपने तो पहले यह नहीं देखा कि कान्ति की शादी किससे कर रहा हूँ। यह बात नहीं थी कि आप मेरे बारे में कुछ नहीं जानते थे। आपको मेरे बारे में सब कुछ पता था। मैंने उस समय हाई स्कूल भी नहीं किया था, नौकरी-चाकरी करने की बात तो दूर ही रही। केवल आपको अपनी बहन को किसी के गले बाँध देना था। आपने शादी के समय झूठ-मूठ कहा कि आपकी बहन बहुत सुन्दर है। इस तरह आपने एक बहुत भारी अविश्वास का वातावरण पैदा करने में सहायता की। आपने अपनी बहन के साथ धोखा किया और मेरे साथ भी। आपको खूब अच्छी तरह मालूम था कि मेरी माँ मर गयी है और मेरी विमाता मेरे साथ अच्छा व्यवहार नहीं करतीं। आप यह भी जानते थे कि मैं घर से भाग गया था इन्हीं कारणों से। फिर क्या आप यह सोच नहीं सकते थे कि आपकी बहन मेरे घर में सुख से नहीं रह सकती? अपनी बहन की खूबसूरती के बारे में प्रचार करके आपने इस आशंका को और बल प्रदान किया। उसके बाद शादी करके आप निश्चिन्त हो गए। शुरू-शुरू में आपको उत्साह था, पर बाद में आपने एकदम चुप लगा लिया। आपने अपनी बहन की कब खोज-खबर ली? आपने कब यह जानने की कोशिश की कि उसको क्या तकलीफ है? वह सुखी है या नहीं? बीमारी-हैरानी में भी जो आपसे आशाएँ की जाती थीं, उनको आपने पूरा नहीं किया। और अब आप अपनी दूसरी बहन को मेरे गले मढ़ने को तैयार हैं, यह जानते हुए कि आपकी इस बहन को भी सुख नहीं मिलेगा। जब आपको यह पता है कि मेरा किसी दूसरी लड़की से सम्बन्ध है तो आप क्यों अपनी बहन को मेरे साथ बाँधने को तैयार हैं?'

मैं उत्तेजना से काँप रहा था। क्रोध से मेरा स्वर काँप रहा था। साले साहब का चेहरा फक पड़ गया था। उन्होंने कहा, 'पिछली बातों की याद न दिलाइए। भगवान जानता है कि मैंने अपनी बहन की जिन्दगी जान-बूझकर चौपट नहीं की। मैं आपके घर को जानता था, पर मैंने यही सोचा था कि हर परिवार में ऐसी घटनाएँ होती हैं। आपका परिवार अच्छा था, इसलिए मुझे विश्वास था कि आप आगे चलकर तरक्की करेंगे और अच्छी नौकरी-चाकरी करने लगेंगे। सबसे अधिक विश्वास था मुझे अपनी बहन पर। वह इतनी सीधी-सादी और मेहनती थी कि मैंने सोचा था कि वह अपने व्यवहार से सबको खुश कर लेगी। उसने जिन्दगी के अन्तिम दिन तक ऐसी कोशिश की होगी, यह मुझे विश्वास है, पर वह किसी को खुश नहीं कर सकी। यह कितनी बड़ी विडम्बना है! जीवन के अन्तिम समय में उसको कुछ भी आश्वासन नहीं रहा। उसका कोई सहारा नहीं रहा। कितना दुःख लेकर वह गयी है! पर मैं आपका यह आरोप स्वीकार करता

हूँ कि मुझे आपके यहाँ उसकी शादी नहीं करनी चाहिए थी, क्योंकि आप उसके योग्य नहीं थे। आपने उसके मूल्य को समझा नहीं। उसकी कद्र नहीं की। यहाँ आपकी जिम्मेदारी कम नहीं है। वह तो आपकी पत्नी थी, उसने गुलाम की तरह आपकी सेवा की। मानता हूँ कि आप उसको प्यार नहीं करते थे, पर मानवीयता के नाते तो उससे थोड़ा अच्छा व्यवहार कर सकते थे। पर आपने ऐसा किया नहीं, बल्कि आप एक दूसरी लड़की के चक्कर में पड़कर उसको लांछित और अपमानित करते रहे। आपने उससे उसकी सुख-शान्ति छीन ली। कहिए, मैं झूठ कहता हूँ?'

'मैं ऐसी बहस में नहीं पड़ना चाहता।'

'बहस की बात नहीं। मैं एक फैसले पर पहुँचना चाहता हूँ। वैसे मैं फैसले पर पहुँच चुका हूँ। रजनी से आपके जो सम्बन्ध हैं, वह मैं पहले ही जान चुका हूँ। आपके दफ्तर के लोगों से बातचीत से मुझे सब कुछ पता लग चुका है। मान लीजिए कि उनकी रिपोर्ट में पूरी सच्चाई नहीं है, पर कुछ-न-कुछ तो होगी ही। फिर हर चीज साफ हो जाती है। मैंने यह सोचा था कि हर इन्सान से गलती होती है, इसलिए आप आगे चलकर सुधर जाएँगे यदि नीलम से आपकी शादी कर दी जाय। नीलम आपको सही रास्ते पर ले आएगी। फिर आप अपनी बच्ची की बात सोचकर नीलम से शादी करने को तैयार हो जाएँगे, यह भी मुझे विश्वास था। पर आपने मेरी आँखें खोल दीं। आपकी बातों ने मेरी आँखें खोल दीं। सचमुच मेरी ही गलती से कान्ति को यह दु:ख भोगना पड़ा। कुछ और गलतियों की ओर मेरा ध्यान जाता है। वह चूँकि सीधी-सादी थी और परिश्रमी थी, इसलिए शादी के पहले घर में भी हम उसको दबाते थे। हमारा सारा अनुशासन उसी के लिए था, क्योंकि वह चुपचाप हर अनुशासन को मान लेती थी, चाहे वह अन्याय ही क्यों न हो। हमने उसको अधिक पढ़ाया भी नहीं, यह सोचकर कि इसका काम-धाम में मन लगता है और यह अधिक पढ़-लिख नहीं सकती। उसने अपनी ओर से कोई जिद नहीं की, इसलिए हम उसकी अहमियत नहीं समझ सके। हम उसको तेज लड़की बना नहीं सके, जोकि दब कर नहीं रहती और झूठ-मूठ का रोब बरदाश्त नहीं करती। यह सब मैं अब सोचता हूँ तो मेरा कलेजा फटता है। और यही गलती मैं फिर करने जा रहा था। वैसे मुझे नीलम पर विश्वास है। उसके साथ अन्याय नहीं किया जा सकता। वह अन्याय को बरदाश्त करनेवाली लड़की नहीं है। वह उसका मुकाबला करनेवाली लड़की है। आप उसका कुछ बिगाड़ नहीं सकते, वैसे यह कहना भी कठिन है, क्योंकि हमारी सामाजिक व्यवस्था ऐसी है कि पति चाहे तो स्त्री का बहुत भारी नुकसान

कर सकता है। खैर, यह जो हुआ सो हो गया, मैंने जो गलती की है, उसको माफ कीजिएगा। मैं आपको अब और कष्ट नहीं दूँगा। इसका मतलब यह नहीं कि आपका और हमारा सम्बन्ध टूटता है। ऐसा नहीं है। आपका हमारे घर में पहले की ही तरह स्वागत होगा। कल हम लोग चले जाएँगे...।'

यह कहकर वह चुप हो गए। उनका चेहरा सहसा उतर गया था। वह सिर झुकाकर सोच रहे थे। मुझे उनके लिए अफसोस हुआ। इतनी बदमजगी अकारण ही उत्पन्न हो गयी थी। मैं यह सब नहीं चाहता था, पर उनकी जिद के कारण ही ऐसा हुआ।

सहसा इसी समय एक और घटना हुई। मेरी सास जी कमरे के किसी कोने से हमारे सामने आयीं और फर्श पर बैठकर तथा अपने माथे पर हाथ मारकर रोती हुई बोलीं, 'अरे, मेरी बेटी को मार डाला...।'

साले साहब ने झुककर कहा, 'अम्मा, यह क्या कर रही हो। इतना चिल्लाने से क्या फायदा? जो होना था, वह हो चुका है। अब तो हिम्मत रखनी पड़ेगी।'

'नहीं बेटा...मेरा मन कह रहा है कि मेरी बेटी को जहर दिया गया है...।' वह ऊँ-ऊँ करके रो रही थीं।

'जहर?'

'हाँ-हाँ...जहर देकर मार डाला पापियों ने।'

'किसने जहर दिया? अस्पताल वाले ऐसा कर नहीं सकते।'

'अस्पताल वाले क्यों देंगे? जो दुश्मन थे, उन्होंने दिया।'

'कौन दुश्मन था?'

'और कौन दुश्मन होगा? वही हरामजादी है। उसी ने मेरी बेटी को धोखा देकर गुलछर्रा उड़ाया और अन्त में उसको जहर दे दिया। मैं खूब जानती हूँ, ऐसा ही हुआ होगा। नहीं तो मेरी बेटी मरती नहीं। ऊपर से यह दिखा रही थी कि वह बहुत सेवा-सत्कार कर रही है। ऐसा लगता था कि मेरी बेटी के मरने का उसको जितना दुःख है, उतना किसी को नहीं। मैं क्या जानती थी कि उसके पेट में दो गज का छुरा है। हरामजादी, कलमुँही...!'

'तुम किसको गाली दे रही हो अम्माँ? क्या रजनी को?'

'हाँ, उसी हरामजादी को। वह हत्यारिन है। उसी ने मेरी बेटी को मार डाला। गुलछर्रा उड़ाने के लिए यह सब किया गया है। मैं खूब अच्छी तरह जानती हूँ।'

वह जोर-जोर से चीख-चिल्ला रही थीं। मुझे एक अजीब दहशत ने जकड़ लिया। रजनी पर वह कैसा आरोप लगा रही हैं! लोग सुनेंगे तो क्या कहेंगे?

'माता जी, आप ऐसी बात न कहिए...।' मैंने धीमे स्वर में कहा।

'मैं कहूँगी, लाख बार कहूँगी। मैं सारी दुनिया को सुनाकर कहूँगी कि एक रंडी-छिनाल ने मेरी बेटी की जिन्दगी खराब कर दी। उसने मेरी बेटी को घुला-घुलाकर मार डाला...।'

'आप गलत कह रही हैं। उसने तो जितनी सेवा की, वैसा कोई कर नहीं सकेगा।'

'दुनिया को जो दिखाना था।'

'रुपया-पैसा पानी की तरह बहाया।'

'सब ढोंग था।'

'आपको कुछ पता हो तब न। इस तरह चीखने-चिल्लाने से कुछ नहीं होने वाला।'

'तुमको तो बुरा लगेगा ही।'

'गलत बात का बुरा सबको लगता है।'

'जो शामिल था, उसको क्यों बुरा न लगे?'

'क्या शामिल था? कौन शामिल था?'

'तुम शामिल थे। तुम्हारे ही इशारे पर उसने मेरी बेटी को मार डाला। तुम भी हत्यारे हो। मैं यह बात सारी दुनिया से कहूँगी। मैं छोड़ूँगी नहीं। मैं पुलिस में रिपोर्ट करूँगी। जिन लोगों ने मेरी बेटी की जान ली है, उनका मैं खून पी जाऊँगी...।'

'अम्मा, तुम क्या पागलपन की बात कर रही हो! उठो यहाँ से...।'

साले साहब ने झुककर उनको उठाने की कोशिश की, जिस पर वह राग बाँधकर रोने लगीं, 'हाय...मेरी बेटी को मार डाला! अब मेरी सोना जैसी बेटी कहाँ मिलेगी? हाय...मेरी बेटी...।'

साले साहब उनको वहाँ से उठा ले गए। मुझे बड़ा दुःख हो रहा था। मुझे कान्ति के लिए दुःख था, साथ ही इसका भी दुःख था कि बार-बार रजनी का नाम लिया जा रहा है। रजनी ने जो कुछ किया था, क्या वैसा कोई कर पाएगा?

दूसरे दिन वे लोग चले गए। मैं स्टेशन पर उनको पहुँचाने गया था। रजनी को मालूम हो गया था और वह भी स्टेशन पर पहुँच गयी थी। यदि मैं जानता कि वह स्टेशन पर पहुँच जाएगी तो मैं उसको पहले ही मना कर देता। लेकिन वह अपने घर से सीधे स्टेशन पर पहुँच गयी थी। खैर, गनीमत यही थी कि स्टेशन पर कोई बदमजगी पैदा नहीं होने पायी। सास जी दूसरी ओर मुँह फुलाए खड़ी रहीं।

जाते वक्त साले साहब ने मुझसे माफी माँगी। उत्तर में मैंने खुद माफी माँगी। मैंने सास जी से भी अपने व्यवहार की क्षमा माँगी। उत्तर में वह झर-झर आँसू गिराने लगीं। उनके दुःख को समझना कठिन नहीं था।

स्टेशन से रजनी मेरे साथ आयी। हम दोनों चुपचाप बैठ गए। हमने एक-दूसरे की ओर देखा।

'आपका यहाँ अकेला रहना ठीक नहीं।' रजनी ने कहा।

'सब ठीक है...।' मैंने लड़खड़ाती जबान से कहा।

'नहीं, आप काफी परेशानी में फँस जाएँगे...'

'कोई परेशानी नहीं होगी...।' मैं बिना समझे-बूझे बोल रहा था।

'आप मेरी एक बात मानेंगे?'

'क्या बात?'

'पहले यह कहिए कि मानेंगे?'

'क्यों नहीं मानूँगा! तुम्हारी बात न मानने का सवाल ही क्या है?'

'तो आप मेरे यहाँ चलिए। वहाँ कुछ दिन तक रहिए। यहाँ अकेले रहकर आपकी तबीयत ऊबेगी।'

'नहीं रजनी, यहीं ठीक है।'

'अपना वचन आप याद कीजिए। आपने कहा था कि मेरी बात मान जाएँगे। मैं आपसे आग्रह करती हूँ। नहीं, आपको चलना पड़ेगा। आपको मैं इस तरह अकेला नहीं छोड़ सकती।' रजनी ने आदेशात्मक स्वर में कहा।

21

मैं कई दिनों तक रजनी के घर में चारपाई पर पड़ा रहा। मेरे मन को बहुत भारी आघात लगा था। मेरे सिर में पट्टी बँधी थी और मैं एकटक ऊपर छत की ओर देखा करता। अन्त्येष्टि के बाद साले साहब और सास चली गयी थीं। उनकी इच्छा थी कि मैं कुछ दिनों के लिए उनके साथ चलूँ पर मैंने इनकार कर दिया था। बाबू जी भी एक दिन के लिए आए थे, लेकिन उन्होंने चलने के लिए पूछा भी नहीं था।

उन लोगों के चले जाने के बाद मैं रजनी के घर ही रहने लगा था। मैंने अपने घर जाने की इच्छा प्रकट की, लेकिन रजनी ने जाने न दिया। रजनी ने मुझे पूरा

आराम दिया। वह मेरे पास अकसर बैठी रहती। वह मुझे कोई धार्मिक पुस्तक पढ़कर सुनाती। कभी वह मुझे समझाती। वह मेरे घाव को खोलकर उसकी मरहम-पट्टी करती। वह मुझे प्रसन्न रखने की चेष्टा करती। कभी-कभी वह बच्ची को गोद में ले आती और उसको मेरे पास रख देती।

धीरे-धीरे मैं कान्ति के दुःख को भूलता गया। अब रजनी मेरी आत्मा पर पूरी तरह छा गयी। हम अब भी एक-दूसरे को स्पर्श नहीं करते थे। एक-दूसरे की ओर देखने में संकोच करते थे। पर रजनी मुझे हर तरह का आराम देने की कोशिश करती। मेरे खाने पर, मेरे नाश्ते पर, मेरे सोने पर, मेरे बैठने पर, मेरी अन्य जरूरतों पर उसकी सतर्क एवं स्नेहमयी दृष्टि रहती थी।

कभी-कभी हम एक-दूसरे को प्यार से देखने लगते थे। रजनी की आँखें चमकने लगती थीं। पर वह झट मुड़कर दूसरी ओर देखने लगती थी या वहाँ से चली जाती थी। कैसी गरिमा थी उसमें!

एक वर्ष बीत गया। मैं एक रात अपने कमरे में बैठा था कि रजनी धीरे से आकर मेरे पास बैठ गयी। उसने पूछा, 'आप क्या सोच रहे हैं?'

मैंने उसकी ओर देखा। वह स्नेह से मुस्कुरा रही थी। मैं बोला, 'कुछ खास नहीं रजनी, बस मैं केवल अपने बारे में सोच रहा हूँ। मैं कितना निकम्मा, कायर और स्वार्थी रहा! मैं अपनी कायरता और स्वार्थ में अपने ही दुःख को सबसे बड़ा समझता रहा। मेरी वजह से कान्ति के प्राण गए। मेरी वजह से तुमको तकलीफ हुई। मैं अपने को बड़ा बुद्धिमान और महान समझता रहा, जबकि मैं अत्यधिक तुच्छ और मूर्ख हूँ। मुझे अपने से कभी-कभी बहुत घृणा होती है।'

रजनी ने मेरा हाथ अपने हाथ में लेकर कहा, 'आपको ऐसा नहीं सोचना चाहिए। पुरानी बातों को भूलकर नयी जिन्दगी आरम्भ करनी चाहिए। जो बीत गया, उस पर आँसू बहाना बेकार है। इसमें आपका भी दोष नही, है हमारी सामाजिक व्यवस्था का, जिसमें स्त्री को मनपसन्द पति और पुरुष को मनपसन्द पत्नी चुनने का अधिकार नहीं। कान्ति जीजी का दिल हीरे के समान था। वह बहुत ऊँची किस्म की स्त्री थीं, लेकिन जब आपका मन उनसे पटा नहीं तो किसको दोष दिया जाय? उनमें कुछ दोष भी थे। वह अपने भाग्य से सन्तुष्ट थीं और उन्होंने कुछ सीखने की, आगे बढ़ने की और इस जमाने के अनुसार तरक्की करने की कोशिश नहीं की। उन्होंने अपने को कष्ट देने में ही और दूसरों को सुख देने में ही अपने जीवन की सार्थकता समझी। व्यर्थ में कष्ट उठाना और मूर्खतापूर्ण ढंग से अपनी शारीरिक तथा मानसिक शक्तियों को बरबाद करने की मैं समर्थक नहीं। त्याग एक बहुत बड़ा गुण है, पर स्त्री को अपना स्वास्थ्य ठीक

रखना चाहिए, ठीक ढंग से पहनना-ओढ़ना चाहिए, नयी-नयी बातों को सीखना चाहिए, पढ़-लिख कर ज्ञान हासिल करना चाहिए और कर्तव्य के साथ अपने अधिकारों की भी चिन्ता करनी चाहिए। जो स्त्री अपने को पुरुष की दासी मानती है, वह मुझे जरा भी नहीं जँचती। पर इसके बावजूद मैं उनको प्यार इसलिए कर रही थी कि वह मेरी माँ की तरह पवित्र हृदय की थीं और उसी प्रकार कष्ट उठा रही थीं, जिस तरह मेरी माँ ने उठाये थे। इसीलिए मैंने अपने प्यार की हत्या करने की कोशिश की। यदि वह अच्छी हो गयी होतीं तो इसको मैं अपना भाग्य मानती और आपसे सदा के लिए दूर चली गयी होती। लेकिन वे सब बीती हुई बातें हैं। हमको नये ढंग से जिन्दगी शुरू करनी है और उसका निर्माण करना है। आशा है, आप मुझे, जैसी मैं हूँ, स्वीकार करेंगे...।'

कुछ दिनों बाद हमने शादी कर ली थी, पृथक जातियों के होते हुए भी। मेरे पिता जी तथा ससुराल वाले बहुत नाराज हुए थे। वे शादी में आए भी नहीं। रजनी ने मुझे जो सुख दिया, उसका मैं वर्णन नहीं कर सकता। पर हम कभी-कभी कान्ति को याद कर लेते हैं। रजनी की आँखों में आँसू आ जाते हैं। मेरा जी भर आता है। रजनी ने अपने कमरे में कान्ति का एक बड़ा फोटो टाँग रखा था। वह सवेरे उस फोटो को सिर झुकाकर प्रणाम करती तथा ताजा पुष्पहार पहनाती है।

●●●